ein Ullstein Buch

ÜBER DAS BUCH:

Sommer auf Elba, das bedeutet Ferien, Sonne und Meer, Gärten, Ölbaumhaine, in denen Zikaden zirpen. Für Katharina, die siebzehnjährige Tochter der Sonntags, bedeutet es mehr. Schon am ersten Tag lernt sie Michele kennen, der ihr seine Insel zeigt, mit ihr aufs Meer fährt, sie ins Haus seiner Eltern mitnimmt. Sie sprechen zwei Sprachen, aber sie verstehen sich ›con cuore‹, mit dem Herzen. Winter in Kassel, das bedeutet Alltag. Eine Dreizimmerwohnung mit Nordbalkon, Schule, Freunde, Protestmärsche, Diskothek. Das Abitur rückt näher. Katharina vergißt den Sommer auf Elba. Bis eines Tages Michele auf dem Schulhof steht...
Was so heiter und unbekümmert begonnen hat, erweist sich nun als schwierig und ausweglos. Abgründe tun sich zwischen den beiden auf. Sprachgrenzen und Standesgrenzen. Probleme, die Katharina bis dahin nur als Aufsatzthemen gekannt hat, werden Wirklichkeit. Als sie begreift, daß man das, was man sagt, auch leben muß, ist Michele längst enttäuscht auf seine Insel zurückgekehrt. Da ist es fast schon zu spät...

DIE AUTORIN:

Christine Brückner, 1921 in einem waldeckschen Pfarrhaus geboren. Abitur, fünf Jahre Kriegseinsatz, Studium. Häufiger Orts- und Berufswechsel. Halle/Saale, Marburg, Nürnberg, Stuttgart, Krefeld, Düsseldorf u. a. 1954 erhielt sie für ihren ersten Roman, *Ehe die Spuren verwehen,* den ersten Preis in einem Romanwettbewerb, seither ist sie eine haupt- und freiberufliche Schriftstellerin. Von 1980–1984 war sie Vizepräsidentin des deutschen PEN; 1982 wurde sie mit der Goethe-Plakette des Landes Hessen ausgezeichnet. 1985 stiftete sie zusammen mit O. H. Kühner den »Kasseler Literaturpreis für grotesken Humor«. Sie schreibt Romane, Erzählungen, Kommentare, Essays, Schauspiele, auch Jugend- und Bilderbücher.

FÜR HANNA KÜHNER

c. b.

Christine Brückner

Wie Sommer und Winter

Roman

ein Ullstein Buch

ein Ullstein Buch
Nr. 3010
im Verlag Ullstein GmbH,
Frankfurt/M – Berlin

Ungekürzte Ausgabe

Umschlagentwurf:
Hansbernd Lindemann

Printed in Germany 1988
Druck und Verarbeitung:
Ebner Ulm
ISBN 3 548 03010 6

Mai 1988
127.–136. Tsd.

Von derselben Autorin
in der Reihe der
Ullstein Bücher:

Ehe die Spuren verwehen (436)
Ein Frühling im Tessin (557)
Die Zeit danach (2631)
Letztes Jahr auf Ischia (2734)
Die Zeit der Leoniden (Der Kokon) (2887)
Das glückliche Buch der a. p. (3070)
Die Mädchen aus meiner Klasse (3156)
Überlebensgeschichten (3461)
Jauche und Levkojen (20077)
Nirgendwo ist Poenichen (20181)
Das eine sein, das andere lieben (20379)
Mein schwarzes Sofa (20500)
Lachen, um nicht zu weinen (20563)
Wenn du geredet hättest, Desdemona (20623)
Hat der Mensch Wurzeln? (20979)
Was ist schon ein Jahr (40029)

Gemeinsam mit
Otto Heinrich Kühner:
Erfahren und erwandert (20195)

CIP-Titelaufnahme
der Deutschen Bibliothek

Brückner, Christine:
Wie Sommer und Winter: Roman /
Christine Brückner. – Ungekürzte Ausg.,
127.–136. Tsd. – Frankfurt/M; Berlin:
Ullstein, 1988
(Ullstein-Buch; Nr. 3010)
ISBN 3-548-03010-6
NE: GT

Ferien wie noch nie

Noch liegt das Fährschiff im Hafen von Piombino, aber seit wenigen Minuten laufen die Motoren und erschüttern den plumpen Schiffsleib. Noch immer werden Personenwagen mit deutschen, französischen und italienischen Kennzeichen durch das geöffnete Heck gefahren. Lieferwagen, die morgens Fisch und Obst von der Insel aufs Festland gebracht haben, kehren mittags mit Leergut zurück. Das Verladen der Fahrzeuge geht unter Hupen und Schreien vor sich, Transistorgeräte dröhnen, lärmende Kinder und zwei blökende Kälber stimmen in den südlichen Chor ein.

Herr Sonntag hantiert abwechselnd mit Filmkamera und Fotoapparat, zwischendurch lüftet er sein Hemd, das ihm am Rücken klebt, wischt sich die Stirn und versucht, seinen Wagen im Auge zu behalten: Rechts von seinem Auto steht ein dreirädriger Lieferwagen, beladen mit Eisenrohren, die notdürftig von einem Drahtseil zusammengehalten werden; links, Kotflügel an Kotflügel, ein alter Fiat, davor zwei Vespas und dahinter die beiden Kälber, die soeben die Rückfront seines Autos abzulecken beginnen. Das Gemisch von toskanischem Staub und Meersalz scheint ihnen zu schmecken, sie lecken, bis der blanke graue Lack des Autos wieder sichtbar wird.

Es ist 12 Uhr 30. Die Schiffsglocke läutet. Herr Sonntag vergleicht die Zeit. Noch ein dreirädriger hochbeladener Lieferwagen, noch eine Vespa, und jetzt wird das Heck — nein! Eine Großfamilie kommt angerannt, mit eins, zwei, drei, vier, fünf — er gibt es auf, es scheint eine Schulklasse zu sein, die einen Ausflug auf die Insel macht. Die Schiffsglocke läutet noch einmal dringlicher, 12 Uhr 32: Das Schiff schließt endgültig seine Pforte. Pünktlich, aber menschlich! Herr Sonntag findet, daß das in bezug auf Abfahrtszeiten eine gute Mischung ergibt. Die Taue werden gelöst und an Bord geworfen, die Motoren laufen schneller, das Schreien und Winken verstärkt sich, Herr Sonntag filmt die Ausfahrt aus dem Hafen und bedauert, daß er weder die Geräusche noch die Gerüche aufnehmen kann. Vor allem die Gerüche, dieses Gemisch aus Dieselöl, stark gebranntem Kaffee, faulendem Obst, Haarspray, Fisch, Sonnenöl und Teer. Die Kälber, die mit ihren rosigen Zungen seinen Wagen waschen, hofft er auf den Film bekommen zu haben, ebenso wie seine Tochter Katharina, die auf einer der Längsbänke sitzt: den Nacken so auf die Reling gelegt, daß ihr Gesicht der sengenden Sonne ausgesetzt ist, außerhalb des Schattens, den das Sonnensegel den Passagieren verschafft. Ihr Polohemd ist aus den Leinenhosen gerutscht, eine Handbreit weißer Haut zieht die Aufmerksamkeit der Umsitzenden auf sich. Sie hat einen reizenden Nabel, stellt der Vater mit männlich-väterlichem Stolz fest und überlegt, ob ein siebzehnjähriger Nabel auf einem italienischen Fährschiff sichtbar sein dürfe oder nicht. Er beschließt, die Entscheidung darüber seiner Frau zu überlassen, und filmt das helle, sanft gewölbte Bäuchlein seiner Tochter eingehend.

Der Mann, der neben ihm sitzt, stößt ihn mit dem Ellenbogen in die Seite, schnalzt mit der Zunge, pfeift durch die Zähne und stellt anerkennend fest: »Bella! Bionda!« Er tippt auf Herrn Sonntags Brust und fragt: »Frau?«

»Tochter!«

›Tochter‹ versteht der Italiener nicht, darum deutet Herr Sonntag auf seine Frau, die zusammen mit seinem Sohn am Heck steht und gerade mit dem Zeigefinger ins Blaue zeigt.

Jetzt hat sein Nachbar ihn verstanden. Er zeigt nacheinander auf die Frau, die Tochter, den Sohn, dann auf ihn und sagt: »Famiglia!« Er scheint eine Familie für eine großartige und bewunderungswürdige Erfindung zu halten. Er strahlt. »Germania?«

Herr Sonntag bestätigt das. »Germania!«

Auch das findet Zustimmung. Der Italiener hebt die Arme an ein imaginäres Lenkrad und dreht daran. »Macchina?« Eine Macchina scheint ein Auto zu sein.

»Si, si!« Eine Macchina. Es geht mit der Verständigung sehr viel besser, als Herr Sonntag befürchtet hatte.

»Espresso?« Wieder wird auf seine Brust getippt. Ein Kaffee wäre gar nicht übel. Herr Sonntag schiebt seine Film- und Fototaschen zwischen Katharinas Beine. Sie blinzelt nicht einmal, sie gibt sich ausschließlich ihrem Ferienziel hin: braun zu werden wie eine Nuß.

Herr Sonntag winkt seiner Frau zu, bedeutet ihr, daß er nach unten gehe. Sie versteht seine Zeichensprache nicht, er ruft, alle rufen und schreien durcheinander, warum nicht auch er: »Espresso!«

An der Bar lädt der Italiener ihn zu einem Kaffee ein. Das

tut Herrn Sonntag gut. Der Kaffee tut ihm gut, und die Einladung tut ihm auch gut. Er bietet seinerseits eine Zigarre an, der Italiener bietet ihm eine ›Nazionale‹ an, die er aus einem zerknautschten und durchschwitzten Päckchen holt.

Herr Sonntag läßt den Blick über die aufgereihten Flaschen gleiten. Der Mann, der Cesare heißt, versteht ihn sofort und zeigt auf ein grellrotes Getränk. »Campari bitter! Buono! Molto buono, serr gut!«

Herr Sonntag bestätigt das nach dem ersten Schluck: »Bitter!« Er stellt sich ebenfalls vor, sagt: »Sonntag«, überlegt einen Augenblick: »Domenica!«

Das glaubt ihm Cesare nicht. Domenica? Herr Sonntag nickt, doch, so ist es!

Domenica! Darauf müssen sie noch einen Campari trinken. »Sempre Domenica«, sagt Cesare. »Immer Sonntag!« Er klopft sich auf die eigene Brust, sagt: »Sempre lavorare — Arbeit! Immer Arbeit — versteh?« Er schreibt auf den Rand einer zerlesenen Zeitung seinen Namen und seine Adresse, reißt den Fetzen Zeitung ab und drückt ihn Herrn Sonntag in die Hand. »Visitare!« sagt er und fuchtelt mit den Händen. Herr Sonntag, der sich in ›typischen Handbewegungen‹ auskennt, da er die Fernsehsendung ›Heiteres Beruferaten‹ zu sehen pflegt, hält ihn daraufhin für einen Schneider, steckt den Zcttel in die Brusttasche und sagt: »Famiglia! Versteh?« Er zeigt nach oben, Cesare versteht das, schlägt ihm auf die Schulter und sagt lachend: »Domenica! Amico!« Herr Sonntag schlägt ihm ebenfalls auf die Schulter, wenn auch etwas sanfter, und sagt: »Cesare! Freund!«

Die Männer trennen sich als Freunde.

Als Herr Sonntag an Deck kommt, hat Katharina den Kopf nach der anderen Seite gedreht, weil das Schiff ebenfalls gedreht hat. Sie hält unverändert hingebungsvoll ihr Gesicht der Sonne hin.

Seine Frau zeigt gerade mit dem linken Arm ins Blaue, dorthin, wo die Insel Elba zu liegen scheint, Kai studiert den Prospekt. Herr Sonntag nimmt seine Film- und Fotogeräte von den Beinen seiner Tochter weg und zwängt sich durch die Menge, steigt über Koffer, Beine, Bündel, Kinder, zu Frau und Sohn.

Er ruft seiner Frau zu: »Was heißt denn bloß ›Entschuldigung‹?«

»Scusi! Wie im Französischen: Excusez!«

»Es geht doch nichts über eine Lehrerin in der Familie«, sagt er, legt ihr den Arm um die Schulter und nimmt ihn schleunigst wieder weg. Es ist viel zu heiß für freundschaftliche Berührungen, sein Arm klebt auf ihrem feuchten Nacken. »Stimmt alles?« fragt er Kai. »Lies mal vor!«

Kai hebt die Stimme: »Ferien wie noch nie!«

»Kai Magnus! Nicht von vorn! Elba!«

»›Schon wenn die Insel am Horizont auftaucht, beeindruckt die Vielzahl ihrer Landschaft.‹«

»Landschaften!« Die Mutter verbessert gewohnheitsmäßig.

Kai wehrt sich gewohnheitsmäßig: »Hier steht Landschaft! ›Wilde Abhänge wechseln mit herrlichen Wäldern . . .‹«

»Scheint zu stimmen«, stellt der Vater fest.

»Könnt ihr eigentlich mal zuhören, ohne dazwischenzureden? ›Steile Felsen fallen zu verborgenen stillen Buchten mit glasklarem Wasser ab. Das haben Sie der Insel vielleicht nicht zugetraut, aber hier können Sie tatsächlich bergsteigen und tauchen . . .‹«

»Na bitte! Was ist denn das für ein Berg? Das ist doch mindestens ein Tausender! Zeig mal die Karte, Kai!«

»Das muß der Monte Capane sein«, schlägt die Mutter vor, aber keiner beachtet ihren Vorschlag.

»Wir werden jetzt fachmännisch feststellen, was das für ein Berg ist. Wieviel Uhr ist es? Dreizehn Uhr fünf. Kai, norde die Karte ein!«

In den nächsten fünf Minuten sind die beiden Männer damit beschäftigt, herauszubekommen, daß der höchste Berg der Insel, dessen Spitze zur Zeit in den Wolken steckt, der Monte Capane sei; sie teilen der Mutter triumphierend das Ergebnis mit. »1019 m über dem Meeresspiegel!« Kai liest weiter aus dem Prospekt vor. »›Die Einwohnerzahl beträgt 28 463. Die Insel hat eine Küstenlänge von 118 km, bei einer größten Längenausdehnung von 28 km und einer größten Breite von 18 km.‹« Er unterbricht sich: »Mann, Chef! Wie soll man denn da den Durchmesser ausrechnen!«

»Du kennst doch die Formel!« sagt der Vater.

»2 π r, klar. Aber diese ganzen elenden Buchten und Kaps und wie die Dinger heißen. Sie müßte kreisrund sein! Wenn sie überall 28 km Durchmesser hätte, über den Daumen wären das 87 km Umfang. Aber hier!« Kai zeigt auf die schmalste Stelle,

»hier ist sie bloß 5 km dick, und wenn sie überall 5 km dick wäre, dann hätte sie überhaupt nur — Moment — $u = 2 \pi r$, $= 2 \times 3{,}1415 \times 2{,}5$ —«

»Dann lägen die Leute am Strand aufeinander und nicht nebeneinander! Das ist keine geometrische Insel, Kai!« Die Mutter unterbricht seine Berechnungen. »Das macht doch die Schönheit der Insel aus, die malerischen Buchten, die Felsriffe, die Kaps . . .«

»Ich wollte, sie wäre kreisrund!« erklärt Kai, der eine Vorliebe für alles hat, was stimmte, was man messen und ausrechnen konnte. Er war das Rechengenie in der Familie, berühmt für die Schnelligkeit, mit der er einen Dreisatz lösen konnte. Sein Gedächtnis speicherte Namen, Zahlen und Aussprüche und gab sie zu jeder Zeit und vor allem auch zur Unzeit, mit und ohne Aufforderung, von sich. Fragte ihn sein Vater, bei welchem Kilometerstand sie an der schweizerisch-italienischen Grenze abgefahren seien, sagte er, ohne überlegen zu müssen: 72 314. Er wußte, wieviel das Benzin an der letzten deutschen Tankstelle gekostet hatte und wieviel Benzingutscheine sie für die Rückfahrt brauchen würden.

Jetzt eben rechnen Vater und Sohn auf dem Rand des Prospekts den mittleren Durchmesser der Insel Elba aus, größte Ausdehnung plus geringste Ausdehnung, 28 km plus 5 km. Radius 18,5 . . .

Frau Sonntag hört nur noch Zahlen und Formeln. Ärger steigt in ihr hoch, und bevor die Männer die Minimale mit der Maximalen vergleichen können, nimmt sie ihnen den Prospekt weg und sagt: »Schluß jetzt! Wir haben keine Rechenstunde! Seht euch lieber die Landschaft an!«

Kai murrt. »Landschaften! Wenn ein Dreizehnjähriger schon mal Wissensdurst verspürt — Apropos Durst! Ich bin durstig wie ein Badeschwamm!«

Die Mutter greift bereitwillig in ihre Strohtasche, von der sie annimmt, daß alles, was eine vierköpfige Familie während einer Reise benötigt, darin enthalten sei. »Hier hast du eine Orange!«

»Eßt Südfrüchte und ihr bleibt gesund!«

»In Italien sind Südfrüchte keine Südfrüchte mehr«, verbessert ihn die Mutter.

»Ich brauche aber keinen Vitaminstoß, Anna! Ich bin durstig auf eine Orangeade. Einen Drink, verstehst du!« Er wendet sich

an seinen Vater: »Chef! Du warst an der Bar!«
»Das ist etwas anderes!«
»Leben wir nun in einer Demokratie oder nicht?« Er zitiert: »Die Grundsätze der modernen Demokratie sind Meinungsfreiheit, Glaubensfreiheit, Recht der Freizügigkeit und Gleichheit vor dem Gesetz. Ich sehe da keine Einschränkung, das Alter betreffend. Gleiches Recht für alle, auch für die Minderheiten!«
Katharina hat sich inzwischen aufgerichtet. Die Mutter gibt ihr durch Zeichen zu verstehen, daß sie das Polohemd herunterziehen solle. Katharina versteht die Zeichen nicht, räkelt sich, gähnt, wird gewahr, daß Vater und Bruder in Geldverhandlungen stehen, und hält es für ratsam, sich einzumischen. Sie steigt über Taschen, Beine, Körbe, Kleinstkinder und kommt eben noch zurecht, um den Satz des Vaters zu hören: »Wer mich in den nächsten vier Wochen mit der ›Banco di Roma‹ verwechseln sollte —«
Katharina streckt automatisch die Hand aus.
Die Mutter will ablenken und sagt: »Katharina, man kann schon den Monte Capane sehen, dort unterhalb der kleinen Wolke . . .«
Katharina sagt gelangweilt, ohne der Insel, von deren Küste sie knapp drei Kilometer entfernt sind, auch nur einen Blick zu gönnen: »Na — und?«
Die Geldverhandlungen werden abgeschlossen, Kai sagt: »Warum nicht gleich so?« Und Herr Sonntag sagt, und das nicht zum erstenmal auf dieser Reise: »In den Ferien kann jeder tun und lassen, was —« Seine Frau, Katharina und Kai vollenden den Satz im Chor: »was du willst!«
Herr Sonntag erklärt befriedigt: »Na also!«
Katharina und Kai treten den Weg zur Bar an. Die Mutter zieht noch rasch an Katharinas Hemd, aber die hebt sofort die Schultern energisch hoch, dreht sich in den Hüften, und schon ist wieder eine Handbreit Körper freigelegt. Die Eltern verfolgen die beiden zunächst mit den Augen, dann, als sie verschwunden sind, mit den Ohren.
Sie hören Pfiffe, sie hören: »Bella! Bellissima! Bionda!« Gelächter.
Sie sehen sich besorgt an. »Hörst du das?«
»Ich höre!«
»Was ich vorausgesehen habe!«

»Wer ist eigentlich auf den Gedanken gekommen, mit einer siebzehnjährigen blonden Tochter auf eine italienische Insel zu fahren?«

»Ich nicht!« sagt Frau Sonntag.

»Alles, was recht ist, Mutter!« Im Gegensatz zu den Kindern redet er seine Frau mit ›Mutter‹ an und nicht mit ›Anna‹.

Schon nähert sich das Rufen und Pfeifen wieder. Die Köpfe der Kinder tauchen an der Treppe auf. Frau Sonntag gibt ihrer Tochter zu verstehen, an dem Polohemd zu ziehen, die schüttelt verdrossen den Kopf, läßt die langen Haare nach rechts und links fliegen, was erneute Pfiffe zur Folge hat. Die Mutter ruft mahnend: »Katharina!«

Gleich antwortet es von allen Seiten: »Catarina! Bella Catarina!«

Bella Catarina nuckelt ungerührt an ihrem Strohhalm, steigt auf ihren langen Beinen über Körbe und Koffer und wird von ihrer Mutter mit: »Katharina, du mußt dich zurückhaltender benehmen!« empfangen.

»Geht das schon wieder los?«

»Ein blondes Mädchen —«

Der Vater springt seiner Frau bei: »— in Italien —«

Katharina fährt sie beide an: »Wollte ich etwa nach Italien! Kann ich dafür, daß ich blonde Haare habe?«

Kai mischt sich ein: »Die blonden Haare hat sie von dir, Chef!«

»Ihr könnt mir doch wohl keinen Vorwurf daraus machen, daß ich blond bin.« Herr Sonntag streicht sich über das verschwitzte, dünne, aber blonde Haar. Kai stellt sich hinter ihn und beginnt zu zählen. Er murmelt: »24 ... 37 ... 81«, dann schneller, wobei er auf die Haare im Nacken und auf die Haare an den Schläfen tippt: »217 ... 334.« Bei 411 hört er auf und sagt: »›Nun aber sind auch euere Haare auf dem Haupt alle gezählt.‹ Matth. 10, Vers 30.« Kai geht in den Konfirmandenunterricht und läßt keine Gelegenheit aus, Gebote, Sprüche und Choralzeilen anzubringen. Die Eltern sagen jedesmal einstimmig: »Aber Kai Magnus!« Ihre Erziehung besteht in den Ferien vornehmlich aus dem Ausruf: »Aber Kai! Aber Katharina!«

Kai tätschelt liebevoll das Haupt seines Vaters. »Das ist absehbar, Anna, es kann gar nicht mehr lange dauern, dann hat unser Chef keine blonden Haare mehr, dann hat er überhaupt keine Haare —«

»Wer hat dieses Kind eigentlich erzogen?« fragt der Vater.

»Du bestimmt nicht«, sagt die Mutter. »Und ich erziehe jetzt vier Wochen niemanden mehr, worauf du dich verlassen kannst. Keine fremden Kinder und erst recht nicht diese hier. Ich muß schließlich —«, sie stockt, Rechnen war nicht ihre starke Seite, »ich muß an wer weiß wie vielen Tagen —«

Kai rechnet bereits. »Anna muß an 365 Tagen im Jahr, abzüglich 52 Sonntagen, 87 Tagen Schulferien, abzüglich der beweglichen und unbeweglichen Feiertage wie Karfreitag, zweiter Ostertag, Himmelfahrt, zweiter Pfingsttag, Fronleichnam, 17. Juni, Buß- und Bettag . . .«

»Siehst du!« unterbricht ihn der Vater. »Lehrer haben mehr Ferien als Arbeitstage! Denk mal an mich mit meinen 28 Kalendertagen Jahresurlaub.«

»Und was ist mit deinen freien Samstagen, wenn ich in der Schule stehe?« Frau Sonntags Ton ist gereizt.

Der des Vaters ebenfalls: »Wer wollte denn, daß du arbeitest? Ich vielleicht?«

»Wenn ich mich nicht in der Schule abrackerte, jawohl, abrackerte« — sie betont jede Silbe —, »dann säßen wir jetzt nicht auf diesem Schiff!«

Kai grinst, läßt seine Ohren wackeln und sagt: »Ferien wie noch nie.« Er sagt es nicht zum erstenmal und nicht zum letztenmal auf dieser Reise.

Bei der letzten Volkszählung hatte Annemarie Sonntag die Spalte, in der nach dem Beruf gefragt wurde, nicht mit ›Hausfrau‹ ausgefüllt wie andere Frauen, sondern mit ›Vier-Zimmer-Küche-Bad-Balkon-Frau‹. Sie war keine ›Haus‹-Frau! Es bestand auch keinerlei Aussicht, daß sie je eine werden würde. Ihr Mann pflegte zu sagen: »Ein Haus ist bei einem Bankkaufmann, verheiratet, zwei Kinder, einfach nicht drin!«

»Das ist nicht drin«, sagte er häufig. Seine Frau zuckte zusammen, sooft sie es zu hören bekam.

Die Bezeichnung ›Hausfrau‹ hatte ihr von Anfang an nicht gefallen. Keiner nahm sie als Berufsbezeichnung ernst. Eine einzige Tätigkeit wurde anerkannt, eine Vielzahl von Tätigkeiten nicht. Kochen, Putzen, Waschen, Bügeln, Nähen, Kindererziehen, Geldverwalten — sie kam auf zwölf sehr unterschiedliche

Tätigkeiten, aber alle zusammen ergaben trotzdem noch keinen Beruf, der Anerkennung fand. »Eigentlich bin ich eine abgebrochene Lehrerin«, sagte sie manchmal, und ihr Mann pflegte in Erziehungsfragen zu sagen: »Entscheide du das, du bist schließlich eine abgebrochene Lehrerin!«

Zwei Monate, bevor sie in Gießen ihr Examen als Volksschullehrerin hätte ablegen sollen, hatte sie den Bankkaufmann Karl Magnus Sonntag geheiratet. Wenn sie sich stritten, behauptete er, daß sie ihn nur aus Examensangst geheiratet habe, und sie widersprach ihm nicht. Ein Jahr nach ihrer Hochzeit wurde Katharina geboren, vier Jahre später Kai Magnus. Die Familie vergrößerte sich, die Wohnung nicht. Sie wohnten nach wie vor in der Friedrich-Ebert-Straße. Vier Zimmer, Küche, Bad, Balkon. Nur fünfundsiebzig Quadratmeter Wohnfläche. Annemarie Sonntag hatte es sich im Lauf ihrer Ehe angewöhnt zu sagen: »Wenn die Kinder erst mal so weit sind, dann hole ich das Examen nach und gehe in den Schuldienst.«

Im vierten Volksschuljahr nahm Kai im Deutschunterricht den Bedingungs- oder Konditionalsatz durch. Im Deutschen war er nicht so gut wie im Rechnen, außer in Grammatik. Grammatik machte ihm Spaß. Eines Nachmittags saß er am Wohnzimmertisch und schrieb Beispielsätze. Einen nach dem anderen, ohne zu fragen und ohne am Kugelschreiber zu kauen. Der erste Satz lautete: »Die Mutter sagt: ›Wenn ihr mich liebt, dann eßt ihr den Grießbrei auf.‹« Der letzte Satz lautete: »Die Mutter sagt: ›Wenn ihr mal so weit seid, dann werde ich Lehrerin.‹«

Als er fertig war, ließ seine Mutter sich das Heft geben. Der Satz mit dem Grießbrei behagte ihr nicht, aber Kai bestand darauf, daß er stehenbliebe. »Ist es dir lieber, wenn ich Spinat schreibe? Ich kann auch Spinat schreiben! Irgend sowas sagst du bei jedem Essen.«

In der nächsten Elternsprechstunde hatte sich Kais Klassenlehrerin bei Frau Sonntag erkundigt, ob sie sich wirklich mit dem Gedanken trage, in den Schuldienst zu gehen. Frau Sonntag hatte es zugegeben und war ermutigt worden, wegen des Lehrermangels nicht mehr lange zu warten. Am folgenden Abend sprach sie mit ihrem Mann darüber. Ohne zu zögern, sagte er: »Das ist doch nicht drin, Mutter!«

Sie sagte: »Karl Magnus! Wenn du mich gern hast, dann —« Sie brach mitten im Satz ab. Schon wieder ein Bedingungssatz.

Wenn — dann! »Laß es uns doch versuchen«, bat sie, »wenn wir es alle wollen, wird es schon gehen.«

Seit jenem Gespräch brauchte Herr Sonntag weniger oft: »Das ist nicht drin« zu sagen. Er sprach statt dessen von seinen ›drei Schulkindern‹ und erkundigte sich abends bei allen dreien, ob die Schulaufgaben fertig seien. »Meine Älteste geht immer noch zur Volksschule«, klagte er den Bekannten. »Nun halt dich mal ran, Mutter«, pflegte er zu sagen, »die Kinder sind viel weiter als du.«

Katharina war gerade in die Oberprima versetzt worden, Kai in die Quarta. Der Vater hatte sich die Zeugnisse vorlegen lassen und sie gründlich gelesen. »Na ja«, sagte er und gab Katharina das Zeugnis zurück. »O ja«, sagte er zu Kais Zeugnis. Dann rief er durch die Wohnung: »Mutter, wo ist dein Zeugnis? Bist du etwa nicht versetzt worden?«

Am nächsten Tag waren sie in Urlaub gefahren. Sie hatten über das Urlaubsziel abgestimmt. Zwei Stimmen für Elba, zwei Stimmen gegen Elba. Kai hatte erklärt: »Wie soll denn in einer Familie eine parlamentarische Mehrheit erzielt werden bei einer geraden Kopfzahl? Da ist Demokratie doch überhaupt nicht durchführbar. Hättet ihr nicht wenigstens ein Kind mehr zeugen können?« Kai galt allgemein als ein ›aufgeweckter Junge‹.

Die Abfahrt war von Herrn Sonntag im Hinblick auf die Verkehrsdichte zu Ferienbeginn auf drei Uhr morgens festgesetzt worden. Um 2 Uhr 30 stand das Familienbarometer auf Sturm. Herr Sonntag schrie die Kinder an: »Steht nicht so mißmutig herum! Freut euch gefälligst! Als ich so alt war wie ihr —«

»— lagst du bestimmt wieder als Flakhelfer im Schützengraben und hast deine Heimatstadt gegen feindliche Flugverbände verteidigt.« Das war Katharina.

»Chef, da gingst du sicher mit der HJ für vier Reichsmark die Woche an den Edersee und warst deinen Eltern und Adolf Hitler dankbar und glücklich und zufrieden.« Das war Kai.

»Viel genutzt hat deine Vaterlandsverteidigung auch nicht. Kassel steht an dritter Stelle auf der Liste der meistzerstörten Städte.« Kai zerrte den neuen Schnorchel aus dem halbgepackten Koffer, klemmte ihn sich als Maschinengewehr unter den Arm, rannte knatternd durch die Wohnung, legte auf die Wellensittiche an, schonte auch die Großmutter nicht, die alle zwei

Minuten sagte: »Vergeßt nur nicht ...« und »habt ihr auch ...?«, nicht seine kofferpackende Mutter und nicht den Hamster, der aufgeregt in seinem Rad lief.

Frau Sonntag sagte: »Ich begreife nicht, woher der Junge diesen militanten Zug ...« Der Rest des Satzes ging in MG-Geknatter unter. Vor seinem Vater machte Kai schließlich halt und erklärte, daß er sehr viel lieber mit seiner Klasse am Edersee zelten würde, als mit der ganzen Kolchose nach Italien zu fahren. Schnorcheln konnte man auch am Edersee.

Katharina, die dabei war, ihre Haare auf dem Bügelbrett glattzubügeln, sagte mißmutig: »Glaubt nur nicht, daß ihr meinetwegen nach Italien fahren müßtet! Ich hätte lieber mit Nella in einer Fabrik gearbeitet! Das sind doch wieder nichts als Statussymbole: Ferien auf einer Mittelmeerinsel. Bungalow mit Blick aufs Meer. Das ist wieder mal typisch system-immanentes Prestigedenken.« Sie schloß ihre soziologischen Ausführungen, denen keiner zugehört hatte, mit: »Außerdem machen Spaghetti dick! Ich will in den Ferien mindestens acht Pfund abnehmen.«

»Das ist immerhin ein hohes gesellschaftspolitisches Ziel«, sagte der Vater. »Hungert für Deutschland!«

Herr Sonntag war verärgert, außerdem war er angestrengt, unausgeschlafen und ferienreif.

»Mit euch kann man ja nicht sachlich diskutieren!« sagte Katharina.

»Wenn du nur diskutieren kannst«, sagte der Vater, »hilf lieber deiner Mutter!

»Laß doch Katharina in Ruhe!« rief die Mutter.

»Wer läßt denn mich in Ruhe?«

Als seine Frau aus dem Schlafzimmer rief: »Wir hätten vielleicht wirklich lieber nach Büsum fahren sollen, die Hitze macht dich sicher noch nervöser, Karl Magnus«, schlug der bereits die Wohnungstür hinter sich zu. Er ging in die Garage, um den Wagen zu holen, setzte sich aber zunächst einmal für zehn Minuten hinter das Steuer, um allein zu sein.

Sonntags waren eine ganz normale Familie.

Concordia heißt Eintracht

Hitze, Lärm und Gedränge erreichten ihren Höhepunkt, als das Fährschiff im Hafen von Portoferraio anlegte. Das Heck des Schiffs stieß mit einem Ruck gegen den Kai, und Kai stieß mit dem Kopf gegen die Windschutzscheibe. Er sagte: »Bis hierher hat uns Gott gebracht.« Bevor seine Eltern zweistimmig »Aber Kai!« sagen konnten, beschwichtigte er sie und lobte seinen Vater: »Und du, Chef! Du hast weder Schweiß noch Öl noch Benzin gespart, du hast Gebirge und Täler durchquert, zwei Grenzen überschritten —«

Die Hand der Mutter schloß ihm den Mund.

Herr Sonntag hatte darauf bestanden, daß die Familie bereits zehn Minuten vor der Ankunft im Auto saß, damit er ›zügig starten‹ konnte. Der Schweiß, stellte Kai fest, rann ihm in zwei kleinen Bächen vom Nacken, sammelte sich eine Handbreit tiefer zwischen den Schulterblättern zu einem Bach, der dem Rückgrat folgte, sich über dem Hosenbund staute und dort versikkerte.

Frau Sonntag wandte sich an die Kinder. Wie alle Lehrer war sie zu Beginn der großen Ferien abgespannt und konnte sich nicht so rasch umstellen. Sie unterrichtete weiter. »Porto heißt Hafen. Ferraio, in dem Wort steckt ferro = Eisen. Der Eisenhafen. Portoferraio war schon in der Antike der Eisenhafen der Etrusker, später der Römer. Die Insel Elba lieferte den Eisenbedarf . . .«

»Reisen bildet!« Katharina reagierte verärgert. »Geographie von 11 Uhr 10 bis 11 Uhr 55.«

Kai beugte sich zurück, legte seine Hand begütigend auf den Arm der Mutter und sagte: »Ist ja gut, Anna!

Zwei Männer der Besatzung drehten die Laderampe des Schiffes herunter. Herr Sonntag blickte in den Rückspiegel, legte den Rückwärtsgang ein und erkundigte sich: »Wie viele Einwohner hat die Insel Elba?«

»28 463, Chef!«

»Die scheinen alle zu unserer Begrüßung an den Hafen gekommen zu sein.« Gleichzeitig mit allen übrigen zweirädrigen, vierrädrigen, zweibeinigen und vierbeinigen Verkehrsteilnehmern setzte Herr Sonntag sein Auto in Bewegung. Er hupte wie die anderen, drehte das Fenster herunter, beugte sich hinaus und machte sich Luft: »Vorsicht! Idiot! Verdammt!«

Seine Frau legte ihm die Hand auf die Schulter. »Karl Magnus!« Herr Sonntag schüttelte die Hand ab. Als er meinte, eine Lücke entdeckt zu haben, gab er Gas. Im selben Augenblick tauchte im Rückfenster eine Gestalt auf, duckte sich, schrie und war verschwunden. Anna schrie, Katharina schrie, Herr Sonntag fluchte und stand auf der Bremse. »Wie viele Einwohner hatte die Insel?«

»28 463«, antwortete Kai, aber leise.

»Dann ist es jetzt einer weniger«, sagte Herr Sonntag und wunderte sich, daß er so ruhig war, nur fror er plötzlich. Er öffnete die Wagentür. Sie prallte gegen einen Kopf.

Kai sagte: »Da waren es nur noch 28 461.«

Im selben Augenblick rief jemand laut und fröhlich: »Ciao! Domenica!«

Es war Cesare, der das Nummernschild studiert hatte und geduckt um das Auto herumgeschlichen war, um seinen neuen Freund zu überraschen. Er breitete die Arme aus, rief nochmals herzlich: »Domenica, sempre Domenica!« Als sähen sich alte Freunde nach Jahren der Trennung wieder.

»Tschau Tschäsarä«, sagte Herr Sonntag, nicht ganz so überschwenglich.

Cesare tippte ihm auf die Brust. »Kassel?«, tippte sich auf die eigene Brust, sagte: »Kassel! Cesare Kassel! Guerra! Krieg! Versteh! Prigioniero! Lavorare — arbeiten, Änschell! Versteh?«

Herr Sonntag entnahm daraus, daß dieser Italiener als Kriegsgefangener in Deutschland gewesen sein mußte, allem Anschein nach in Kassel, vermutlich hatte er bei Henschel gearbeitet — das ›H‹ können die Italiener nicht aussprechen —, im Krieg hatte die Firma Henschel Panzer und Geschütze gebaut statt Lokomotiven und Lastwagen.

Kai redet aufgeregt in seine Überlegungen: »Was sagt er? Übersetz doch mal!«

Cesare tippt wieder auf Herrn Sonntags Brust: »Du — auch Krieg?«

Herr Sonntag schüttelt verneinend den Kopf, schließlich war er nur Flakhelfer gewesen.

Cesare ruft: »Du immer Sonntag! Nix Krieg! Bene! Serr gut!« Er lacht, sein Bauch wippt auf und ab.

Das Hupen rechts und links und vorn und hinten verstärkt

sich. Herr Sonntag blockiert das Ausladen der übrigen Fahrzeuge. Cesare stört das nicht, Herrn Sonntag um so mehr. Katharina sagt verdrießlich: »Wollen die jetzt etwa Kriegserinnerungen tauschen? Typischer Italiener! Laut und aufdringlich. Schmutzig ist er auch, sieh dir bloß seine Hände an!«

»Katharina!« mahnt die Mutter. »Du weißt doch gar nicht, wieviel Deutsch er versteht.«

»Na — und? Wir kennen den Mann doch gar nicht!«

Ein Omnibus hupt mehrmals durchdringend. Cesare winkt mit beiden Armen und ruft dem Fahrer zu: »Subito!« Er schüttelt Herrn Sonntags Arm, ruft: »Domenica! Visitare! Tutti! Famiglia!« Sein lachendes großes Gesicht taucht im Wagen auf. Kai ist der einzige, der das Lachen erwidert, er grinst, wackelt mit den Ohren.

Cesare drängt sich zwischen den Fahrzeugen hindurch, winkt mit dem rechten Arm dem Omnibus, mit dem linken Herrn Sonntag zu und verschwindet im Menschengewühl. Kai beobachtet ihn noch, als er auf das Trittbrett des Omnibusses springt.

Frau Sonntag unterrichtet ihre Familie: »Im Hafen von Portoferraio landete im Mai 1804 der geschlagene Napoleon.« Kai blickt sich um, sieht Motorjachten, Fährschiffe, Fischerboote, Autoscafi auf dem Wasser — Lastwagen, Taxis, Pferdedroschken und Vespas auf dem Lande.

»Seitdem hat sich hier anscheinend viel verändert«, stellt er fest.

Während Herr Sonntag sich bemüht, eine Straße zu erreichen, von der zu vermuten ist, daß sie aus Portoferraio herausführt, macht die Familie ihm Vorschläge. Seine Frau hält es für unerläßlich, jetzt sofort Ansichtskarten und Briefmarken zu kaufen, damit die Großmutter Nachricht von ihrer glücklichen Ankunft bekommt.

Katharina will Zitronen kaufen und schreit bei jedem Obststand: »Halt doch mal an!« Kai jammert vor sich hin, zieht die Backen ein, reißt seine ohnehin großen braunen Augen noch weiter auf, wölbt den mageren Brustkorb vor und sagt: »Kriegt denn so ein hungriges Kind aus Biafra mal was Warmes zu essen?« Seine Mutter fährt ihn ärgerlich an: »Kai, du sollst nicht immer —«, entdeckt gleichzeitig einen Ständer mit Ansichtskarten: »Karl Magnus, da kann man Karten kaufen, halt doch mal!«

»Seht ihr eigentlich nicht, daß hier Halteverbot ist? Bei der Durchfahrt durch enge italienische Hafenstädte sollte man außerdem Redeverbot erlassen! Zuerst suche ich jetzt eine Tankstelle!«

Frau Sonntag erklärt, daß das doch wohl Zeit habe, und ihr Mann entgegnet, daß er es sei, der bestimme, was hier Zeit habe. Die Kinder sagen im Chor: »In den Ferien kann jeder tun und lassen, was du willst!«

Es gelingt Herrn Sonntag im letzten Augenblick, einem zweirädrigen Karren auszuweichen, der hochbeladen ist mit Gemüse und Obst; dabei streift er auf der anderen Seite die Flanke eines Esels, dessen Besitzer ihn wild gestikulierend anschreit. Er schreit zurück, bohrt einen Vogel, der Mann greift nach einer riesigen Wassermelone und droht damit. Herr Sonntag hupt entschlossen und gibt Gas. Kai stellt fest, daß hier ein Betrieb sei wie auf der Friedrich-Ebert-Straße um 17 Uhr; er vergleicht alle Straßen der Welt mit der Straße, in der er wohnt.

Schließlich hält Herr Sonntag aufatmend vor einer Tankstelle an, die verlassen in der Mittagsglut liegt. »Typisch italienisch«, sagt er, »kein Mensch da. Die lungern alle am Hafen herum, arbeiten tut hier doch keiner. Die sind arbeitsscheu.« Frau Sonntag schlägt vor, weiterzufahren, und ermahnt ihren Mann, seine Vorurteile abzubauen. Nach weiteren fünf Minuten erklärt Kai, daß sie hier ja niemandem im Wege ständen.

Herr Sonntag besteht darauf, daß jetzt zuerst das Auto versorgt wird. Er hupt mehrmals. Nach einer Weile schlendert pfeifend ein junger Mann herbei. Sein Oberkörper ist nackt und nußbraun, um den Hals trägt er ein goldenes Kettchen, die engen Jeans hängen ihm auf den schmalen Hüften, er ist barfuß. Er greift lässig zum Benzinschloß. Herr Sonntag streckt den Kopf aus dem Fenster, sagt auf italienisch: »Super.« Der junge Mann hebt lässig die Hand, er hat verstanden; alle Deutschen nehmen Super. Er lacht, sagt: »Super — Deutsche.«

Kai reißt die Coupons ab, und Herr Sonntag entschließt sich auszusteigen. Er tritt mit dem Fuß gegen den rechten Vorderreifen und sagt: »Aria.« Die Luft muß kontrolliert werden. Er sagt: »Olio«, der Ölstand ebenfalls. Er vermutet, daß der Wagen bei der Überquerung der Alpen und des Apennin viel Öl verbraucht hat.

Der junge Mann wirft einen Blick ins Innere des Autos und

entdeckt Katharina. Sein Gesicht hellt sich auf, seine Bewegungen werden rascher, er sagt mehrmals ›subito‹. Die Männer stekken die Köpfe unter die Kühlerhaube. Kai stöhnt laut auf. Generalinspektion! Frau Sonntag beugt sich vor und ruft aus dem Fenster, daß man vier Wochen auf der Insel bleibe und daß der Wagen in der prallen Sonne stehe.

Herr Sonntag entscheidet: »Zuerst das Auto!« Er sagt das in demselben Tonfall, in welchem sein Vater, der einen kleinen landwirtschaftlichen Betrieb besaß, zu sagen pflegte: »Zuerst das Vieh!« — »Dieser junge Mann hier —«

Dieser junge Mann verneigt sich, richtet sein Lächeln auf Katharina und nennt seinen Namen: »Michele Noce.«

»— dieser Michele versteht etwas von Autos! Italiener sind sehr gute Mechaniker!« Das Lächeln auf Micheles Gesicht vertieft sich.

Als das Stichwort ›Zündkerzen‹ fällt, steigen Kai, Frau Sonntag und Katharina aus. Die Zündkerzen sind die schwache Stelle des Autos und die ständige Sorge des Wagenhalters. Kai schließt sich seiner Mutter an, Katharina geht allein davon, um Zitronen zu kaufen. Sie ist entschlossen, sich ausschließlich von Zitronen zu ernähren, um aus diesen mißratenen Ferien das Beste zu machen: acht Pfund abzunehmen und braun wie Zimt zu werden. Sie ist nur den Eltern zuliebe mitgekommen, teilt sie in Abständen von drei Stunden mit. Beim letztenmal wurde es selbst ihrer Mutter zuviel. Sie entgegnete gereizt: »›Zuliebe‹ kann man das doch wohl nicht nennen. Du verdirbst uns allen die Ferienstimmung.« Darauf hatte Katharina vorgeschlagen, daß sie jederzeit aussteigen und trampen könnte, sie käme in Italien überall durch.

Michele mißt den Luftdruck in den Reifen, mißt den Ölstand, der sich nicht verändert hat, rät aber trotzdem zu einem Ölwechsel, was er zur Geschäftsbelebung immer tut. Er wäscht die Windschutzscheibe, den Rückspiegel, versichert Herrn Sonntag, daß Germania schön sei, aber die Isola d'Elba noch schöner und die deutschen Autos sehr gut. Er geht und holt einen Eimer mit frischem Wasser.

Katharina kommt als erste zurück, Polohemd und Hose sind wie immer eine Handbreit voneinander entfernt; sie hat eine Tüte mit Zitronen im Arm und das Viertel einer Zitrone bereits im Mund, daran suckelt sie. Michele taucht den Schwamm ins frische, kühle Wasser, drückt ihn über dem Nacken aus, taucht ihn wieder ein, drückt ihn über der Brust aus und schüttelt sich wie ein Jagdhund. Die Tropfen sprühen. Er lacht, das Wasser rinnt ihm in den Hosenbund. Er macht sich daran, die Seitenfenster des Autos zu putzen. Seine Bewegungen sind geschmeidig, spielerisch; es sieht aus, als kenne er kein größeres Vergnügen, als in der Mittagsglut an einer schattenlosen Tankstelle das Auto eines ausländischen Touristen zu versorgen. Er wendet sich an Herrn Sonntag: »Blondes Mädchen serr schön!« und fragt Katharina: »Wie heißen?« Zur Überraschung des Vaters nennt sie ihren Namen. Michele wiederholt ihn andächtig und bewundernd: »Catarina! Cata — bella Catarina«, er probiert den Wohlklang des Namens aus, genießt ihn.

Kai kommt als nächster zurück und stellt fest, daß die Völkerverständigung fortschreitet. Er ißt ein großes Stück Pizza, das Öl läuft an seinem mageren Arm herunter bis zum Ellenbogen. Frau Sonntag kehrt ebenfalls zurück, erhitzt und müde. Michele zeigt abwechselnd auf sie und Katharina und sagt beifällig zu dem Kunden: »Drei schöne Kinder!«

»Mamma mia!« Kai läßt sich überwältigt auf den Rücksitz fallen und kaut an seiner Pizza. Frau Sonntag lächelt, gibt aber gleichzeitig ihrem Mann einen Wink, daß er jetzt Schluß machen solle.

»Was denn? Wieso denn?« Herr Sonntag ist entrüstet, er schätzt es nicht, wenn man sich in seine Angelegenheiten mischt, und das Auto gehört dazu. »Dieser Michele kann uns noch gute Dienste tun. Er wird das Auto von oben bis unten überholen. Die Gelegenheit ist denkbar günstig!«

»Vater!« Katharina schiebt die Zitrone in die andere Backentasche. »Ich verstehe dich einfach nicht! Immer denkst du nur daran, ob etwas Vorteile für dich haben könnte! Typisches Profitdenken!«

Herr Sonntag ist verblüfft. Auf diese Attacke ist er nicht vorbereitet. »Immerhin handelt es sich um Vorteile für uns alle. Einer muß schließlich das unangenehme Amt übernehmen, der Ernährer der Familie zu sein.«

Jetzt mischt sich seine Frau ein: »Rede doch nicht immer vom Geld! Schließlich finanziere ich diese Ferien, Karl Magnus, und nicht du!«

»Ganz recht, Mutter, du finanzierst diese achtundzwanzig

Tage Ferien, und ich finanziere die übrigen —«

»— 337 Tage!« Kai ist gleich wieder bereit, mit der richtigen Zahl auszuhelfen.

»Jawohl, 337 Tage!« wiederholt Herr Sonntag. »In Worten: dreihundertsiebenunddreißig Tage. Achtundzwanzig Ferientage zu finanzieren ist wesentlich angenehmer als —«

Kai unterbricht ihn: »›Warum denn immer gleich in die Luft gehen, rauch lieber eine —‹«

»Und du hältst jetzt mal den Mund, mein Junge!« Die Hand des Vaters kommt der Backe des Sohnes bedrohlich nahe. Michele blickt von einem zum anderen und lacht: »Tumulto! Großer tumulto!«

Frau Sonntag sagt vorwurfsvoll: »Was soll dieser Italiener von uns denken!«

Inzwischen wäscht Michele das vordere Nummernschild ab. »KS —«, buchstabiert er. »Kassel? Mio bappo«, sagt er, »Papa in Kassel! Tempi passati, lange her, Krieg — guerra.«

Herr Sonntag sieht ihn ungläubig an. Michele hebt die Hand zum Schwur. Herr Sonntag hält es für einen Trick der Italiener und bleibt mißtrauisch. Michele wiederholt: »Kassel. Krieg. Papa.«

Er schlägt vor, den Vater zu besuchen. In Marina die Campo, ein kleines Dorf, aber ein Hafen. Pinien! Sandstrand! Die ganze Familie. Guter Wein! Aleatico!

Er macht sich daran, ausgiebig das Seitenfenster zu waschen, hinter dem Katharina sitzt. Er veranlaßt sie, die Scheibe herunterzudrehen, er flüstert ihr zu: »Wo wohnen? Portoferraio? Marciana Marina? Porto Azzurro?« Sie schüttelt den Kopf. Er poliert den Wagen, haucht gegen den Lack, bringt seinen Kopf dabei noch näher an Katharinas Kopf. »Procchio?« fragt er. Katharina nickt und lächelt. Zum erstenmal auf dieser Reise lächelt sie. Ihre Mutter beobachtet es mit Besorgnis.

»Va bene, Procchio serr schön!« Michele trällert, er ist mit seinen Verhandlungen sehr zufrieden.

Endlich sind sie zur Abfahrt bereit. Michele erklärt Herrn Sonntag umständlich, wie er nach Procchio komme. Er winkt dem Auto nach, ruft: »Addio!« Herr Sonntag verlangt, daß die Familie ebenfalls winke. »Seid gefälligst freundlich!« sagt er. »Man muß Land und Leute kennenlernen. Ihr werdet mir die Bekanntschaft mit diesem Michele noch einmal danken!«

Frau Sonntag betrachtet besorgt ihre Tochter, die noch immer lächelt und winkt, und versucht dann, auf den Knien die Ansichtskarte an die Großmutter zu schreiben, die während der Ferien die Wohnung betreut. Kai ahmt mit süßer Stimme den jungen Italiener nach: »Cata! Catarina! Bella Catarina!«

Die bella Catarina stößt ihn wütend in die Seite und sagt: »Idiot«, lächelt aber weiter.

Herr Sonntag traute seinen Augen nicht: Plötzlich waren die Straßen menschenleer, hundeleer, eselleer, katzenleer. Innerhalb von wenigen Minuten hatte sich das Straßenbild völlig verändert. Keine Obstkarren, keine Vespas, keine Lastwagen. Gemüse, Obst, Fleisch waren in die Läden geholt oder zugedeckt worden, die Fenster- und Türläden verschlossen, Kinder und Hunde waren in den Häusern. Siesta. Mitten in einem Korb voller Zwiebeln, der stehengeblieben war, machte es sich eine Katze bequem und blinzelte müde in die Sonne. Die Kanarienvögel in den Käfigen, die zwischen Blumentöpfen an den Häusern baumelten, hockten aufgeplustert und schläfrig auf ihren Stangen und sangen nicht mehr. Nur ein paar Touristen irrten noch durch die stillen Straßen und suchten nach einem schattigen Platz, an dem sie die heißen Nachmittagsstunden verbringen konnten.

Herr Sonntag verringert die Geschwindigkeit. Zu beiden Seiten der Straße stehen rundgestutzte Oleanderbäume. Die Blätter sind staubig, die weißen Blüten ohne Leuchtkraft, aber der Oleanderduft weht durch die weit geöffneten Fenster in das Wageninnere. Jetzt dringt auch ein kühlerer Windzug hinein und wird mit einem vierstimmigen »Aah!« begrüßt. Fahrtwind? Oder der Seewind, der sich laut Prospekt pünktlich am frühen Nachmittag auf der Insel einstellen soll? Nicht einmal Frau Sonntag beklagt sich, daß es schon wieder ziehe. Siesta auch auf dem Lande. Nur nicht für die Zikaden, die gegen die Stille anschreien. »Phonzahl von mindestens 40«, sagt Kai. »Dicht an der Grenze der Zumutbarkeit.«

»Mittleres Sägewerk«, findet Herr Sonntag, dessen Stimmung vorzüglich ist.

Die Straße führt zunächst ein Stück durch Hügelland, die Felder sind bereits abgeerntet, das Gras verdorrt. Weingärten zu beiden Seiten, Blätter und Trauben von einer dicken, klebrigen Schicht aus Kupfervitriol und Staub bedeckt. An den Feigenbäumen sitzen runde grüne Früchte dicht am Stamm. Die hohen Blütenschäfte der Agaven ragen wie Telefonmaste in den Himmel. Der Schatten der Pinien reicht nicht einmal für die Esel, die an den Stamm gebunden sind. Wie Steifftiere stehen sie grau, unbeweglich und gottergeben unter der Last der Hitze und des Zaumzeugs.

Herr Sonntag fährt allenfalls noch dreißig Stundenkilometer. Er blickt abwechselnd nach rechts und nach links aus den Wagenfenstern. Von Kai befindet sich nur noch eine Hälfte im Auto, die andere hängt draußen. Er ruft in Abständen: »Was blüht denn da? Was ist das für ein Baum?« Seine Mutter gibt Auskunft: »Die Kakteen mit den stacheligen graugrünen Lanzen sind Agaven; das sind Zypressen; das sind Opuntien, die Früchte schmecken wie Feigen, sie müßten bald reif sein.«

Himmel und Meer haben die gleiche Farbe, keine Horizontlinie trennt sie voneinander. Gleißendes weißes Licht, wohin man blickt. Das Auto überquert einen ausgetrockneten Bach, kleine grüne Täler, bewaldete Berge. Herr Sonntag hält an, um ausgiebig ein Bauernhaus zu betrachten, eine steinerne Außentreppe führt seitlich in das erste Stockwerk. Das gefällt ihm alles ausnehmend gut. Als sie sich wieder der Küste nähern und sandige Buchten zwischen den Felsvorsprüngen auftauchen, dreht er sich zu seiner Frau und Katharina um und sagt befriedigt: »Na, was sagt ihr dazu?« in einem Tonfall, als sei diese Insel seine Erfindung, von ihm einzig und allein zum Wohlbehagen der Familie Sonntag hergestellt.

Er lehnt sich in seinen Sitz zurück, hält das Steuer mit durchgedrückten Ellenbogen, legt den Kopf in den Nacken und singt, was er nur dann singt, wenn er sich besonders wohl fühlt.

»Überall bin ich zu Hause,
überall bin ich bekannt . . .«

Als er soweit gekommen ist, wird er von einem blauen Omnibus überholt. Der Fahrer hupt melodisch, winkt aus dem Fenster und schreit: »Kassel!« Herr Sonntag schmettert: »Überall bin ich bekannt!« Er unterbricht seinen Gesang und sagt: »Der muß auch im Krieg in Kassel gewesen sein!« Kai schreit hinter dem Omnibus her »Änschel« und stellt fest, daß Kassel im letzten Krieg eine italienische Provinz gewesen sein müsse. Herr Sonntag singt mit seinem schönen, kräftigen Bariton sein Lieblingslied weiter:

»Macht das Glück im Norden Pause,
ist der Süd mein Vaterland.
Lustig hier und lustig da,
ubi bene, ibi patria
ubi bene, ibi patria!«

Nicht einmal Katharina mokiert sich heute über den Gesang ihres Vaters. Sie suckelt an ihrer Zitronenscheibe und träumt zum Fenster hinaus. Kai sagt aufgeregt: »Wie das riecht!« Und »Was ist denn das« und »Guck mal« und »Sieh mal«. In ›ubi bene, ibi patria‹ stimmt er ein.

Der Vater ist inzwischen bei der zweiten Strophe angelangt:

»Ob ich in der Hütte decke
oder im Palast den Tisch,
hungrig hier und durstig da.«

Er kommandiert: »Alle!« Sie singen zu dritt:

»Ubi bene, ibi patria —«

Als das Wort ›hungrig‹ fällt, erinnert sich Frau Sonntag an die Pizza in ihrer Strohtasche und reicht ein Stück ihrem Mann, der nun kauend weitersingt.

Kai entdeckt als erster das Ortsschild von Procchia. Herr Sonntag hupt dreimal und schmettert die Schlußzeilen:

»Erde hier und Erde da,
ubi bene, ibi patria.

Wo ich mich wohl fühle, da bin ich zu Hause; hier fühlt Karl Magnus sich wohl.«

Eine langgestreckte Bucht mit einem schmalen Sandstrand wird sichtbar. Einige Sonnenschirme, ein paar verlassene Liegestühle, im seichten Wasser zwei oder drei Luftmatratzen. Kai vergleicht den Blick auf die Bucht mit dem Foto im Prospekt. »Das ist unsere!« stellt er fest. Frau Sonntag entdeckt am steil aufsteigenden Hang eine Reihe kleiner weißer Bungalows; einer davon wird ihnen für vier Wochen gehören.

»Wie heißt unser Haus?« erkundigt sich Herr Sonntag.

»Concordia«, antwortet Kai.

Herr Sonntag wiederholt: »Concordia! Befindet sich jemand in unserem Auto, der nicht wissen sollte, daß Concordia Eintracht heißt?«

Eine Oase der Stille und Schönheit

Die Sonne bereitet ihren Aufgang über dem Monte Serra vor.

Katharina hatte noch nie den Übergang der Nacht in den Morgen erlebt. Sie hockte im Nachthemd auf der obersten Stufe der Treppe, die zum flachen Dach des Hauses führte. Erst im Morgengrauen hatte es sich ein wenig abgekühlt.

»Seit der Morgen graut, ist es kühler geworden —.« Mit diesen Worten hatte sie ihr Inseltagebuch begonnen. Als sie weiterschreiben wollte, fiel ihr auf, daß dies kein Morgengrauen war wie in der Stadt. Kein Grau war in der Luft. War es blau? Blaute der Morgen? Oder war er golden? War er rosa? Die Sonne schickte ihre rosafarbenen Vorboten über die Berge im Osten der Insel. Schon trafen ihre Strahlen den Gipfel des Monte Capane und ließen ihn aufleuchten. Aus dem Meer tauchten Inseln auf, die man gestern nicht gesehen hatte. Sie schrieb: »Die Morgeninseln tauchen auf aus dem Meer.«

Die Fischer hatten ihre Laternen gelöscht und kehrten zum Hafen zurück. Sie hörte das Tuckern der Motoren. Das Wasser, das eben noch nachtblau gewesen war, färbte sich, die Sonne eroberte das Meer. Aus den Tälern wich die Dunkelheit. Die Berghänge erglänzten silbern, wenn der Wind in den Ölbäumen blätterte und die helle Unterseite der kleinen Blätter nach außen kehrte. Von der Bucht her konnte sie das Schwappen der Wellen hören. Ein vereinzelter Vogelruf. Die Zikaden, die bis tief in die Nacht geschrien hatten, schwiegen noch.

Katharina lehnte den Kopf in den Nacken, sah durch das Geäst der Pinie, die ihren dunklen Schirm über das Dach breitete, in den Himmel und klappte ihr Tagebuch zu. Dieser erste Morgen auf der Isola d'Elba war unbeschreiblich. Sie ging zur Brüstung, streckte sich auf der Mauer aus, ihr Haar hing lang und hell herab. Sie schloß die Augen.

Die Fensterläden der Nachbarhäuser waren noch ebenso verschlossen wie die Türen und Fenster von ›Concordia‹. Aber jetzt wurde drunten geräuschvoll ein Laden aufgestoßen. Herr Sonntag erschien auf der Terrasse, gähnte ausgiebig und blickte sich ebenso ausgiebig um: begrünte Berghänge, der golden angestrahlte Monte Capane, das vorbildlich blaue Meer, die weißen Bungalows in den kleinen Gärten. Er stellte befriedigt fest, daß er bekommen hatte, was er gekauft hatte: ›Eine Oase der Stille und Schönheit‹.

Herr Sonntag war mit dem bekleidet, was man ihm im Kaufhaus als ›Campinganzug‹ empfohlen hatte und das sich von einem Schlafanzug nur dadurch unterschied, daß es kurze Hosen hatte. Er ging einmal ums Haus herum, sah nach dem Auto, das bereits wieder von einer Staub- und Salzkruste bedeckt war, besah sich die Schlaglöcher des Zufahrtsweges, blickte am Haus hoch, entdeckte Katharina in ihrem roten Nachthemd und fand, daß er eine ungewöhnlich hübsche Tochter habe. Schade, daß sie innen nicht ebenso hell und heiter war wie außen! Als er sie mit einem lauten Zuruf begrüßen wollte, legte sie den Finger auf die Lippen. Er nickte, obwohl er gerne zu jemandem gesagt hätte, daß dies ein wunderbarer Morgen sei. Er beschloß, zunächst einmal zu duschen. Neben dem Heißwasserbehälter war eine Gebrauchsanweisung angebracht, der er entnahm, daß das Wasser ›permanente‹ heiß und kalt flösse. Er konnte das bestätigen. Das kalte Wasser lief permanent, der Hahn ließ sich nicht zudrehen. Das heiße Wasser hingegen tröpfelte lauwarm. Typisch italienisch, dachte er, larifari! Selbst dies befriedigte ihn, denn es entsprach seinen Vorstellungen von einem Ferienhaus in Italien.

Inzwischen war Kai wach geworden und spazierte, nur mit der Hose seines Schlafanzugs bekleidet, durchs Haus. »Chef!« rief er, »wie wäre das denn mit einem Frühstück?«

Von den Frauen war offenbar nichts zu erwarten. Die Mutter schlief noch, Katharina fiel aus; wenn die ihre Zitronenscheibe hatte, brauchte sie nichts weiter. An diesem Morgen schien sie nicht einmal eine Zitronenscheibe zu brauchen.

Auf der Straße, die unterhalb der Ferienhäuser der Küste folgte, hupte eine Vespa zweimal, leicht wie ein Vogelruf: lang — kurz, lang — kurz.

Herr Sonntag entdeckte eine Schaufel und machte sich daran, zunächst einmal die tiefsten Schlaglöcher mit Bauschutt und Erde zu füllen. Kai lungerte herum und lieferte die passenden Schlagzeilen: »›Deutscher Urlauber im italienischen Straßenbau tätig‹ — ›Trimm dich gesund!‹ — ›Arbeite mal wieder!‹«

Im Nachbarhaus, das nur durch eine lichte Oleanderhecke von ›Concordia‹ getrennt war, wurden die Läden aufgestoßen. Auf der Terrasse erschien ein Mann und rief Herrn Sonntag zu: »It's a wonderfull day today! Isn't it?«

Ein Engländer! Kai war beeindruckt, er schrie begeistert: »Morning, Mister!« Der rief: »Gioia« zurück, zeigte dabei auf sein Haus. Herr Sonntag rief: »Concordia!« und zeigte auf sein Haus. Seit er die Schaufel zur Hand genommen hatte, hielt er sich für den Eigentümer des Hauses und fühlte sich verantwortlich dafür.

Auf der Straße hupte die Vespa lang — kurz, lang — kurz, diesmal eindringlicher.

Im Haus unterhalb von ›Concordia‹ wurden die Läden aufgestoßen, eine schwarzhaarige Frau erschien im Bikini auf dem Dach und rief: »Bonjour, Monsieur!« und »Fortuna«. Herr Sonntag und sein Sohn riefen: »Guten Morgen! Concordia.« Die Bewohner des Feriendorfes benutzten den Namen ihres Hauses als Gruß und pflegten sich, immer wenn sie sich begegneten, »Freude« und »Glück« und »Eintracht« zuzurufen.

Rechts und links, oberhalb und unterhalb wurden Fensterläden und Türen geöffnet. Die Häuser gähnten, atmeten die schwüle Nachtluft aus und die klare Morgenluft tief ein. Herr Sonntag und Kai riefen zweistimmig »Concordia« in alle Himmelsrichtungen. Die deutschen Nachbarn riefen: »Morgen! ›Simpatia‹!« Die Schweizer riefen »Grüezi!« Es ging im Bungalowdorf international zu, wie es der Prospekt versprochen hatte, sogar Italiener gab es; sie riefen: »Buon giorno!«

Die Transistorgeräte wurden auf Außenstärke gedreht und brachten Musik, Nachrichten und Geräusche in allen Sprachen. Durch die geöffneten Fenster verständigte man sich von Dach zu Küche und von Bad zu Terrasse mit lauten Zurufen. Immer noch hupte auf der Straße die Vespa lang — kurz, lang — kurz. Omnibusse fuhren rund um die Insel und quer über die Insel und hupten melodisch vor jeder der zahlreichen Kurven.

Die Oase der Stille und Schönheit hatte sich innerhalb einer Viertelstunde in einen Vergnügungspark verwandelt. Fehlten nur noch Karussells und Schießbuden. Schon knallte es oberhalb in den Bergen. Vogelschützen waren unterwegs.

Jetzt erschien Frau Sonntag in einem gelben Leinenkleid und sorgfältig frisiert. Herr Sonntag betrachtete sie mit Wohlgefallen und pfiff zum Spaß durch die Zähne. Sie konnte sich sehen lassen: dunkelhaarig, schlank und sportlich. Ihre Figur war wesentlich besser als die der Französin in ›Fortuna‹. Er lehnte die Schaufel an die Hauswand und teilte ihr mit, was sie bereits wußte: »Das heiße Wasser funktioniert nicht. Larifari!«

Der Engländer rief Frau Sonntag auf englisch zu, daß dies ein sehr schöner Morgen sei, und Frau Sonntag bestätigte das in ihrem korrekten Englisch. Die Franzosen aus ›Fortuna‹ machten sie darauf aufmerksam, daß dieser Tag sehr schön zu werden verspreche. Frau Sonntag gab das auf französisch zu, ohne bisher mehr davon gesehen zu haben als den staubigen Schotterweg. Inzwischen war in dem einzigen Haus, das bisher noch geschlafen hatte, eine italienische Großfamilie erwacht und rief den Sonntags »Contentezza« zu und daß dies »bel tempo« sei. Kai schrie mehrmals, weil seine Stimme nicht durchdrang, »Concordia«. Das Wetter war schön, Frau Sonntag bestätigte auch das. Kai fragte, was denn nun wieder ›Contentezza‹ heiße. Zufriedenheit, erklärte ihm seine Mutter.

»O boy! Wenn ich mal Frühstück bekäme, wäre ich noch zufriedener!« Er schrie mit voller Lautstärke, denn soeben hatte Katharina den Transistor eingeschaltet; sie schien sich im Bad aufzuhalten.

Die Zikaden hatten inzwischen ihren Arbeitstag begonnen. Kai quengelte um seine Mutter herum. »Wann kriegt denn so'n armer Junge was zu essen?« Er wölbte den mageren weißen Brustkorb vor, bis jede Rippe wie eine Schlittenkufe hervortrat. Seine Mutter erklärte, sie würde jetzt das Frühstück richten, unterm Feigenbaum, in der Morgensonne. Sie verschwand in der Küche und rief zwei Minuten später: »Wir haben kein Brot! Wer holt Brot? In Procchio gibt es sicher einen Bäcker. Eine Viertelstunde von hier.«

Herr Sonntag rief: »Freiwillige Meldungen erbeten! Kai, wie wäre es, wenn —«

»Immer die Kleinsten!«

»Kai, du kriegst auch —«

Frau Sonntag rief aus der Küche: »Karl Magnus! Das ist Bestechung! Du gehst völlig unpädagogisch vor!«

»Unpädagogisch?« rief Herr Sonntag. »Es ist aber praktisch!«

»Wir wollten in diesen vier Wochen demokratisch leben!« kam es aus der Küche.

»Was wollten wir —?« schrie er zurück.

»De — mo — kra — tisch«, antwortete Frau Sonntag, jede Silbe sorgfältig akzentuierend.

»Dann kriegen wir vor elf Uhr kein Frühstück! Autoritär wären wir in zehn Minuten soweit. Katharina!« Er verstärkt die Stimme: »Käthchen! Möchtest du uns vielleicht Brot holen?«

Aus dem Bad hörte man ein entrüstetes: »Ich? Wie komme ich denn dazu, euch Brot zu holen? Ich frühstücke sowieso nicht.«

»Siehste!« stellte Herr Sonntag fest.

»Sag doch bloß nicht immer ›siehste‹! Dann geh ich eben selbst!«

»Kommt gar nicht in Frage! Du mußt Kaffee kochen. Ich fahre rasch runter.«

»Karl Magnus, das wirst du nicht tun! Du wolltest in diesen Ferien nicht mit dem Auto fahren, sondern zu Fuß gehen. Denk doch an deine Gesundheit! Außerdem bist du weder rasiert noch angezogen.«

Herr Sonntag rieb sich das Kinn. »Ich werde mir einen Bart wachsen lassen!«

»Davon höre ich zum ersten Mal!« rief seine Frau durchs Küchenfenster.

»Ich auch! Es wurde soeben autoritär beschlossen! Wo sind die Wagenschlüssel?«

»Aber ich will nicht, daß du in diesem Aufzug —«

»Ich will in diesem Aufzug nicht in die ›Banco di Roma‹ fahren, sondern in einen Dorfbäckerladen. Ich tue doch wirklich alles, was du willst, Mutter, sogar, was du nicht willst, Kai, such die Wagenschlüssel!«

»Du bist nicht konsequent, Karl Magnus.« Frau Sonntag trat aus dem Haus, auf ihrer Stirn stand die kleine ärgerliche Falte, die von der Familie gefürchtet wurde. »Ich gehe, um des lieben Friedens willen.«

Kai murmelte: »Na dann: Concordia«, und verdrückte sich.

In diesem Augenblick hupt die Vespa in unmittelbarer Nähe lang — kurz, lang — kurz, Katharina erscheint und erklärt beiläufig: »Ich geh' ja schon!« Die Familie starrt sie an. Katharina fügt hinzu: »Aus Einsicht! Demokratie beruht auf Einsicht!

Kai faßt nach ihrem Handgelenk, sucht den Puls, erkundigt sich besorgt: »Du bist doch nicht etwa krank, Schwesterchen? Ein kleiner Sonnenstich?« Katharina schüttelt ihn ab, läuft die Stufen hinunter, durchquert das ausgedörrte Gärtchen und verschwindet hinter dem Oleandergesträuch.

»Boy! Das war gar nicht Einsicht! Das ist ja dieser Michele!«

»Katharina, die Bluse!« ruft die Mutter hinter ihr her, »Brot heißt pane, panini! Brötchen!«

Kai rennt ein Stück hinter der Vespa her und schreit: »Laß deine greisen, hilfsbedürftigen Eltern nicht hungern! Denk an dein schwächliches Brüderchen!«

Der Motorlärm entfernt sich, das Staubwölkchen verweht. Kai trottet zurück. »Ihr werdet mir die Bekanntschaft mit diesem Michele noch mal danken!« Er zitiert den Ausspruch des Vaters, und der droht ihm, ihn jetzt umgehend, noch vor dem Frühstück, übers Knie zu legen.

Frau Sonntag setzt ihrem Mann auseinander, daß es unpädagogisch sei, Kinder eine Strafe anzudrohen, die nicht ernstgemeint sei und nicht ausgeführt würde. Er habe von Kindererziehung nach wie vor keine blasse Ahnung. Herr Sonntag findet, daß der einzige, der immer erzogen würde, er selber sei. »Autoritär! Jawohl!«

Aus dem Haus der Italiener erschallt ein Donnerwetter. Eine Männerstimme schreit »Sacramento!« Kai zieht den Kopf ein. Jetzt heult nebenan ein Kind, dann ein zweites. Er findet, daß eine angedrohte Strafe wesentlich angenehmer sei als eine ausgeführte.

Zehn Minuten später sitzt die Familie Sonntag einträchtig beim Frühstück. Die Blätter des Feigenbaumes werfen Schattenfelder auf den Tisch, die groß genug sind, um Butter, Salami und Marmelade vor der Sonnenbestrahlung zu schützen. Kaffeeduft mischt sich in den Duft der warmen Piniennadeln. Die Blüten des Oleanders stoßen in kurzen Abständen Duftwolken aus. Musik von Terrasse zu Terrasse. Zikaden und Grillen in den Weingärten.

Kai bricht sein fünftes knuspriges panino auf und sagt: »Das ist die Lösung: Dein boy-friend kommt morgen hoffentlich pünktlich zum Brötchenholen wieder!«

Katharina wirft ihrem Bruder einen wütenden Blick zu, errötet und zieht ihre blonden Vorhänge dichter zu. Sie suckelt an ihrer Zitronenscheibe.

Herr Sonntag ist bereits bei der dritten Tasse Kaffee angelangt. »Na? Was habe ich gestern gesagt: Ihr werdet mir die Bekanntschaft mit diesem Michele noch einmal danken!«

Katharina wirft auch dem Vater einen ihrer wütenden Blicke zu, der ihm die Stimmung jedoch nicht verderben kann. Er ist von seiner Tochter nicht durch Liebenswürdigkeit verwöhnt. Er tätschelt ihren Arm, der den ersten zarten Sonnenbrand aufweist, und sagt: »Unser widerspenstiges Käthchen.« Der Blick, den seine Frau ihm zuwirft, gibt ihm zu verstehen, daß auch diese Bemerkung wieder unpädagogisch sei. Der Umgang mit einer siebzehnjährigen Tochter ist schwierig. Man sollte Lehrgänge für unbegabte Väter einrichten. »Das beste wäre«, sagte er, »ihr gäbet mich in eine Anstalt für schwer erziehbare Väter!«

»Es gibt schlimmere Exemplare, Chef!« tröstet ihn Kai, der dabei ist, den Grad des Winkels zu berechnen, den die Sonnenstrahlen und die Hauswand bilden. Winkelberechnungen sind seine Leidenschaft. Der Vater schlägt ihm vor, an der Südseite des Hauses eine Sonnenuhr zu konstruieren, aber Kai will keine Sonnenuhren bauen, sondern endlich an den Strand gehen und die neue Tauchausrüstung ausprobieren. Der Vater rückt seinen Liegestuhl in den Schatten und erklärt: »Abbiamo tempo! Wir haben Zeit!« Kai holt Taucherbrille und Schnorchel, setzt sie auf, steigt in die Schwimmflossen, patscht wie Donald Duck über die Terrasse und genießt das Gelächter der Nachbarn, die in kleinen Gruppen lärmend, mit Strandgepäck beladen, in die Badebucht ziehen.

Katharina liegt textilfrei auf der Dachterrasse, um ihren Sonnenbrand zu verstärken. Frau Sonntag untersucht den kleinen Garten, der im Frühjahr mit ein paar Geranien bepflanzt worden war, um den sich aber nie wieder jemand gekümmert hatte. Sie zerkrümelt lehmige Erde zwischen den Fingern, bricht vertrocknete Zweige vom Oleander ab und überlegt, ob es ihr gelingen könnte, in vier Wochen aus diesen dreihundert Quadratmetern verdorrten Bodens einen gepflegten blühenden Garten zu machen. Herr Sonntag zündet sich eine Zigarre an: Sein Wohlbehagen steigert sich mit dem ersten Zug. Seine Frau sieht mißbilligend dem Zigarrenrauch nach und ermahnt ihn: »Karl Magnus, du wolltest dir das Rauchen abgewöhnen!« Sie weiß immer ganz genau, was ihr Mann will und was er nicht will; nur daß er an diesem Morgen zum erstenmal in seinem Leben ein Hausbesitzer ist, der unter dem Feigenbaum seine Morgenzigarre genießt und dabei nicht gestört werden will, das scheint sie nicht wahrzunehmen.

Doch! Sie kommt, setzt sich neben seinen Liegestuhl auf die Erde, lehnt den Kopf an sein rechtes Knie und schließt die

Augen, ihr Gesicht entspannt sich. »Vier Wochen lang gehört das alles uns«, sagt sie. »Ein Haus und ein Garten, der Blick über das Meer, der Blick über die Berge, die Zikaden und der Pinienduft.«

Herr Sonntag streicht ihr von hinten her durch das kurze braune Haar, das hat sie gern. Sie lächelt.

Kai schiebt den Schnorchel hoch und sagt: »Eine Oase der Stille und Schönheit.«

Mein Freund Michele

»Fragt doch mal Michele!« — »Vielleicht weiß Michele« — »Wartet doch, bis Michele —« So geht das den ganzen Tag.

Herr Sonntag ist der Ansicht, daß Michele ein hilfsbereiter, tüchtiger Junge ist, der sich gern ein paar Lire dazuverdient. Nachdem Katharina ihm beim Brötchenholen erzählt hatte, daß die Installationen in ›Concordia‹ nicht in Ordnung wären, hat Michele gleich am nächsten Morgen seine Werkzeugtasche mitgebracht und ist mit Herrn Sonntag im Bad verschwunden. Michele sagt: »Piccolezza! Kleinigkeit! Man muß ein wenig reparieren.« Er hantiert mit Schraubenschlüssel und Zange. Herr Sonntag macht ihm währenddessen klar, daß sämtliche Installationen im Haus ›larifari‹ seien. Er ist sehr froh, daß ihm das Wort ›larifari‹ eingefallen ist. Michele lacht und stimmt zu: »Larifari!« Die Deutschen wollen immer Ordnung. Wollen immer eine Dusche, dabei haben sie ein ganzes Meer zum Baden. Sie wollen immer Komfort, wollen Sessel, dabei ist es schöner, unter einem Baum zu sitzen, auf einer Mauer. In Italien lebt man nicht im Haus. »Haus ist für Regen, für Winter. Haus für Schlafen, für Kochen.

Inzwischen ist der Abfluß wieder in Ordnung, das kalte Wasser kann man abdrehen, das warme kann man aufdrehen. Michele sagt: »Okay!« und steckt lächelnd und nachlässig den Tausendlireschein in die Brusttasche seines Hemdes. Herr Sonntag spricht von ihm nie anders als: »Mein Freund Michele.«

Kai ist der Ansicht, daß Michele seinetwegen kommt. Nachdem er ihm seine neue Tauchausrüstung gezeigt hat, ist er gleich mit ihm zur Bucht gegangen und hat ihm gezeigt, wo man schnorcheln muß; er hat Kai die Taucherbrille zurechtgerückt, hat ihm vorgemacht, wie er atmen müsse und wie er die Flossen bewegen solle. Er hat ihm sogar eine Stelle gezeigt, wo es kleine Austernmuscheln gibt. Vorsichtig hat er die Austern mit dem Taschenmesser vom Felsen gelöst und Kai erklärt, wie man die Muscheln ausschlürft. Michele ist sein Freund, das ist sicher.

Kurz nach sechs Uhr morgens pflegt Kai sich aus dem Haus zu schleichen und durch das schlafende Feriendorf zu streunen. Er kennt die Hunde der Jäger, und die Hunde kennen ihn, sie bellen ihn nicht an; er klopft ihnen das kurze braune Fell, wartet, bis der Jäger kommt, dem ein paar tote Vögel aufgereiht am Gürtel baumeln, manchmal hängt ein totes Wildkaninchen am Lauf des Gewehres. Meist kommen die Jäger ohne Beute. Kai fragt dann: »Niente? Nichts?« Sie sagen: »Niente!« Er sagt: »Fa niente! Macht nix!« und grinst. Der Jäger sagt ebenfalls: »Macht nix. Il tempo è buono!« Der Morgen ist schön auf dem Berg. Der Jäger steigt weiter den Berg hinunter, Kai trottet nebenher, läuft ein Stück mit den Jagdhunden um die Wette. Hier und da wird ein Laden aufgestoßen, der Schweizer ist immer der erste, Kai grüßt ihn mit »Grüezi, Herr Allegra!« Und der grüßt fröhlich zurück. Sein verdrießliches Gesicht hat sich aufgehellt, man kann nicht verdrießlich sein in einem Haus, an dem ›Fröhlichkeit‹ in 75 Zentimeter großen Buchstaben an der Hauswand steht. »Salute, Signorina Comodità!« ruft er am nächsten Haus. Signorina Comodità ist eine Schlampe, das sieht man von weitem, sie räumt nicht auf, wirft die Abfälle neben das Haus: Comodità heißt Bequemlichkeit.

Die ersten Frühstückstische werden gedeckt. Jeder schenkt dem mageren Jungen aus Germania etwas, ein Stück Salami, eine große Scheibe Melone. Trotz der zusätzlichen Mahlzeiten wird er von Tag zu Tag dünner, weil er stundenlang schwimmt. Jeden Abend klemmt ihn sich der Vater zwischen die Knie und sieht nach, ob ihm immer noch keine Flossen und Kiemen gewachsen sind.

Wenn er seinen Rundgang beendet hat, stellt er sich in Procchio an die Straßenecke, wo sich die Straße teilt; die eine Straße führt an der Küste entlang nach Marciana, die andere quer durchs Land nach Marina di Campo. Von dorther kommt Michele. Michele hupt, legt Kai den Arm um die Schultern, sagt »Ciao« und Kai steigt auf den Beifahrersitz. Kurz vor ›Concordia‹ rutscht er hinunter und schleicht von hinten her zum Haus.

Es braucht keiner zu wissen, daß er schon seit zwei Stunden unterwegs ist.

Frau Sonntag ist der Ansicht, daß Michele großes Interesse an Geologie habe. Er hat ihr alle verlassenen Bergwerke und Steinbrüche, die es auf der Insel gibt, in die Karte eingezeichnet. Einmal ist er sogar auf seiner Vespa dem Auto vorausgefahren nach S. Lucia alle Pila, ist mit ihr durch das Gesträuch gekrochen, hat vorsichtig mit ihrem Hammer einen herrlichen Beryll aus der Wand gelöst. Jeden neuen Stein, den sie gefunden hat, zeigt sie Michele; Michele bewundert ihn und merkt sich die Namen. Er teilt ihre Begeisterung. Er ist ein intelligenter junger Mann! Frau Sonntag wünschte, sie hätte solche Schüler! Er springt leichtfüßig über das Geröll, teilt die Lorbeerzweige für sie auseinander, reicht ihr die Hand und ist ihr behilflich.

Frau Sonntag ist der Ansicht, daß Michele ihretwegen komme. Kai nimmt an, daß er seinetwegen komme, Herr Sonntag ist der Meinung, daß Michele sich gern ein paar Lire verdienen wolle, und Katharina weiß, daß Michele das alles nur tut, um in ihrer Nähe zu sein. Das erste ferne Hupen seiner Vespa gilt bereits ihr und nicht der Kurve, um die er biegt.

Jeden Morgen sitzt Katharina auf der obersten Treppenstufe, die zur Dachterrasse führt, und wartet darauf, daß die Sonne hinterm Monte Serra aufgeht. Diese Morgenstunde gehört ihr; dann gehören ihr die Terrasse und das Haus und der Berg und das Meer. Sie macht Eintragungen in ihr Tagebuch. Keiner fragt um diese Zeit neugierig: »Was schreibst du denn immer?« Sobald sich etwas im Haus rührt, schiebt sie ihr Heft unter einen losen Stein. Ihre Eintragungen sind kurz, wenige Sätze, Gedichtzeilen. Der einzige, der ihr Tagebuch kennt, ist Michele; er darf sogar darin blättern. Er spricht zwar ein wenig Deutsch, aber schreiben und lesen kann er die Sprache nicht. In der Schule hat er keine Fremdsprache gelernt. Er sucht unter den Wörtern nach seinem Namen, fünfmal entdeckt er ›Michele‹.

Katharina trägt ihr Heft immer bei sich, sie schiebt es vorsichtshalber unter das Polohemd. Wenn es ein Stück hervorsieht, tippt Michele darauf und sagt: »Poetessa! Dichterin!« Es ist kein Spott in seiner Stimme, er bewundert sie. Er selbst schreibt nie, nur Quittungen an der Tankstelle. Er hat noch nie einen Brief geschrieben. An wen? Alle, die er kennt, wohnen auf der Insel.

Katharina will Schriftstellerin werden. Niemand kennt ihren Plan. Wenn man sie nach ihren Berufsplänen fragt, sagt sie, sie wolle Soziologie und Politik studieren, um Journalistin zu werden.

Sobald Michele hupt, läuft sie die Treppe hinunter, verlangsamt den Schritt und schlendert gemächlich über die Terrasse. Die Familie soll annehmen, sie hole Brötchen in Procchio und nichts sonst. Keiner braucht zu wissen, daß diese Viertelstunde mit Michele der Höhepunkt des Tages ist. Bevor sie sich auf den Rücksitz der Vespa setzt, stopft sie sorgfältig die Polobluse in die Leinenhose; rutscht sie trotzdem wieder heraus, zeigt Michele auf ihren nackten Rücken und schüttelt mißbilligend den Kopf. »Impossibile!« Es war unmöglich, so mit ihr in das Dorf zu fahren, das ist nicht anständig. Katharina gehorcht! Zum Widerspruch fehlen ihr die passenden italienischen Wörter. Außerdem möchte sie Michele gefallen. Er ist der einzige Italiener auf der Insel, der sich nichts aus ihrem nackten Rücken macht, alle anderen pfeifen oder rufen hinter ihr her.

Einmal, als sie mit den frischen Panini zurückkommen, ist Katharinas Mutter gerade dabei, ihren Garten zu wässern. Michele zieht den Ableger einer Agave aus der Tasche und überreicht ihn ihr mit einer Verbeugung: »Signora Anna! Prego!« Er nimmt ihr den Eimer ab, holt Wasser und gibt den Pflänzchen behutsam zu trinken. An einem anderen Morgen legt er einen kleinen Staudamm an. Am nächsten Morgen stellt er aus ein paar Zweigen einen Sonnenschutz für die kleinen Zypressen her, die Frau Sonntag am Abend zuvor gepflanzt hat. Er bespricht ausführlich die Anlage eines Steingartens mit ihr. Die Steine würden die Erde festhalten, bei einem Gewitter würde sonst der Regen die Erde fortschwemmen, er macht ihr das mit vielen Gesten klar. Er ist der einzige, der bereits erkennen kann, wie alles werden soll. »Un paradiso!« verspricht er ihr. Es ist schwer, mitten im Sommer einen Garten anzulegen, erklärt er. Aber die Sonne hilft. Wasser am Abend und am frühen Morgen, nicht am Mittag, sonst verbrennt die Sonne alles.

Als er sich bereits verabschiedet hat, sieht er den Filmapparat unterm Feigenbaum liegen. Er fragt, ob er filmen soll. Die ganze Familie? Signora Anna im Garten, den Signore unterm Feigenbaum? Nein, man müsse ihm diese macchina nicht erklären, sagt er, er kenne sie. Alles, was mechanisch ist, nennt er eine ›macchina‹, ein Auto, einen Fotoapparat, eine Schreibmaschine: una macchina. Schon surrt die Kamera, Michele springt auf eine Mauer, von dort ist der Blick am besten, das Licht sehr günstig, vor allem für Katharina! Aber jetzt muß er fort! Sein Padrone wird sonst furioso, sagt er und lacht. Frau Sonntag lädt ihn ein, mit zu frühstücken. Nein, er will kein Frühstück. Ein Italiener frühstückt nicht, er trinkt ein Täßchen Espresso, ein Stück Brot, das ist genug.

Ein Lächeln für Katharina, dann läuft er zu seiner Vespa, hupt zweimal — fort ist er. Als er unten auf der Küstenstraße angelangt ist, hupt er noch einmal: lang — kurz, lang — kurz. Katharina weiß, daß es ihr gilt.

Nach dem Frühstück hilft Katharina ihrer Mutter beim Abräumen des Geschirrs. Sie spült sogar, freiwillig, ohne Aufforderung. Die Mutter läßt sich ihr Erstaunen nicht anmerken. Erst nachdem Katharina umständlich das Spülbecken ausgewischt hat, fängt sie an zu sprechen. Ganz nebenbei erzählt sie, daß sie für den Nachmittag eine Verabredung habe. Die Mutter wartet, ob die Tochter noch etwas mehr sage. Die Tochter wartet, ob die Mutter sie vielleicht frage. Schließlich fügt sie hinzu: ». . . mit Michele.«

»Will er mit uns zu dem alten Steinbruch am Monte Capane fahren?«

»Nein! Ich bin mit ihm verabredet. Ich allein!«

Ein leises »Aah« der Mutter ist die Antwort, die in diesem Augenblick begreift, was sie bisher nicht begreifen wollte: daß Michele einzig und allein Katharinas wegen kommt und nicht wegen der Reparaturen am Haus, nicht wegen ihres Gartens, nicht wegen Kais Tauchübungen. »Wo wollt ihr denn hin?«

Katharina fährt sie an: »Glaubst du wirklich, ich würde dir —«

»Nein!« sagt ihre Mutter rasch. »Nein, ich habe nur gefragt, was seit tausend Jahren alle Mütter ihre Töchter fragen.«

»Bitte! Da hast du es wieder mal! Du fragst aus Gewohnheit! Und nicht, weil es dich wirklich interessiert, was ich tue. Bei euch ist alles nur Schablonedenken!«

Ihre Mutter reagiert auf den Angriff nicht. Sie geht ans Fenster und blickt in ihren kleinen Garten. Die Ableger lassen die Köpfe hängen, die Erde ist rissig. Alles, was sie anfängt, mißrät. Nichts gedeiht. Ihre Tochter hat kein Vertrauen zu ihr.

Wenn diese Ferien vorüber sind, wird die Schule wieder anfangen, in der sie sich plagt und so wenig Erfolg sieht —

Katharina wirft einen Blick auf die Mutter, die mit hängenden Schultern dasteht, müde und mutlos. Etwas wie Mitleid kommt über sie. Vorhin noch hatte ihre Mutter vor sich hingesungen, als sie barfuß in ihrem Gärtchen arbeitete und Wassereimer schleppte.

Katharina setzt sich auf den Küchentisch und entschließt sich zu sprechen. »Michele will mit mir über die Insel fahren. Er hat heute nachmittag frei. Sonst hat er keinen freien Tag in der Woche. Abends bleibt er an der Tankstelle, bis kein Kunde mehr kommt. Oft bis um elf Uhr nachts!«

Die Mutter fragt, ohne sich umzudrehen: »Hat er denn keine geregelte Arbeitszeit?«

»Nein! Das ist es ja! Wenn ich ihm das vorhalte, wenn ich ihm die Stunden vorzähle, die er am Tag arbeitet, drei Hände brauche ich dazu, dann sagt er immer nur: ›Fa niente, macht nix!‹ und lacht dabei! Es stört ihn überhaupt nicht. Dabei wird er von seinem Padrone regelrecht ausgebeutet.«

»So wirkt er aber doch gar nicht.«

»Das ist es ja, was mich so wütend macht, er ist sich dessen nicht bewußt. Er hat überhaupt kein Klassenbewußtsein! Er kriegt die Überstunden nicht mal bezahlt. Ich glaube, er hat gar keinen festen Stundenlohn, er bekommt nur Trinkgelder. Das ist doch entwürdigend für einen Mann!« Katharina unterbricht sich. »Ich meine, für jeden Menschen ist das entwürdigend, natürlich auch für Frauen!«

»Meinst du —?« Die Mutter setzt sich neben die Tochter auf den Tisch. Das Gespräch scheint länger zu werden. »Ich bin nicht so sicher wie du. Geld und Würde haben nichts miteinander zu tun. Wenn jemand seine Arbeit gut und gern tut, gibt der andere, für den er sie getan hat, dafür etwas zum Dank. Das ist die freie Abmachung zwischen zwei Menschen, zwei Geschäftspartnern. Vater hat Michele auch ein Trinkgeld gegeben. Ich weiß nicht wieviel.«

»Aber ich weiß es! Ich habe gesehen, daß er ihm einen Tausendlireschein gegeben hat. Das sind 6 DM. Ein gelernter Installateur hätte Stundenlohn und Wegegeld berechnet, mindestens 20 DM. Und wie lange hat Michele dafür gearbeitet!«

»Gearbeitet und erzählt und mit dir geflirtet! In einem regulären Stundenlohn ist der Flirt nicht enthalten. Du mußt zugeben, daß Michele sehr viel mehr Freiheit hat als die Arbeiter bei uns.«

»Von diesen arbeitspolitischen Problemen verstehst du einfach nichts, Anna! Es geht hier um Grundsatzfragen!«

»Mag sein.« Die Mutter gibt es bereitwillig zu; sie hat sich nie für gesellschaftspolitische Dinge interessiert, sie sieht alles von der menschlichen Seite her. Sie fragt: »Hast du ihm gesagt, daß er von seinem Padrone ausgebeutet wird?«

»Anna!« Katharina muß lachen. »Wie kann ich das denn? Ich kann nur ein paar Wörter Italienisch und er ein paar Wörter Deutsch, und ausgerechnet ›Ausbeutung‹ ist nicht dabei! Michele findet einfach alles gut und schön und lustig, wie es ist. Seine Arbeit, die Autos, die er versorgt, seine Vespa, die Insel, den Sommer, die Sonne und . . .«

». . . und Cata!« sagt die Mutter. Die beiden sehen sich an und lachen. Katharina legt den Arm um die Mutter, zieht sie an sich, legt ihre Backe auf die der Mutter, reibt sie, wie es schon als Kind getan hat. »Ich glaube, ich bin ein bißchen verliebt, Anna. Hältst du das für möglich? Michele ist anders als die Jungen in meiner Klasse, überhaupt anders als alle Jungen, die ich kenne. Er ist lustig und ausgelassen wie ein kleiner Junge, und manchmal ist er ernst wie ein Mann, als wolle er mich beschützen, als sei er verantwortlich für mich. Er muß seine Geschwister mit ernähren! Weißt du, Anna, daß er ein Boot besitzt? Er will mich mitnehmen aufs Meer. Er hat eine Gitarre! Im Winter geht er zum Jagen in die Berge! Er ist nie unzufrieden. Alles ist für ihn ganz einfach. Alles kann er mit ganz wenigen Worten sagen. Oder einfach zeigen, lächeln oder — gar nichts sagen. Er sagt immer: ›Worte — Worte! Worte nix gut!‹« Katharina sieht ihre Mutter an: »Capito?« Sie gerät mit den Sprachen durcheinander, muß lachen, die Mutter lacht auch, wird dann aber wieder ernst und sagt: »Ich versteh's, Kätzchen!« Es mußte zehn Jahre her sein, daß sie zum letztenmal ›Kätzchen‹ zu ihrer Tochter gesagt hatte. Katharina reibt nochmal Backe an Backe, schnurrt wie ein Kätzchen und ist erleichtert, daß die Mutter alles so verständnisvoll aufgenommen hat. Sie sitzen noch einen Augenblick schweigend nebeneinander auf dem Tisch, dann erscheint Kais Kopf im Küchenfenster, er betrachtet sie interessiert und stellt fest: »Ein Wort von Frau zu Frau.«

Katharina rutscht vom Tisch hinunter, nimmt den Schwamm, wirft und trifft mitten in das Gesicht ihres Bruders.

Cave Canem! — Vorsicht vor dem Hund!

Gegen zehn Uhr bricht die Familie Sonntag zum Strand auf und schließt sich dem Konvoi an, beladen mit Liegestühlen, Sonnenschirmen, Luftmatratzen, Spaten und Büchern, Sonnenöl für Katharina sowie Nagellackentferner für den Fall, daß wieder einer trotz aller Ermahnungen und Vorsicht in die Ölrückstände tritt. Der Aufbruch dauert mindestens eine halbe Stunde, genau wie bei den Nachbarn.

›Fortuna‹, ›Gioia‹, ›Amore‹, ›Contentezza‹, ›Allegro‹, ›Concordia‹ verteilen sich am Strand und schalten die Transistorgeräte ein. Herr Sonntag hat in den ersten Tagen im Schweiße seines Angesichts eine Festung für ›Concordia‹ errichtet, zwei Meter hohe Burgwälle und doppelte Mauerringe, unter dem Vorwand, daß der Bau einer Sandburg für einen dreizehnjährigen Jungen ein großes Vergnügen bedeute. Kai beteiligte sich mit keinem Spatenstich an dem Bau, er schnorchelte, während sich der Vater abplagte. Aber er sparte bei seinen kurzen Besuchen nicht mit Lob: »Bravo! Bravissimo!« sagte er und vermaß den Bau: Umfang des äußeren Burgrings, Durchmesser des inneren Hofes, Einfallwinkel der Sonne um zwölf Uhr mittags.

Frau Sonntag, die immer darauf bedacht war, daß ihre Familie nichts tat, was andere Leute hätte stören können, hatte ihren Mann wiederholt ermahnt: »Karl Magnus! Wir sind hier nicht an der Nordsee! Andere Länder, andere Sitten! Man baut in Italien keine Sandburgen und Festungen.«

»Denk an die Sarazenen!« sagte Herr Sonntag, zeigte mit der Schaufel auf die kaum noch wahrnehmbaren Reste eines alten Sarazenenturms, der auf der übernächsten Felsnase gestanden hatte, und quälte sich weiter mit seiner Festung ab, deren Wälle und Brücken der Wind immer wieder abtrug. Er setzte einen mustergültigen Zinnenkranz auf den äußeren Burgwall, wie es die Sarazenen getan hatten, der ihm auf einer Nordseeinsel den ersten Preis eingetragen hätte. Am Morgen des fünften Tages war die Festung ›Concordia‹ vom Erdboden verschwunden. Über Nacht war ein kräftiger Wind aufgekommen, die Brandung ging hoch, eine einzige Welle hatte die ganze Burganlage weggespült. Herr Sonntag stellte fest: »Die Festung wurde in der Nacht vom 21. zum 22. Juli geschleift!« Er warf die Schaufel in den Sand und streckte sich behaglich unterm Sonnenschirm aus. »Abbiamo tempo«, sagte er, er konnte an einem anderen Tag, später, morgen, übermorgen, weiterbauen. ›Abbiamo tempo‹ war vom ersten Tag an sein Lieblingsausspruch gewesen. Fragte ihn seine Frau: »Wollen wir jetzt etwas essen?«, sagte er: »Abbiamo tempo! Wir haben Zeit!« — »Willst du heute gar nicht ins Wasser?« — »Abbiamo tempo!« Zum erstenmal im Leben hatte er Zeit und tat, worauf er gerade Lust hatte: gar nichts. Herr Sonntag hatte das Nichtstun entdeckt.

Kai hat das Wasser entdeckt. Besser: das Unterwasser. Über Stunden sieht man von ihm nichts außer seiner roten Badehose. Sein Hinterteil ist das einzige, was von ihm aus dem Wasser hervorragt. Alle fünf Minuten suchen die Eltern mit den Augen das Meer ab. Sobald sie den roten Punkt entdeckt haben, strekken sie sich beruhigt wieder aus. Daß sie die rote Hose ihres Sohnes meistens mit einer der weit draußen schwimmenden roten Bojen verwechseln, ahnen sie nicht. Kai nimmt kaum noch wahr, was sich oberhalb des Meeresspiegels abspielt; um so mehr das, was unterm Meeresspiegel zu sehen ist. Die Insel im Spiegelbild: Berge und Täler und ganze Wälder, Blumen und Tiere. Vor Aufregung vergißt er oft zu atmen, droht zu ersticken, verschluckt sich, taucht japsend auf, hustet und taucht wieder unter. Er bricht Korallenstücke ab, taucht nach Seeigeln und Seesternen und schleppt seine Ausbeute unter den Sonnenschirm, wo sie in der Mittagshitze bald anfängt zu stinken. Seine Mutter mahnt: »Kai, du warst wieder länger als eine Stunde im Wasser!«

»Fa niente«, sagt Kai und grinst. Er zittert und zappelt vor Begeisterung.

Katharina hat bereits nach wenigen Tagen das Ziel der Reise erreicht. Sie ist braun wie Zimt, und demnächst wird sie auch so dünn wie eine Zimtstange sein, prophezeit ihr Vater. Sie zieht den Wecker auf und stellt ihn neben die Luftmatratze; er klingelt alle zwanzig Minuten, dann salbt sie sich mit ihrem Hautöl ein, zieht den Wecker wieder auf, stellt ihn neu ein und legt sich auf die andere Seite. Rücken, Bauch, Rücken, Bauch. »Sie liegt auf dem Grill«, sagt der Vater, der auf der linken Wade, dem rechten Schulterblatt, unter der rechten Fußsohle und im Nakken einen schmerzenden Sonnenbrand hat.

Weiter als bis zu den Knien war Katharina noch nicht im Wasser, obwohl sie gern schwimmt. Aber ihr Haar lockt sich sobald es naß wird. Das Reisebügeleisen ist nicht zu benutzen, der elektrische Strom auf der Insel hat eine andere Voltzahl als in Deutschland. Als sie es feststellte, hatte Katharina eine ihrer gefürchteten Szenen gemacht. Jetzt bindet sie mittags, wenn die anderen auf den Betten liegen und dösen, Gewichte an ihr Haar, um es glattzuziehen. Sie wird von der Familie mit Vorsicht behandelt. Keiner fragt: »Kommst du mit ins Wasser?« Keiner will von ihr angefaucht werden. Ihr Vater hatte am ersten Tag arglos gesagt, daß er blonde Locken sehr hübsch finde. Daraufhin hatte seine Tochter ihm jeglichen modischen Geschmack abgesprochen und ihn bezichtigt, ihr die Locken vererbt zu haben. Herr Sonntag hatte sich schuldbewußt in den verbliebenen Lokkenkranz gegriffen. »In den Ferien kann jeder tun und lassen, was er will! Katharina will keine Locken haben, Katharina will infolgedessen nicht schwimmen. Schluß jetzt!« Frau Sonntag ergriff die Partei ihrer Tochter, die Tochter wünschte aber keinen mütterlichen Beistand und zischte etwas Unverständliches, der Vater sagte: »Unser widerspenstiges Käthchen«, und schon krachte die Tür ins Schloß und ein Stück Putz fiel von der Decke auf die Fliesen. Es war also besser, man vermied Auseinandersetzungen mit Katharina.

Um 13 Uhr 10 klingelt der Wecker, und Katharina beendet ihre Grillzeit. Sie möchte jetzt ihren kleinen Spaziergang am Strand machen. Vorher schneidet sie sich ein Zitronenviertel, schiebt es zwischen die Zähne, suckelt daran und wartet darauf, daß jemand sich bereit erklärt, sie zu begleiten. Herr Sonntag hat einen Dienstplan aufgestellt. Er pfeift nach Kai, heute ist er an der Reihe. In der Regel fragt Kai: »Soll ich meiner Schwester Hüter sein?« Dann antwortet der Vater, dem es für Auseinandersetzungen zu heiß ist: »Du sollst!« Heute kommt Kai bereits beim dritten Pfiff und liefert eine gefleckte Kreiselschnecke ab, ferner eine Klippenassel und außerdem, versteckt in einem Büschel glitschiger Algen, einen Seehasen, der, als Frau Sonntag ihn sachkundig untersucht, ein braunes Sekret absondert, das sich plötzlich blau und violett färbt. Mutter und Sohn stecken die Köpfe zusammen. Kai sagt: »Momento!« zu Katharina, die diesmal geduldig wartet und »Va bene« sagt. Sie ist heute mit allem einverstanden. Wenn man sie nur in Ruhe läßt. Kai drängelt sich tropfnaß neben sie auf die Luftmatratze, sie rückt bereitwillig zur Seite. Er nimmt ihren Arm und macht sich daran, die winzigen Sommersprossen zu zählen: »97 ... 171 ... 403 ... 2816 ... 9724 ...« Früher hätte er damit einen großen Wutausbruch der Schwester erzielen können, heute — nichts. Katharina rührt sich nicht. Soll er doch Sommersprossen suchen und finden, soviel er nur will! Am Morgen hat Michele ebenfalls auf ihre Sommersprossen getippt, auf zwölf von ihnen einen Kuß gegeben und gesagt: »Bella! Bella Cata!« Kai würde sagen, sie habe jetzt ein ganz neues Sommersprossengefühl, wenn er davon wüßte. Er weiß es nicht, zählt weiter, hört schließlich auf zu zählen und sagt: »Fa niente!« Er packt seine Beute in eine Bademütze und fragt: »Wollen wir?«

»Va bene!« sagt Katharina.

Sie brechen auf, Katharina voran, Kai, der sie bewachen soll, einige Schritte hinterher, wie sich das für einen Hütehund gehört, beide bis an die Knie im Wasser, obwohl der Meeresboden steinig ist. Es ist heißer als an den Tagen zuvor. Das Meer liegt glatt wie gemangelt.

Eine Gruppe junger Italiener entdeckt die blonde Katharina. Sie besitzen ein Fernglas, einer reicht es dem anderen. Vorerst heben sie nur die Köpfe aus dem Sand. Dann pfeifen sie anerkennend, die ersten Rufe ertönen: »Bella! Bionda!« Die Rufe werden lauter, einige der Jungen erheben sich. Kai ruft seiner Schwester zu: »Geh doch schneller, Katharina!« Die Jungen haben den Namen verstanden, rufen im Chor: »Catarina! Catarina!« Sie kommen näher, Kai springt mit einem Satz nach vorn, neben seine Schwester. Die Jungen sind bereits auf wenige Meter herangekommen, Kai verwandelt sich in einen Hund, läuft kläffend auf allen vieren auf sie zu, Katharina wirft den Kopf in den Nacken und geht schneller. Es handelt sich bei den jungen Leuten um Studenten, sie erfassen sofort die Situation und rufen im Chor: »Cave canem! Catarina! Cave Catarinam!« Sie skandieren, einer von ihnen imitiert ein Schlagzeug, einer ein Saxophon. Kai faucht und bellt. Die Italiener nehmen die Verfolgung auf und schneiden den beiden den Weg ab.

Frau Sonntag hört den Lärm am anderen Ende der Bucht, richtet sich auf, sieht das Rudel junger Männer, aber nichts von den Kindern. Sie stößt ihren Mann an, zeigt in Richtung des Krawalls: »Ob da was los ist, Karl Magnus?« fragt sie. Herr Sonntag blinzelt nicht einmal: »Abbiamo tempo.« Frau Sonntag, müde vom Steine- und Wasserschleppen, schließt ebenfalls die Augen, sagt: »Grazie! Mille grazie!« und schläft ein.

Katharina fängt an zu laufen, sie bekommt plötzlich Angst, der Strand hat sich geleert, die Touristen sind zum Essen gegangen. Sie läuft den Strand entlang, jetzt nicht mehr im Wasser, sondern, um schneller voranzukommen, im Sand. Auch Kai hat plötzlich Angst, niemand hat ihm gesagt, wie er eigentlich seine Schwester beschützen soll. Es stehen ihm zehn Jungen gegenüber, und alle sind größer als er. Machen sie Ernst? Oder ist es noch Spaß? Sie rufen: »ksch! ksch!« und scheuchen ihn, als wäre er wirklich ein Hund. Sie tun, als wollten sie ihn treten, einer trifft ihn tatsächlich in die Kniekehle, daß er stolpert. Sie wollen ihn offensichtlich verjagen und rufen abwechselnd: »Cave canem! Vorsicht vor dem Hund!« Sie lachen und schreien: »Cave Catarinam! Vorsicht vor Catarina!«

Als der erste von ihnen Katharinas Arm zu fassen bekommt, ihn festhält und sie sich nicht losreißen kann, hupt von ferne eine Vespa: lang — kurz, lang — kurz.

Katharina ruft verzweifelt: »Michele! Michele!« Es gelingt ihr, sich loszureißen, sie läuft ins Meer hinaus, stolpert, fällt, taucht unter, taucht wieder auf, der Schreck hat ihr Arme und Beine gelähmt, sie schwimmt nicht. Kai schreit, schwimmt hinter Katharina her, die schlägt wild um sich und erkennt ihn nicht, nimmt an, es seien ihre Verfolger. Ihr Kopf taucht wieder unter. Kai weiß nicht, was er tun soll. Die jungen Männer haben sich zurückgezogen. Sie wollten Spaß haben, sonst nichts. Das deutsche Mädchen ist ja hysterisch! Sie rotten sich zusammen. Jetzt entdeckt Kai Michele, der oben auf der Böschung steht, er ruft nach ihm, Michele läuft in großen Sprüngen über den Strand, schleudert die Schuhe ab, läuft ins Wasser und bekommt Katharina zu fassen.

Die jungen Männer ziehen sich weiter zurück. Das blonde Mädchen hat bereits einen Freund, schade! Michele ruft hinter ihnen her: »Merda! Merda!«, droht ihnen mit der Faust. Sie lachen und kehren an ihren Lagerplatz zurück.

Michele hält Katharina an den Schultern. Er schüttelt sie. »Wie geht's, Cata? Cata!« Sie schluchzt, Wasser und Tränen laufen ihr übers Gesicht, sie sagt nicht wie sonst ›va bene‹, und Kai sagt nicht ›fa niente‹. Als Michele ihm auf die Schulter schlägt, grinst er nur schief und wackelt ein wenig mit den Ohren, lieber hätte er geheult wie seine Schwester. Michele zieht sein nasses Hemd aus und hängt es Katharina um die Schultern. Ihr Bikini ist zu klein! Er sagt mehrmals ›indecente‹! So geht ein anständiges Mädchen nicht an den Strand. Das ist eine pro-vo-ca-zione! So nackt! Es ist kein Wunder! Er macht ihr das mit vielen Gesten klar. »Capito?«

Sie versteht ihn, errötet und schämt sich. Vorsichtig führt Michele sie aus dem Wasser. Mit jedem Schritt zieht er sie enger an sich; noch nie hat er sie auch nur berührt, wenn jemand es sehen konnte. Jetzt läßt er augenfällig seine Hand auf ihrer Schulter liegen: Alle sollen es sehen, besonders diese Studenten. Das ist sein Mädchen! Er ist ihr Freund. Er ist ihr Beschützer! Wer das Mädchen belästigt, bekommt es mit ihm zu tun! Er droht noch einmal und schreit unmißverständlich »Merda!« über den Strand.

Von diesem Tage an kann Katharina ohne Beschützer die Bucht entlanggehen. Man blickt ihr nach, aber keiner pfeift und keiner ruft. Michele beschützt sie, auch wenn er abwesend ist. Außerdem hängt sie sich seit diesem Vorfall ihren roten Poncho um.

Wenige Minuten später liefert Michele die immer noch verstörte Katharina bei ihren Eltern ab. Er hat heute den Nachmittag frei. Er ist nur deshalb an den Strand von Procchio gekommen, um ihre Eltern zu fragen, ob er mit Katharina eine ›escursione‹ machen dürfe. Er sagt sehr höflich »Bitte« und »Gestatten Sie?« Er zeigt mit dem Arm über die Insel, hierhin, dorthin. Ein Ausflug, eine Exkursion. Zum Sedia di Napoleone! Napoleons Sessel, ein Fels, von dem aus der verbannte Kaiser der Franzosen nach Korsika blickte, wo er geboren war und wo sein Ruhm begonnen hatte. Michele tippt sich auf die nackte Brust, sagt: »Duce! Il duce!« Er sieht Katharinas Eltern erwartungsvoll an, ob das Wort seine Wirkung tut. »Führer!«

Weder den Vergleich mit dem Duce noch den mit Adolf Hitler, dem Führer, hören Sonntags gern. Erst als Michele sagt: »Cicerone! Gut?« sind Katharinas Eltern beruhigt. Sie sehen sich an. Zum erstenmal werden sie von einem Mann gefragt, ob er mit ihrer Tochter ausgehen dürfe. Und das in Italien! Von einem jungen Mann, der an einer Tankstelle arbeitet. Dieser Michele hat wirklich ein sehr gutes Benehmen. Sie sind angenehm überrascht. Seit zwei Jahren sagt Katharina nicht mehr, wohin sie geht und mit wem sie ausgeht; allerdings kommt sie spätestens um zehn Uhr nach Hause. Darauf haben die Eltern bestanden, und Katharina hat eingesehen, daß sie darauf Anspruch haben.

›Sedia di Napoleone.‹ Frau Sonntag stellt fest, daß dieser Michele sogar Geschichtskenntnisse besitzt. Warum soll er nicht ihrer Tochter die Insel zeigen? Eine ›escursione‹! Sie lächelt Michele zu und sagt: »Mille grazie, tante mille grazie!« Man weiß nicht recht, ob sie sich bedankt, weil Michele ihre Tochter aus dem Wasser gezogen hat, oder dafür, daß er ihr die Insel zeigen will. Sie weiß es wohl selbst nicht so genau. Herr Sonntag wird ebenfalls noch einmal gefragt: »Signore, gestatten?« Er streckt Michele die Hand hin und sagt: »Abbiamo tempo!« Das war nicht die richtige Antwort, aber es fiel ihm kein anderes italienisches Wort ein.

Später, als die Eltern auf Katharinas Rückkehr warteten, machte seine Frau ihm Vorwürfe, daß er gesagt hatte: ›Wir haben Zeit!‹ Dieser Michele mußte ja annehmen, daß es überhaupt keine Rolle spiele, wann er Katharina zurückbringe!

Ein Abend in Marina di Campo

In der ersten Woche waren Sonntags eine vierköpfige Familie gewesen, die auf der Insel Elba ihre Sommerferien verbrachte. In den folgenden drei Wochen war Katharina die Hauptperson und Herr Sonntag, Frau Sonntag und Kai nichts anderes mehr als der Vater, die Mutter, der Bruder von Cata, die Michele liebte. Kai, der den Zwischenfall am Strand unter dem Titel ›Katharinas Untergang‹ ausführlich und mehrfach erzählt und vorgeführt hatte, behielt wieder einmal recht: Die widerspenstige und schlechtgelaunte Katharina war untergegangen, und eine neue, freundliche, ein wenig verträumte Cata war aufgetaucht.

Diese neue Katharina ließ die nassen Haare unbekümmert in der Sonne trocknen und sich locken, die neue Katharina zog eine Stunde später das einzige Sommerkleid an, das die Mutter gegen den Willen der Tochter eingepackt hatte. Demnach sah auch Michele die schmuddeligen Leinenhosen und die ebenso schmuddelige und zu kurze Polobluse nicht gern an ihr.

Als es zweimal leise vor dem Haus hupte — es war die Stunde der Siesta —, hatte sich die ganze Familie auf der Terrasse versammelt.

Katharina sprang auf, küßte erst die Mutter, dann den Vater, fast hätte sie auch noch Kai geküßt, wenn er nicht so frech gegrinst und gesagt hätte: »Deutsche Frauen bevorzugen Südländer.«

Frau Sonntag händigte der Tochter das einzige Wörterbuch aus und flüsterte ihr ›Ausbeutung!‹ zu. Beide lächelten. Katharina lief die Stufen hinunter, winkte zurück, auch Michele winkte, er trug ein schneeweißes Hemd, die Manschetten hatte er einmal umgeschlagen. Er sah sehr gut aus; beide sahen sehr gut aus. Ein hübsches Paar, fast gleich groß, gleich schlank, er dunkel, sie hell.

Katharina setzte sich im Damensitz auf die Vespa, die Beine anmutig ausgestreckt. Ihr Rock schob sich höher und höher, und die Mutter überlegte, ob die Leinenhosen nicht doch besser für die Vespa gewesen wären.

Kai rief: »Cata, die Motorradmieze von Elba!«

Katharina legte den rechten Arm um Micheles Hüften, winkte mit dem linken Arm. Ein Benzinwölkchen, dann ein Staubwölkchen, dann verflog auch das. Die Eltern hörten das Hupen in den Kurven, es wurde leiser, verstummte. Schließlich gaben sie es auf, hinter ihrer Tochter herzusehen. Man sah nichts mehr. Sie blickten sich an. Frau Sonntag sagte: »Sie ist doch erst siebzehn, Karl Magnus!«

»Sie ist schon siebzehn, Mutter!« antwortete er und streckte die Hand aus. Seine Frau legte ihre Hand in die seine, beide seufzten ein wenig und sagten gleichzeitig: »Meinst du, wir —« Dann brachen sie ab.

»Ihr hättet ihr lieber die Pille in die Tasche stecken sollen!« sagte Kai.

»Kai Magnus!!« Zweistimmig, mit mehreren Ausrufungszeichen.

Kai grinste: »Ich bin eben ein aufgeklärter Junge.«

Nach zwei Stunden, in denen sie im Halbdunkel, hinter geschlossenen Fensterläden auf ihren Betten gelegen und versucht hatten zu schlafen, was ihnen nicht gelungen war, fragte Frau Sonntag beiläufig: »Wo wohnt dieser Michele eigentlich?«

Kai erinnerte sich sofort: »Marina di Campo, 4000 Einwohner, Südküste, 5 km von Procchio entfernt.«

Frau Sonntag wandte sich an ihren Mann: »Was meinst du —?«

»Na ja.« Das war als Antwort unbefriedigend.

»Wie heißt er überhaupt außer Michele?«

»Notsche!« Kai wußte auch das.

»Noce? Noce heißt Nuß. Nun, warum soll er nicht Nuß heißen? Andere heißen Baum.« In der Botanik wußte Frau Sonntag Bescheid.

Sie stand auf und ging in ihren Garten. Zum Wässern war es noch zu heiß. Sie wurde unruhig. Das Singen der Zikaden und Grillen schien noch schriller zu sein als sonst. Sie lief hin und her wie eine Wespe, ihre Nervosität wirkte ansteckend. Herr Sonntag erklärte, die Hitze sei idiotisch. Kai quengelte herum, auch ihm war es zu heiß, er wollte an den Strand hinuntergehen, der Vater verbot es ihm strikt; ohne Aufsicht nicht und schon gar nicht mit dem Schnorchel!

Auch Herr Sonntag sah alle fünf Minuten auf die Uhr.

Kai teilte den Eltern mit, daß die Küstenlänge nach wie vor 118 km betrage. Bei einer Stundengeschwindigkeit der Vespa von allenfalls 60 km könnten die beiden jetzt bereits zurück sein. Falls sie nirgends Aufenthalt gemacht hatten, fügte er hinzu. Bei dieser Bemerkung verzog er sein Gesicht zu einem frechen Grinsen. Seine Berechnungen verbesserten die Stimmung nicht.

Schließlich schlug Frau Sonntag vor, man könnte doch ebenfalls eine ›escursione‹ unternehmen. Zum Beispiel nach Marina di Campo! Campo heißt ›Feld‹, demnach müsse es ein Dorf sein, vielleicht noch ländlich und noch nicht vom Tourismus verdorben. Sie könnten dort in einer Trattoria zu Abend essen, und falls Katharina vor ihnen nach Hause kommen sollte . . . Hier unterbrach sie sich, weil sie selbst nicht daran glaubte, daß ihre Tochter früher zurück sein würde.

Herr Sonntag schlug vor: »Wir können ihr ja den Schlüssel auf alle Fälle in den Feigenbaum hängen, da hängt er immer, das weiß sie. Schließlich ist sie siebzehn und kein Kind mehr.«

»Mußtest du denn sagen ›abbiamo tempo‹, Karl Magnus!«

»Und du hast sogar noch ›danke‹ gesagt! ›Tante grazie!‹ Du

hast dich sogar noch dafür bedankt, daß dieser Italiener so freundlich sein wollte, mit unserer Tochter eine ›escursione‹ zu unternehmen!«

Schließlich brachen die drei auf und fuhren in Richtung Marina di Campo davon. Unterwegs entdeckte Frau Sonntag einen Esel, der an einen Ölbaum gebunden war. Sie ließ ihren Mann anhalten, nahm Schaufel und Eimer und ging zu dem Esel, in der Hoffnung, Mist für ihren Garten zu finden. Nichts! Sie klopfte dem Esel aufmunternd aufs Hinterteil, löste aber nur ein langanhaltendes, erbarmungswürdiges Geschrei aus, sonst nichts. Herr Sonntag filmte seine Frau und den Esel, dann fuhren sie weiter nach Marina di Campo, das berühmt ist für sein Pinienwäldchen und seinen Sandstrand.

Am Hafen saßen eine Reihe Fischer breitbeinig auf dem Pflaster, hatten die großen nackten Zehen durch die Maschen ihrer Netze gesteckt und hielten sie straff gespannt, um mit großen Nadeln und Perlonfäden die Löcher zu flicken.

Der Himmel, der im Sonnenglast fast weiß gewesen war, färbte sich tiefblau, ebenso das Meer. Das Licht war vorzüglich, klare Schatten, kräftige Farben, am Monte Capane hing sogar eine kleine weiße Wolke. Herr Sonntag filmte und fotografierte. Seine Frau trug die Fototaschen hinter ihm her, reichte Belichtungsmesser und Filter und setzte sich als gelber Farbfleck auf Bootsränder und Mauern, wie der Fotograf es befahl.

Kai spielte mit ein paar italienischen Jungen am Strand Fußball.

Eine halbe Stunde verging. Eine Stunde verging. Die drei gingen durch die Gassen des kleinen Dorfes. Kai bot sich an auszukundschaften, wo dieser Michele Noce wohnte. Es wurde ihm strengstens untersagt. Man spioniert nicht. Kai maulte. »Mal soll ich meiner Schwester Hüter sein und mal wieder nicht.« Er fand es abwechselnd spannend und lästig, eine Schwester zu haben, die verliebt war und mit einem Italiener irgendwo in einer Bucht oder hinter Felsklippen saß.

Ein Vogelkäfig, der im ersten Stock an einer Hauswand baumelte, wurde vom letzten Sonnenstrahl getroffen. Der Kanarienvogel schmetterte ein Lied. Vor den Haustüren saßen ältere beleibte Frauen auf Stufen und Stühlen. Vom Meer her wehte schon ein wenig Abendkühle, während es in den Häusern noch warm und stickig war. Die Frauen schwatzten miteinander und kauten Kürbiskerne. Katzen, Kinder und Hunde wimmelten um sie herum. Einige Frauen kauften noch Brot und Fleisch ein; ein Fischhändler hatte seinen Fang am Straßenrand ausgebreitet. Allmählich verschwanden die Frauen in ihren Häusern. Aus den Schornsteinen stieg bald darauf Rauch auf. Der würzige Duft von verbranntem Pinien- und Olivenholz zog durch die Gassen, etwas später mischte sich der Geruch von gebratenem Fisch und Tomatensoße darunter. Kai hatte längst wieder Hunger, und Herr Sonntag verspürte Lust, endlich die berühmte Fischsuppe von Elba zu probieren. Frau Sonntag war mit ihren Gedanken bei ihrer Tochter.

Kai buchstabiert sämtliche Schilder: ›Friseur‹ und ›Bäcker‹ und ›Nivea‹ und ›Gelati‹. Er entdeckt eines, das er noch nicht kennt: ›Calzatura‹. Ein Schuhmacher. Im Schaufenster sind Sandalen ausgestellt. Bunte, auffällige Sandalen, auch Frau Sonntag bleibt stehen. Die breiten Lederriemen sind mit farbigen Steinen besetzt, jedes Paar ist anders, jedes Paar ist hübsch. Sie sehen außerdem bequem aus und stabil. Auf einem handgeschriebenen Schild steht auf deutsch:

ELEGANTER SANDALER!!!
STABILO UND MODERNO!!!
MAN KANN WARTEN!!

Frau Sonntag ist sparsam. Sie kauft immer nur, was sie wirklich nötig hat. Ihr Mann ermuntert sie: »Entschließe dich, Mutter. Probier mal ein Paar an. Vielleicht hat er welche vorrätig. Ich spendiere sie dir! Abbiamo tempo!«

Er selber wird inzwischen mit Kai eine Trattoria suchen. Es ist immer noch zu früh, denn vor acht Uhr abends bekommt man in Italien nichts zu essen. Sie trennen sich.

Im Laden ist es dämmerig. Der Schuster sitzt unter einer Glühbirne, die dicht über seinem Dreifuß hängt, und schlägt Stifte in ein Paar elegante Sandalen.

Frau Sonntag probiert alle Sandalen an, die er vorrätig hat. Darauf besteht der Schuster. Er macht ihr Komplimente über die zierlichen Füße, über die schlanken Beine. »Deutsche Frauen haben schöne Beine«, sagt er in fast einwandfreiem Deutsch. Er hat viele deutsche Kundinnen. Er verspricht, ihr die schönsten Sandalen zu entwerfen, die er je gearbeitet hat. Er hat ein gelbes Leder vorrätig, so gelb wie ihr Kleid. Schuhemachen ist eine Kunst. »Arte!« sagt er mehrfach temperamentvoll. »Arte! Capito?« Frau Sonntag versteht. Er holt farbige Steine und breitet sie vor ihr aus. Frau Sonntag liebt Steine. Sie sucht sich ein paar amethystfarbene aus. Er wird ihr stabile Sandalen arbeiten, sagt er, deutsche Frauen wollen stabile Schuhe. Er weiß das. Sie müssen viele Jahre halten. Er zählt an den Fingern die Jahre: »Eins . . . zwei . . . drei . . . vier . . . fünf . . .« Er nimmt die nächste Hand, zählt weiter, Frau Sonntag muß lachen, der Schuster lacht, daß es schallt; er hat jetzt wieder ihren nackten Fuß auf seinem Lederschurz liegen und tippt mit dem Zeigefinger auf jeden ihrer Zehen.

Die Verhandlung dauert lange. Schließlich dauert sie ihrem Mann und ihrem Sohn, die zu dem Laden zurückgekehrt sind, zu lange. Sie stehen noch eine Weile vor dem Schaufenster, hören das Gelächter, dann teilt Herr Sonntag die Kunststoffriemen, die im Sommer die Ladentür ersetzen, und sieht im Halbdunkel, daß der Schuster auf den nackten Zehen seiner Frau Klavier zu spielen scheint. Das ist die Höhe! Die Tochter mit einem Italiener unterwegs, seine eigene Frau mit einem Schuster flirtend. Er sagt laut und wütend: »Verdammt!«

Der Schuster blickt auf, sieht den wütenden Mann, nimmt den nackten Fuß, setzt ihn behutsam auf die Erde, sieht den Ehemann ein zweitesmal an, der Bart hatte ihn irritiert, aber jetzt erkennt er ihn wieder, er ruft erfreut: »Domenica! Sempre Domenica! Amico! Kassell! Änschell!« Alles in einem einzigen Atemzug. Er springt auf, breitet die Arme aus. Herr Sonntag entledigt sich seines Fotogeräts, breitet, wenn auch zögernd, ebenfalls die Arme aus und ruft, wesentlich leiser: »Cesare!« Der Mann vom Schiff, von dem er angenommen hatte, er sei Schneider! Die ›typische Handbewegung‹ war die eines Schuhmachers gewesen! Er kann sich nicht erinnern, jemals so freundlich wiedererkannt worden zu sein.

Cesare zeigt auf einen unsichtbaren hohen Berg in weiter Ferne und ruft: »Ercole!«

»Chef! Der meint unseren Herkules!«

Der Schuster Cesare gibt den Deutschen zu verstehen, daß die Statue des Herkules, das Wahrzeichen der Stadt Kassel, unbekleidet sei. Überall natura! Vergnügen und Empörung mischen sich in seiner Stimme. Er läuft zur Tür, die ins Innere des Hauses führt: »Filomena! Nonna! Sergio! Angela!« Alle sollen kommen, sofort, subito, um diese Familie aus Kassel zu sehen, von der er ihnen erzählt hat.

Frau Sonntag zieht ihre Schuhe wieder an, aus dem Sandalenkauf scheint nichts zu werden. Herr Sonntag versucht, Cesare klarzumachen, daß er mit seiner Familie jetzt in einer Trattoria essen will, sie werden zurückkehren, wenn das Geschäft geschlossen sei. »Wir haben Hunger.« Er klopft sich auf den Bauch, Kai zieht die Backen ein, wölbt den Brustkorb vor, grinst hohläugig.

»Mangare?!« Essen? Natürlich wird man essen! Man wird zusammen essen! Er wird jetzt sofort den Laden schließen. Er hat Besuch, er hat Gäste, Freunde! Seine Frau — da ist sie! Filomena! — wird ein Essen kochen, eine Kleinigkeit, eine Zuppa, aber gut. Das ist die Nonna, die Großmutter, seine eigene Mutter! Er küßt die alte Frau auf die Backen und auf das stoppelige Kinn, er legt seiner Frau die Hand auf die runden Hüften. Das hier ist Angela, siebzehn Jahre, sie soll Lehrerin werden, sie hat einen guten Kopf; er klopft auf Angelas Kopf. In diesem Sommer arbeitet sie noch im Hotel, im ›Barracuda‹. Alle verdienen etwas Geld. Alles ist teuer. Sie soll eine professoressa werden!

In Italien ist jeder Lehrer ein Professor. Herr Sonntag zeigt auf seine Frau, sie ist ebenfalls eine professoressa! »Aah!« Cesare ist beeindruckt. Dann Sergio, etwas jünger als Kai, aber dick und langsam. Der Älteste ist nicht da. Er arbeitet in Portoferraio als Mechaniker, ein schöner Junge, ein braver Junge! Und fleißig! Schade, daß er noch nicht da ist, vielleicht wird er kommen. Wo ist der Bambino? Seine Frau muß das Baby holen. Es fängt sofort an zu brüllen, sein Vater ruft zärtlich: »Nocellino!« Der Säugling ist rund wie ein Nüßchen. Cesare bindet den Lendenschurz ab, wischt sich das Pech von den Händen und erklärt seiner Familie, was es mit diesen Deutschen für eine Bewandtnis hat. »Kassell! Krieg! Änschell! Ercole!« Sie wissen Bescheid, sie kennen die Geschichte; sie geben freundlich die Hand.

Herr Sonntag erhebt nochmals Einwände: Das Geschäft! Die Arbeit!

Cesare winkt ab: »Basta!« Schluß für heute! Morgen wird er wieder arbeiten. »Wenn Arbeit — Arbeit, wenn Freunde — Freunde!« Er ist ein freier Mann. Er schlägt auf seine Brust: »Cesare!«

Kai sagt: »Gajus Julius Caesar, Diktator!«

Cesare stutzt. »Dittatore?! Si! Bene!« Er klopft auf Kais Backe, sagt etwas, das vermutlich ›aufgeweckter Junge‹ auf italienisch heißt. Er schickt seine Familie fort. Subito! Man wird zusammen essen. Eine Zuppa, Brot, Salami! Nicht viel. Man wird einen Tisch im Hof aufstellen, dort ist es kühler. Er zieht ein paar zerknäulte Hundertlirescheine aus der Hosentasche, gibt sie Sergio, der soll einkaufen. Oliven! Käse!

Sergio verschwindet, Kai läuft hinter ihm her, er hofft, daß im Laden ein Stück Salami für ihn abfällt, was meistens der Fall ist. Angela wird in den Garten geschickt, sie soll frutta holen. Die ersten Trauben sind reif, Birnen, Melonen, Feigen. Die anderen: »In die Küche!« Er klatscht in die Hände, erteilt seine Befehle.

Hier wird gehorcht. Herr Sonntag sieht es mit Bewunderung und Neid.

Cesare führt seine Gäste durchs Haus in einen kleinen Hof, der auf zwei Seiten von Hausmauern begrenzt ist, an der dritten in einen Weinberg aufsteigt. Der Hof ist gepflastert, auf Mauern, Simsen und Treppen stehen Kübel und Töpfe mit Blumen und Grünpflanzen. Zitronen blühen und reifen gleichzeitig, Wein rankt sich über eine Pergola, die Trauben hängen in Mundhöhe.

Cesare trägt Stühle in das Höfchen, rückt sie dorthin, wo ein Lufthauch weht. Zwei Katzen streichen ihm um die Beine, er scheucht sie mit dem Fuß fort. Momento! Er verschwindet in einer Tür, die in den Berg hineinführt: die Cantina, der Keller. Er kehrt mit einem bauchigen Krug zurück. »Aleatico!« sagt er. So einen Wein haben die Deutschen auf der ganzen Insel noch nicht getrunken, keiner ist so gut wie seiner!

Filomena bringt Gläser. Cesare hält eines nach dem anderen ans Licht: »Larifari!« sagt er ärgerlich und spült die Gläser eigenhändig noch einmal unterm fließenden Wasser. Er schenkt ein. »Salute«, sagt er. Er ist trotz seiner Körperfülle ständig in Bewegung. Jetzt holt er Kerzen, es wird dämmerig, er zündet sie an, verteilt sie im ganzen Hof. Eine Illumination.

Er hat es sich inzwischen anders überlegt: Man wird ein großes Essen machen. Ein Festessen! Er wird selbst kochen! Das Feuer im Herd brennt schon, man hört es knistern und knacken bis in das Höfchen. Er wird ein Kaninchen schlachten, ein großes Kaninchen, einen Hasen, jetzt, sofort! Vorher wird man ein wenig Salami essen, Oliven — die Kinder haben sie schon gebracht. Er breitet Brot, Wurst und Oliven auf dem Tisch aus, im Papier, schneidet den Käse in Würfel. Man soll es sich bequem machen, sagt er, man soll trinken, essen. Er holt ein langes Messer, wetzt es im Gehen, verschwindet hinter einer Stalltür und kehrt nach wenigen Minuten mit dem toten Kaninchen zurück. Es ist schwer, es ist gut, versichert er, hängt es an einen Haken und enthäutet es. Das dauert nur wenige Minuten. Kai steht interessiert daneben, so was hat er noch nie gesehen. Er kennt nur argentinische Kaninchen aus der Kühltruhe.

Kochen ist Männersache! erklärt Cesare. Am Sonntag kocht er immer selbst. »Domenica!« ruft er. Domenica folgt ihm in die Küche, Kai schließt sich an. »Va bene!« sagt der Schuster. Sie werden alle kochen, alle Männer. Die Frauen in den Garten! Er braucht Gewürze: Basilikum, Salbei, Oregano! Er wird ein Ragout bereiten. Kein Wasser, nur Wein, ein Kaninchen braucht Wein.

Die Nonna, Filomena, Angela und Frau Sonntag sitzen auf ihren Stühlen, ab und zu lächelt eine der anderen zu. Sie zeigen mit dem Finger auf die Küchentür, aus der in Schwaden Gelächter und Düfte dringen. Im Stall schreit der Esel, Angela geht und füttert ihn, auch die Kaninchen. Dann zeigt Filomena der Fremden ihre Blumen, nennt die Namen. Frau Sonntag wiederholt sie auf lateinisch. Alles blüht: Nelken und Rosen und Lilien und eine Blume, die aussieht wie ein fleißiges Lieschen. »Sempre in fiori«, sagt Filomena. ›Immer-in-Blüte‹, das ist ein schöner Name. Frau Sonntag lobt und bewundert die Blumen. Ein ›paradiso‹ sagt sie und daß sie bei ihrem Ferienhaus in Procchio versucht, einen Garten anzulegen. »Lauter Steine! Alles ist trokken!« Gleich macht Filomena sich daran, ihr Ableger abzubrechen. Sie gibt Ratschläge, was man tun muß, damit sie anwachsen. Die Nonna humpelt an ihrem Stock in den Stall, füllt Dung in eine Plastiktüte, den solle man in Wasser auflösen und damit die Blumen gießen. Frau Sonntag hört aufmerksam zu und vergißt für eine Weile Katharina und den jungen Italiener. Es gefällt ihr hier, alle sind herzlich und heiter.

Jetzt tauchen die Männer aus dem Küchendunst auf, sie haben sich Handtücher in den Hosenbund gesteckt. Kochen macht durstig! Sie füllen die Gläser, Kai und Sergio bekommen Wasser und Wein. »Salute!« Kai schwingt einen Kochlöffel und kaut irgend etwas.

Das dauert eine Stunde und noch eine Stunde.

Es ist längst dunkel, die Kerzen flackern im Nachtwind. Ein großer Tisch wird gedeckt: weißes Tischtuch, Teller, Bestecke, große Servietten. Schade, hundertmal schade, daß der Älteste nicht da ist! wiederholt Cesare immer wieder. Er könnte Musik machen. Er kann singen, zu einem Fest gehört Musik, Musica!

Plötzlich erinnert sich Frau Sonntag wieder an ihre Tochter. Sie geht in die Küche. »Karl Magnus!« Er reagiert nicht. Mit gerötetem Gesicht steht er am Herd, hat die Hemdärmel aufgekrempelt und schmeckt soeben die Soße ab. In elegantem Schwung gießt er einen weiteren Schuß Wein daran, reicht Cesare den Probierlöffel.

Frau Sonntag sagt noch einmal eindringlich: »Karl Magnus! Denk doch an unser Kind!«

»Abbiamo tempo!« sagt er, »abbiamo tempo! Das hat Zeit.«

Cesare reicht den Löffel an Frau Sonntag weiter, sie probiert und sagt: »Grazie, mille grazie.« Es schmeckt vorzüglich. Noch nie hat sie ein so gutes Ragout gegessen. Kai und Sergio sind dabei, Paprika, Tomaten und Oliven für den Salat zu schneiden; die Kräuter tut Cesare persönlich daran.

Endlich ist es soweit: die Schüssel mit dem dampfenden Fleisch wird aufgetragen, das Brot aufgeschnitten, der Weinkrug nachgefüllt. Alle nehmen Platz, nur Cesare steht noch. Er hebt sein Glas, jetzt wird er eine Rede halten! Man wird sich verstehen, auch wenn man zwei Sprachen spricht, mit dem Herzen! Er schlägt auf seines, ›con cuore‹, mit dem Herzen, verstehen sich alle Menschen.

In diesem Augenblick bewegt sich der Perlenvorhang. Cesare dreht sich um. Da ist er, sein Sohn Michele, sein Ältester! Die Gäste erkennen undeutlich eine Gestalt, ein weißes Hemd. »Buona sera«, sagt eine Stimme und dann auf deutsch: »Komm doch, komm!« Eine zweite, hellere Gestalt wird sichtbar, läßt sich mitziehen.

Dreistimmig: »Katharina!«

Die beiden bleiben überrascht stehen. Michele redet auf seinen Vater ein. Katharina läuft zu ihrer Mutter, nennt sie vor lauter Verwirrung nicht ›Anna‹, sondern ›Mama‹, alle reden durcheinander. Cesare erfaßt die Situation als erster. Er schreit durch den Lärm, daß zwei Stühle fehlen, zwei Teller, zwei Gläser. Er klatscht in die Hände: »Sergio! Subito!« Man muß jetzt endlich dieses gute Essen zu sich nehmen.

Herr Sonntag will ihm erklären, daß das Mädchen seine Tochter Katharina sei.

»Va bene!« antwortet Cesare. Es ist gut, ein hübsches Mädchen! Wenn Michele sie ins Haus bringt, ist es ein gutes Mädchen. Sie soll mitessen! Ein Glas für diese Katharina. Stühle, Gläser!

Endlich sitzen alle. Katharina flüstert mit ihrer Mutter. Als es dunkel wurde, hatte Michele sie nach Hause bringen wollen, aber niemand war in ›Concordia‹ gewesen.

»Der Schlüssel hing doch im Feigenbaum! Hast du ihn nicht gefunden?«

»Doch! Aber Michele sagte, ein Mädchen kann nicht allein in einem Haus bleiben, wenn es Nacht wird. Ich habe ihm vorgeschlagen, dazubleiben, bis ihr zurückkommt. Da hat er gesagt, daß in Italien ein junger Mann nicht mit einem jungen Mädchen — du weißt schon.«

Die Mutter drückt Katharinas Hand.

»Er hat gesagt, ich solle mit ihm nach Hause kommen. Um zehn Uhr wolle er mich wieder nach Procchio fahren.«

Frau Sonntag hebt ihr Glas und trinkt Michele zu. Sie sagt leise: »Grazie!«

Cesare teilt das Fleisch aus. Michele schenkt Wein ein. Auf dem Mäuerchen nehmen eine schwarze und eine schwarz-weiße Katze Platz und nagen säuberlich die Knochen ab, die man ihnen zuwirft. Cesare ist mit dem Kaninchenkopf beschäftigt. Von einem guten Kaninchen kann man alles essen, sogar die aufgerollten Därme, sagt er. Er legt sie seinem deutschen Freund auf den Teller und versichert ihm, daß es ›delicato‹ sei. Die Leber für diese Cata, ein hübsches Mädchen, deutsch und blond! Alle tunken Weißbrotstücke in den Fleischsud, der köstlich schmeckt, mischen den Wein mit Wasser. Die Teller werden gewechselt. Man ißt Früchte. Alles natura, versichert Cesare, nicht wie in der Stadt, hier ist man auf dem Lande, alles ist einfach, aber natura!

Der Mond steigt über dem Haus auf, bleibt eine Weile im Geäst des Eukalyptusbaumes hängen, ein schiefer gelber Lampion. Der Nachtwind raschelt in den Blättern. Filomena geht ins Haus, holt den Säugling, setzt sich im Mondschatten auf das Mäuerchen und stillt den Nocellino.

›Nocellino!‹ Jetzt erst wird es Herrn Sonntag klar, warum dieses Baby ›Nocellino‹ genannt wird. ›Kleiner Noce‹! ›Noce‹ wie dieser Michele und wie dieser Cesare. Er zieht den zerknäulten Zettel aus der Tasche, da steht es: ›Cesare Noce, Marina di Campo, Calzatura.‹

Der Schuster Noce lehnt sich in seinem Stuhl zurück. Er wischt sich mit der großen Serviette Olivenöl und Schweiß von Kinn, Stirn und Nacken. Dann schnitzt er mit dem Taschenmesser aus einem Streichholz einen Zahnstocher und bietet Herrn Sonntag die andere Hälfte an. Eine Weile sind die Männer mit der Säuberung ihrer Zähne beschäftigt. Herr Sonntag zieht sein Zigarrenetui aus der Tasche und hält es Cesare hin. Der bedient sich, betastet die Zigarre, riecht daran. Herr Sonntag ist froh, etwas anbieten zu können.

Was man jetzt braucht, das ist ein caffè! Den caffè wird die Nonna kochen. Schon erhebt sich die alte Frau mühsam und tastet nach ihrem Stock. Frau Sonntag versichert, ein Kaffee sei doch nicht nötig, die Nonna sei alt, man könne ihr das nicht zumuten, mitten in der Nacht. Aber Cesare macht ihr mit eindringlichen Gebärden klar, daß sie das nicht verstehe. Niemand koche den caffè so gut wie seine Mutter! Sie koche ihn immer. Eine alte Frau müsse arbeiten. Der Mensch müsse arbeiten, solange er lebe. »Wenn er aufhört zu arbeiten, ist er nutzlos, dann stirbt er.«

Die Männer rücken die Stühle zusammen: Cesare, Domenica, Michele, Sergio und Kai. Die Sprachkenntnisse des Schusters werden von Minute zu Minute besser. Von Glas zu Glas. Er erzählt von seinen Erlebnissen in Deutschland, als es Krieg war.

Guerra mondiale! Ein Weltkrieg! Er liebt Deutschland. »Viel Ordnung«, sagt er, »viel Disziplin. Deutsche viel sauber. Viel fleißig!«

Dann beginnt er, einen Luftangriff der Amerikaner auf Kassel zu schildern, den er in einem Bunker miterlebt hat. Er ahmt die Detonation der Bomben nach. Herr Sonntag macht ihm klar, daß er denselben Luftangriff mitgemacht hat. Bei der Flak, als Schüler, mit sechzehn Jahren. Er habe auf die Flugzeuge geschossen! Herr Sonntag legt auf den Mond an, schießt in die Luft. Cesare läßt seine Faust wie eine Bombe auf den Tisch aufschlagen. Luftangriff und Luftabwehr.

Kai und Sergio finden ihre Väter ziemlich komisch, sie stoßen sich in die Seite, kichern, ahmen die Männer nach, jeder seinen Vater.

Michele steht auf, setzt sich neben Katharina und legt den Arm um sie.

Frau Sonntag blickt zu Filomena hinüber, die noch immer ihr Kind stillt. Sie blickt zu ihrer Tochter, die den Kopf an Micheles Schulter gelehnt hat; beide schweigen, sehen sich nur manchmal lange an. Sie sieht die kriegspielenden Männer und fühlt sich plötzlich sehr allein.

Die Nonna bringt die Aluminiumkanne mit dem Espresso, und Angela verteilt kleine Kaffeetassen. Cesare hebt zum letztenmal sein Glas. »Pace!« ruft er. Jetzt ist Frieden! Alle sollen auf den Frieden trinken! Jetzt sind sie Freunde. »Patria!« ruft er und »Italia!« Er deutet auf Katharina und Michele: »Italia — Germania! Alles ist eins. Unita!« Sie leeren die Gläser.

Cesare lobt den caffè, den seine Mutter gekocht hat, dann klatscht er in die Hände und befiehlt: »Musica!« Michele steht bereitwillig auf und holt die Gitarre aus dem Haus. Er reißt einige Saiten an, er weiß, welches Lied sein Vater jetzt anstimmen wird. ›Santa Lucia!‹ Das Lieblingslied der Italiener. Cesare hat einen kräftigen Baß und Herr Sonntag einen kräftigen Bariton ›Santa Lucia‹ kann er ebenfalls singen, und weil er sich so wohl fühlt, stimmt er anschließend sein Lieblingslied an: ›Erde hier und Erde da, ubi bene, ibi patria!‹ Cesare versteht sofort, was das heißt, auch wenn er kein Latein gelernt hat. Michele versucht, das Lied zu begleiten.

Vom Kirchturm schlägt die Glocke halb zwölf. Nur das Baby wird ins Bett gebracht, keiner denkt an Aufbruch. Michele spielt den ›Song of joy‹, er summt dazu, auch Katharina singt mit. Herr Sonntag horcht auf: Das ist doch, da täuscht er sich doch nicht — ›Freude, schöner Götterfunken‹, nur verjazzt. Die Melodie gefällt ihm, er schlägt den Rhythmus mit dem Löffel gegen die Tasse. »Seid umschlungen, Millionen«, schmettert er in die Nacht, »diesen Kuß der ganzen Welt! Brüder, überm Sternenzelt muß ein guter Vater wohnen!«

Herr Sonntag hat seinen Schiller gut gelernt. Kai sagt anerkennend: »Bravo, Chef!« Katharina und Kai singen englisch, Cesare und Michele italienisch und Herr Sonntag deutsch.

Der Mond verschwindet hinterm Berg. Die einzige, die es wahrnimmt, ist Frau Sonntag. Die Kerzen sind abgebrannt, eine nach der anderen erlischt. Fledermäuse huschen um die Hausecke und pfeifen. Sergio schläft, den Kopf gegen den Eukalyptusbaum gelehnt, Angela und ihre Mutter waschen in der Küche das Geschirr ab. Michele flüstert mit Katharina. Sie steht auf und geht in die Küche, um den Frauen zu helfen. Michele schlägt cin paar Akkorde an, alle sind still geworden, er singt ›Azzurro‹, schöner als Adriano Celentano.

Unter der Tür erscheint die Nonna, ihr weißes Haar schimmert durch die Dunkelheit, sie stößt mit dem Stock auf den Steinboden und sagt dreimal: »Basta! Basta! Basta!« Cesare steht auf. Wenn seine Mutter sagt, es sei genug, dann ist es genug. Sie nehmen Abschied, sie umarmen sich. Man hat ein schönes Fest gefeiert. »Grazie con cuore!« sagt Frau Sonntag. Kai taumelt vor Müdigkeit.

Michele sitzt bereits auf seiner Vespa. Er will Katharina nach Hause bringen! Herr Sonntag fährt hinter ihm her. Im Bungalowdorf brennt kein Licht mehr. Die Lampen der Laternenfischer leuchten wie Sterne aus dem nachtschwarzen Meer.

Zehn Minuten später werden in ›Concordia‹ die Lampen ausgeschaltet. Nach einer Weile fragt Frau Sonntag ihren Mann: »Karl Magnus, meinst du, daß es etwas Ernstes ist zwischen den beiden? Meinst du nicht auch, daß Katharina in die Insel verliebt ist, in den Süden, den Sommer, daß sie gar nicht diesen Michele meint?«

Aber ihr Mann schläft bereits tief.

Noch immer schreien die Zikaden. Eine Fledermaus pfeift, und in der Ferne hupt Michele lang — kurz, lang — kurz. Katharina hockt auf der obersten Treppenstufe. Sie will nicht schlafen. Sie will alles in sich aufnehmen: die Geräusche der Nacht, die Gerüche der Nacht, die Veränderung der Sternbilder, die Heimkehr der Laternenfischer. Sie schreibt nur eine einzige Zeile in ihr Heft: ›In solchen Nächten fallen die Sterne sacht ins Meer.‹

Sie wartet, bis die Sonne ihre ersten Strahlen über den Monte Serra schickt.

Michele hatte mit seinem Padrone gesprochen: Während der Siesta, wenn an der Tankstelle wenig zu tun war, durfte sein Bruder Sergio ihn vertreten. Tank füllen, Scheiben waschen, das konnte auch er. Kai fand den dicken Sergio zwar ziemlich langweilig, aber er hatte sich trotzdem angeboten, Michele ebenfalls zu vertreten; vielleicht bekam er hin und wieder ein Trinkgeld. Scheiben waschen konnte er auch, außerdem rechnete er schnell und sprach zwei Fremdsprachen. Michele hatte es abgelehnt. Es war besser, wenn Kai bei ihm und Katharina blieb.

»Warum —?« Kai kläffte wie ein Spitz. Er wollte nicht immer der Anstandswauwau sein. Wenn er mittags schon nicht allein zum Tauchen ans Meer gehen durfte, wollte er wenigstens mit dem langweiligen Sergio an der Tankstelle arbeiten! Katharina stand ausnahmsweise auf seiner Seite. Aber Michele bestand darauf: Kai bleibt bei ihnen. Zum erstenmal streiten sich die beiden. Katharina möchte mit Michele allein sein, Michele will es nicht. Man ist hier nicht in Milano oder in Roma. Auf der Insel herrschen andere Sitten. Er muß ebenfalls auf seine Schwester Angela aufpassen, jeder Bruder muß das.

Michele bringt Katharina mittags nach Marina di Campo zu seiner Familie. Wenn sie dort mit den anderen am Tisch sitzt, fährt er beruhigt wieder zu seiner Tankstelle. Er strahlt, wenn Katharina seiner Mutter hilft oder den kleinen Nocellino versorgt und auf dem Schoß wiegt. Manchmal nimmt er dann seine Gitarre von der Wand und spielt ein Kinderliedchen. Katharina stellt mit Überraschung fest, daß er dann sonderbar glücklich ist. Sie verbringt jetzt manchmal den ganzen Tag im Haus des Schusters Noce. Wenn die Fischer mit ihrem Fang zurückkehren, geht sie zum Hafen und kauft Fisch ein. Sie fegt das Höfchen oder sitzt einfach neben der Nonna und Filomena vor dem Haus. Frau Sonntag würde ihre Tochter nicht wiedererkennen. ›Hausarbeit, das ist doch wohl das letzte!‹ pflegte Katharina bisher zu erklären.

An einem Nachmittag fegte sie gerade die Straße, als das Auto des Vaters nicht weit vom Haus des Schusters anhielt. Kai schlich sich heran, stellte sich hinter die fegende Katharina, die ihn noch nicht bemerkt hatte, und verkündete: »Deutsches Mädchen leistet Entwicklungshilfe in Italien.«

Katharina drehte sich wütend um. Sie faßte ihren Strohbesen fester und drohte Kai damit, der rannte los, Richtung Strand, Katharina hinterher.

Frau Sonntag sagte: »Im Grunde ist sie ja noch ein halbes Kind.«

Michele hat sich von seinem Onkel Filippo, dem Thunfischhändler, einen Außenbordmotor geliehen und ihn an sein Ruderboot montiert. Er will mit Katharina und Kai einen Ausflug machen. Er wird Kai eine Stelle am Kap Capolivieri zeigen, wo sich die Unterwasserschwimmer treffen. Ein Unterwasserparadies! Dort kann man mit Harpunen nach Fischen jagen. Kai hat tagelang um eine Harpune gebettelt. Mit einer Harpune könnte er die ganze Familie ernähren! ›Dreizehnjähriger ernährt vierköpfige Familie mit Harpune!‹ Was er auch vorbringt, immer heißt es: »Nein! Du bist zu klein! Es ist zu gefährlich!« Kai ist wütend, ständig wird er ›frustriert‹. Die wichtigsten Lebenswünsche werden ihm nicht erfüllt. Wer weiß, was seine Seele für Schäden erleiden wird ohne Harpune! Er erreicht lediglich, daß er eine Spezialtaschenlampe für Taucher bekommt. Jetzt kann er wenigstens die Felswände unter Wasser nach Muscheln und Korallen ableuchten. Unter diesen Umständen ist er bereit, noch einmal die Bewachung seiner Schwester zu übernehmen.

Der Ausflug ist lange vorher besprochen und immer wieder verschoben worden. Einmal war der Wind zu stark, einmal brauchte der Onkel den Motor selbst, am Wochenende war Michele unabkömmlich.

Aber nun ist es soweit.

Falls es später als sechs Uhr abends werden sollte, wird der Padrone selber Sergio an der Tankstelle ablösen. Das hat er zugesagt, nachdem er Katharina kennengelernt hat.

Frau Sonntag hat ein großes Picknickpaket fertiggemacht: ein gebratenes Hähnchen, eine dicke grüne Wassermelone, Weißbrot, vier Portionen Eis in der Kühltasche, zwei davon für Kai, die Badesachen, die Tauchausrüstung, Katharinas Tagebuch.

Als Michele gegen zwei Uhr den Motor anläßt, ist der Himmel wolkenlos und fast weiß. Das Meer liegt schwer und grau wie Blei. Er steuert das Boot aus dem Golf ins offene Meer hinaus. Vom italienischen Festland ist nichts zu sehen, alles liegt im heißen Mittagsdunst.

Es geht rasch an den Buchten und Kaps vorbei. Michele hält Kurs auf das Kap von Capolivieri. An der Sandbank zwischen Marina di Campo und Lacona liegt ein Motorboot vor Anker. Zwei Unterwassersportler steigen gerade aus. Sie tragen schwarz-gelbe Taucheranzüge, auf dem Rücken Sauerstoffflaschen. Kai bettelt, daß Michele dorthin fährt, aber Michele hat ein anderes Ziel.

Katharina liegt auf den Bootsplanken und sonnt sich. Kai sitzt am Bug und glotzt in die Tiefe; aber da ist nichts zu sehen, das Meer ist bodenlos, nicht einmal Algen oder Plankton, ab und zu schnellt ein Fisch vorbei. Michele singt wieder sein Lieblingslied: ›Azzuro, Azzuro.‹ Kai bedauert, daß er nicht mit Sergio an der Tankstelle geblieben ist. Liebespaare sind noch langweiliger, als er sich das vorgestellt hat. Nichts kriegt er zu sehen! Ab und zu öffnet Katharina die Augen und lächelt, und dann lächelt Michele zurück. Das ist alles. Während der ganzen Fahrt.

In der Nähe der ›Madonna delle Grazie‹ legt Michele an. Katharina und Kai steigen aus, Michele steuert das Boot ins Meer zurück und ankert; das scheint ihm sicherer, als das Boot an Land zu ziehen. Er hat Sorge, daß jemand den Motor stehlen könne, sobald er das Boot verläßt. Er schwimmt an Land und zieht wieder Hemd, Hose und Schuhe an.

Auf einem steinigen Eselspfad steigen sie den Berg hinauf zum Dorf Capolivieri. Es ist brütend heiß. Katharina zupft Lawendel und Rosmarin, zerreibt die duftenden Kräuter auf ihrem Arm, hält ihn Michele hin, damit er daran rieche.

Kai stöhnt. Man hat ihm einen Unterwasserausflug versprochen und keine Landpartie!

Schließlich erreichen sie einen Friedhof. Auch das noch! Was sollte er denn auf einem Friedhof! Und das Picknickpaket war unten im Boot!

Katharina tut so, als sei dieser Friedhof der schönste Platz der Welt. Sie geht mit Michele von Grab zu Grab und liest die Namen. Sie kann sich gar nicht trennen. Michele setzt sich in den Schatten einer Zypresse, Kai sucht neben der Friedhofsmauer nach Kapern. Sie schmecken wie Käse. Besser als gar nichts für seinen leeren Magen. Katharina steht allein vor der Gräberwand. Sie findet im Gras eine Vogelfeder, hebt sie auf und legt sie sorgsam in ihr Tagebuch.

Sie gehen durch einen Kastanienwald zurück; unter den Bäumen ist es dämmrig und kühl. Michele holt das Boot zum Strand, sie steigen wieder ein. Jetzt wird er sie zur ›Cava dell'Innamorata‹ bringen, sagt er verheißungsvoll.

»Innamorata? Was soll denn das heißen? will Kai wissen. »Innamorata!«

»Das kommt sicher von amore. ›Bucht der Verliebten‹«, sagt Katharina. Sie sieht vorsichtshalber an Michele vorbei. Kai pfeift durch die Zähne. Das kann ja gut werden! Demnach gibt es doch etwas zum Aufpassen. Vorsorglich kläfft er wieder wie ein Spitz. Cave canem! Während der Fahrt stellt Michele fest, daß der Motor unregelmäßig arbeitet. Vermutlich liegt es an der Zündung. Vor der Rückfahrt wird er den Schaden beheben.

Sie ziehen zu dritt das schwere Boot an den Strand. Michele legt Kufen darunter. Hier wird man bleiben. Man kann baden, in der Sonne liegen, sie haben viel Zeit. Die Bucht gehört ihnen, kein Mensch weit und breit. Hier ist auch die Stelle, wo Kai schnorcheln kann. Sie baden. Michele taucht, schnellt hoch wie ein Delphin, schwimmt lange Strecken unter Wasser, immer aber in der Nähe des Strandes. Katharina will ihm zeigen, daß sie ebenfalls eine gute Schwimmerin ist. Sie will aus der Bucht hinausschwimmen. Michele untersagt es ihr, es ist pericoloso! Gefährlich! Die Haifische! Man muß vorsichtig sein! Katharina kehrt um. Sie schwimmt ans Land zurück und bereitet das Picknick vor. An einem Felsvorsprung findet sie ein wenig Schatten. Kai bekommt das gebratene Hähnchen für sich allein. Er schleudert die Knochen ins Meer. Michele und Katharina essen endlos an einer Scheibe Melone, die sie sich teilen.

Michele will eine Geschichte erzählen! Er wird versuchen, sie deutsch zu erzählen. »Tempi passati —« fängt er an. »Es ist lange her, hundert Jahre, vielleicht noch mehr. Im Dorf Capolivieri lebte ein reicher Mann. Er hatte nur einen Sohn. Der Sohn hieß Lorenzo. Der Vater wollte ihn mit einem Mädchen verheiraten, das auch sehr reich war, aber Lorenzo liebte ein armes Mädchen. Povera, sehr arm! Sie hieß Maria und war sehr schön. Sie hatte keine parenti, keine Verwandten mehr.«

»Mir kommen die Tränen!« sagt Kai, »ein armes Waisenkind!« Er schleudert das letzte Hühnerbein ins Meer und greift nach dem Eis. Katharina wirft ihm einen wütenden Blick zu.

»Fa niente«, sagt Kai ungerührt. Er wird das Eis essen. Notfalls alle vier Portionen.

Michele fährt fort: »Lorenzos Vater sagt: ›Niente! Nichts! Nichts zu machen.‹ Lorenzo und Maria halten sich die Treue. Viele Jahre! Lange Jahre! Die Eltern werden alt, sagen am Ende: ›Ist gut. Va bene. Heiratet!‹ Am Abend vor der Hochzeit macht man einen Ausflug. Das ist Sitte auf der Insel. Die ganze Hochzeitsgesellschaft. Alla campagna! Aufs Land.« Michele zeigt auf den Berg, der hinter ihnen liegt. »Dorthin! Zu diesem kleinen Weinberg. Der Vater will dem Sohn zur Hochzeit diesen kleinen Weinberg schenken. Lorenzo lief allein zum Strand hinunter. Aber hinter den Klippen, seht ihr diese Klippen? Dort lag ein Schiff! Auf dem Schiff waren Piraten! Die Piraten packten Lorenzo. Der wehrte sich und kämpfte um sein Leben.«

»Kidnapper!« ruft Kai, die Geschichte fängt an, spannend zu werden.

»Die Piraten schlagen Lorenzo tot. Morto! Morto! Sie werfen den toten Lorenzo ins Meer und fliehen mit ihrem Schiff. Das Meer färbt sich rot. Das Meer wird rot von Lorenzos Blut.«

»Madonna!« sagt Katharina.

»O boy!« sagt Kai.

»Oben auf dem Weinberg stehen seine Leute. Stehen Maria, seine Braut. Sein Vater. Seine Mutter. Sie sehen das blutrote Meer. Und Maria sieht ihren fidenzato, ihren —

»Verlobten?« fragt Katharina.

»Ihren Verlobten im Wasser. Sie springt hinunter in das Meer, mit ihren Kleidern. Von jenem hohen Felsen springt sie ins Meer. Sie kann schwimmen. Sie bekommt Lorenzo zu fassen. Sie hält ihn fest. Sie kämpft mit den Wellen. Dann . . .« Michele schweigt. Er starrt zu der Stelle neben den Klippen, Katharina starrt ebenfalls dorthin.

Michele fährt fort: »Maria fühlt, sie hält einen Toten in ihren Armen. Sie schwimmt nicht mehr, umklammert ihren Lorenzo. Das Meer trägt die Verlobten hinaus.«

»Und —«, fragt Kai atemlos.

»Und —«, fragt Katharina, in deren Augen Tränen stehen.

»Aus! Die Geschichte ist aus! Man hat die beiden nie mehr gesehen! Das Meer hat sie behalten. Diese Bucht trägt den Namen von Maria und Lorenzo: Cava dell'Innamorata!

Katharina wischt mit dem Haar die Tränen ab, springt auf und läuft ins Wasser. Michele läuft ihr nach.

»O boy!« sagt Kai. »Wo sind denn hier Piraten?

Kai ist mit der neuen Taschenlampe, mit Flossen, Schnorchel und Brille zu den Klippen gegangen. Michele schraubt die Zündkerze aus dem Außenbordmotor, um nach dem Schaden zu suchen.

Katharina hat sich einen Platz ausgesucht, von dem aus sie Michele zusehen kann, wie er an dem Motor hantiert, und gleichzeitig Kais rote Badehose im Auge behält. Sie nimmt ihr Tagebuch hervor und blickt übers Meer. Die Möwen fliegen niedriger als sonst, schreien lauter, schießen aufeinander zu, als lägen sie im Streit miteinander. Irgend etwas ist anders als sonst. Vielleicht liegt es an dieser Bucht, diesem Teil der Insel, den sie nicht kennt. Salz und Sand kleben auf der Haut, auf der Zunge schmeckt sie Staub.

Michele kehrt zu ihr zurück. Der Schaden am Motor scheint aber nicht völlig behoben zu sein. Er macht eine unbestimmte Bewegung mit der Hand. Bis nach Hause wird es gehen, er wird den Motor in der Werkstatt auseinandernehmen müssen. Man wird bald aufbrechen.

Katharina zieht ihn neben sich. »Laß uns noch bleiben!« bittet sie. Er greift nach ihrem Tagebuch, eine Vogelfeder fällt heraus, ein paar gepreßte Zweige. »Poetessa«, sagt er. »Lesen! Lesen!« bittet er. Er zeigt mit dem Finger auf die letzte Seite.

»Du kannst es nicht verstehen, Michele, es ist schwierig, difficile!«

»Macht nix«, sagt er. »Ich höre. Es ist wie Musik, wenn du sprichst. Ich verstehe mit dem Herzen, ›con cuore‹.« Er ahmt seinen Vater nach.

Katharina liest ihm vor, was sie geschrieben hat.

»Ein Friedhof auf Elba.

Die Tür fällt in ihr rostiges Schloß. Ich bin allein im heißen Viereck des Friedhofs. Von den weißen Mauern prallen die Sonnenstrahlen zurück. Meine Augen suchen Schutz auf der schwarzen Wand der Zypressen, die den Bergwind abfangen.

Verdorrtes Gras. Erschöpfter Mond. Aufgeblätterte wilde Rosen. Verwitterte Grabsteine.

Vögel streichen über die Mauern und bleiben fern. In den Zypressen wispert es. Der Wind? Die Toten? Singen im fernen Ölbaumhain die Grillen? Ich hocke eine Ewigkeit auf

diesem Stein.
Wohnt hier Gott? Hier ist keine Liebe! Hier ist Verwesen und Vergessen.
Die Schattensprossen der Zypressen werden länger. Von der Gräberwand, in die man die Toten einmauert, löst sich eine weiße Porzellantafel und fällt ins verdorrte Gras. Ich hebe sie auf und lese den Namen: Emilio Galvani. 16 Jahre alt. Jünger als ich und tot! Ich starre auf das runde Loch, unten, in seinem Steinsarg. Langsam ist sein Leben versickert. Ausgelaugt von den heißen, durstigen Steinen. Die Mauer der Toten.
Verwest wie diese Rosen.
Ich spüre die Zeit, die mich alt macht. Minuten? Eine Ewigkeit im Garten der Toten.
Meine Hände zittern, als ich das Tor zuziehe, das mich von den Toten trennt. Ich gehe durch die Schlucht. Die Kastanien filtern das Licht. Ich fasse in ihr hartes Laub und drücke die stachlige Frucht in die Handfläche.
Unten auf der Straße hupt Michele: lang — kurz, lang — kurz. Ca — ta. Ca — ta.«

Michele blickt ihr über die Schultern. Er kann nichts lesen. Er buchstabiert ein paar Wörter. »Poetessa!« sagt er wieder. Dann beklagt er sich: »Kein Wort von amore? Wo steht Michele?

»Hier«, sagt Katharina, »hier am Schluß.«

»Was heißt das?« fragt er, »lang — kurz, lang — kurz?«

»Das ist deine Vespa, wenn du hupst!«

»Vespa? Wir sind doch mit dem Boot hier!«

»Fantasia! Verstehst du?« Sie sieht ihn ängstlich an, es ist wichtig, daß er sie versteht. Es ist ein Signal.

Michele tippt ihr auf die Nase. »Was schreiben? Was denken? Immer denken! Schreiben nicht von uns?«

»Doch«, sagt Katharina, »doch! Alles, was in diesem Heft steht, handelt von Elba. Elba, das ist Michele und Cata.«

Michele küßt drei — vier Sommersprossen auf ihrer Schulter. Dann liegen sie reglos und schweigend nebeneinander auf den Steinen. Nach einer Weile richtet Michele sich auf. Er muß mit ihr reden, sagte er, bald fährt sie nach Deutschland zurück. In einer Woche.

»Acht Tage«, verbessert ihn Katharina, »noch acht Tage.«

Michele sagt, daß er im Winter nach Deutschland kommen wird. Er wird sich dort eine Arbeit suchen. Und im nächsten Sommer wird Cata wieder auf Elba sein. In jedem Sommer! Nicht mehr in einem Ferienhaus, sondern bei seinen Eltern! Sie kann dort leben und schreiben. »Werden ein . . .« Er bricht ab, er weiß das Wort nicht, sagt »Famosa! Una donna famosa. Eine famose Frau! Berühmt!«

Sie müssen beide lachen. »Famose Frau«, wiederholt er, »famose Frau!« Dann wird er wieder ernst, als er sagt, daß er immer der dumme Michele sein wird, der Autos repariert und die Windschutzscheiben wäscht. »Stupido!« Er schlägt sich gegen den Kopf. »Stupido!« Vielleicht wird er später einmal eine Tankstelle haben, dann wird er der Padrone sein. Aber es ist nicht gut, wenn die Frau klüger ist als der Mann.

Katharina streichelt ihn, sagt leise und zärtlich: »Dummer Michele! Das ist nicht wichtig! Nichts ist wichtig! Wichtig ist nur, daß wir uns lieben. Stupido Michele!« wiederholt sie, und er wiederholt: »Cata famosa!«

Sie vergessen die Zeit. Vergessen Kai in den Klippen. Der Himmel hat sich mit grauweißen Wolkenschleiern überzogen. Plötzlich trifft sie ein heftiger, heißer Windstoß. Er wirbelt Sand auf und Staub.

Michele springt auf: »Madonna! Das Boot!«

Katharina springt ebenfalls auf, läuft zu den Klippen. »Kai! Kai!« schreit sie, aber Kai ist nirgends zu sehen.

SOS — SOS — SOS

Michele rannte zu seinem Boot. Katharina lief dorthin, wo sie ihren Bruder zuletzt gesehen hatte. Aber wann war das gewesen? Vor einer halben Stunde? Vor einer ganzen Stunde? Sie wußte es nicht. Sie schreit gegen den Wind an, aber ihre Stimme trug nicht weit. Nirgends war ein roter Punkt zu sehen, nicht im Wasser, nicht in den Klippen. Sie lief weiter, barfuß, die Steine waren schartig, sie achtete nicht darauf, sie trat in Glasscherben und in die harten Stacheln der toten Seeigel, die das Meer angeschwemmt hatte.

Michele pfiff durchdringend und winkte ihr. Er zeigt aufs

Meer und auf den Himmel, der sich immer tiefer senkte. Sämtliche Gefahren fielen ihr auf einmal ein: Kai, der gleich nach dem Essen ins Wasser gegangen und viel zu lange darin geblieben war! Die Haifische, die ihre Nahrung in den Klippen suchten, dort, wo die Schalentiere sich aufhielten, also ausgerechnet dort, wo die Unterwassertaucher tauchten!

»Kai!« rief sie. »Kai!« Sie rutschte aus und schlug flach hin. Blut rann ihr über das Schienbein. Sie weinte. Sie hätte auf ihren Bruder besser aufpassen müssen! Sie lief stolpernd weiter, durch die Macchia, dieses dornige, dichte Gesträuch, das überall auf der Insel wucherte, wo sonst nichts wuchs. Das Gesträuch reichte ihr erst bis zu den Hüften, dann bis zu den Schultern, sie konnte kaum noch darüber hinwegblicken. Die Dornen drangen ihr tief ins Fleisch. Sie rief laut, aber der Wind, der inzwischen zum Sturm geworden war, trug ihre Stimme in die Gegenrichtung. Sie drängte sich durch den stachligen Lorbeer und das Mastix-Gestrüpp, gelangte endlich aus der Macchia heraus und auf den Felsvorsprung. Sie blickte hinunter zum Meer. Drei Meter unter ihr spielte Kai seelenruhig mit Muscheln und Seesternen! Er hatte seine Beute zu einem kleinen Tümpel getragen, den die brandenden Wellen zwischen zwei Felsen gebildet hatten.

»Kai! Kai!« rief sie. Er blickte auf, grinste und hielt einen kleinen Taschenkrebs in die Höhe. Katharina zeigte zum Himmel. Kai blickte in derselben Richtung und rief: »O boy!« Und gleich darauf: »Fa niente! Macht nix!«

Katharina stieg, so rasch sie nur konnte, zu ihm hinunter. Sie mußten schwimmen, durch die Macchia konnten sie nicht zurück, Kai war zu klein. Das Salzwasser brannte in den blutigen Schrammen, die sich über ihren Körper zogen.

Michele kam ihnen mit dem Boot entgegen. Das Gepäck hatte er bereits verstaut. Er zog zuerst Katharina ins Boot, dann Kai, der in der einen Hand den Krebs und in der anderen seine neue Taschenlampe hielt. Flossen, Schnorchel und Brille hatte er sich um den Hals gehängt. Er keuchte vor Anstrengung.

Dann beginnt die Rückfahrt. Michele bedient den Handstarter. Der Motor tuckert immer noch unregelmäßig, auch Katharina hört, daß daran irgend etwas nicht in Ordnung ist. In kurzen Abständen schlägt Michele mit der flachen Hand auf die Motorhaube. Er ist nervös, blickt abwechselnd übers Meer hin, wo der Himmel am Horizont noch hell ist, dann zur Insel, über deren Bergen sich schwarze Wolken zusammenballen. Weiter draußen tragen die Wellen bereits Schaumkronen. Er steuert in weitem Bogen um die Klippen herum. Er muß vorsichtig sein, das Boot ist nicht geeignet für einen Motor; es ist ein Ruderboot und liegt zu schwer im Wasser. Auf seiner Stirn stehen Schweißtropfen. Immer heftiger schlägt er auf den Motor ein.

Katharina und Kai sitzen auf dem Boden des Bootes und klammern sich an den Bootsrand. Katharina tupft die Blutstropfen von den Wunden, sie schmerzen, das Salzwasser hat sie ausgeätzt. Unter dem Fußballen entdeckt sie eine tiefe Schnittwunde. Das Meer wird von Minute zu Minute unruhiger. Michele steuert das Boot gegen die Wellen, um sie im rechten Winkel zu schneiden. Dabei kann er den Kurs nicht halten und gerät weiter ins Meer hinaus, als er will.

»Warum bleiben wir nicht in der Nähe der Küste?« fragt Katharina. Sie hat Angst vor dem Meer, das jetzt lauter dröhnt als der Sturm.

»Pericoloso!« ruft Michele ihr zu. Er muß Abstand halten zu den Felsen. Die Wellen würden das Boot dagegenwerfen.

»Wo sind wir denn jetzt?« fragt Kai.

Michele zeigt auf das nächste Kap und nennt den Namen: »Punta Calamità.«

Calamità! Katharina erschrickt, das muß ›Unglück‹ heißen. Kalamität. Michele manövriert das Boot am Capo della Stella vorbei, dann durch den Golfo della Stella. Er umfährt die kleinen vorgelagerten Felsenriffe. Die ersten Blitze durchteilen die Wolkenwand über dem Monte Capane. Das Meer ist fast schwarz, nur die weißen Schaumkronen der Wellen schimmern durch die Dunkelheit.

Das Boot reagiert besser, als Michele befürchtet hatte. Er ist noch nie bei Sturm mit einem Motorboot draußen gewesen.

Auf der Insel gehen die Lichter an. Falls es noch dunkler werden sollte, würde sich Michele sicher an den Lichtern orientieren können, denkt Katharina erleichtert. Sie ahnt nicht, wie unsicher diese Lichter sind. Bei jedem Gewitter schlägt der Blitz in die Überlandleitungen und unterbricht die Stromversorgung. Die Lichter, die sie in der nächsten Bucht sehen, müssen schon die Lichter von Marina di Campo sein. Zum erstenmal hören sie den Donner, nachdem er bisher vom Tosen des Windes und des

Meeres übertönt worden war.

»Das war ein Treffer!« sagt Kai begeistert und ängstlich zugleich. Das gab eine wunderbare Geschichte! Wenn er sie nur erst erzählen könnte! Und wenn sie nur schon vorbei wäre!

Die Wellen brechen sich jetzt so rasch hintereinander, daß Michele sie nicht mehr schneiden kann. Brecher gehen übers Boot. Katharina wirft Kai das Badetuch zu, als sie sieht, daß er vor Kälte zittert. Der nächste Brecher durchnäßt das Tuch. Sie wickelt ihr Tagebuch in eine Plastiktüte und verstaut es im Heck, wo noch kein Wasser steht.

Michele schreit: »Questa!«

Die beiden haben keine Ahnung, was er meint. Michele hat alle deutschen Worte vergessen, er gestikuliert mit dem Fuß, er hat keine Hand frei, er muß mit beiden Händen das Steuer halten. Er plätschert mit dem Fuß im Wasser, das bereits über die Planken schwappt. Es soll wohl heißen: Wasser schöpfen! Kai entdeckt eine alte Blechdose im Boot. Katharina reißt eine der Bodenplanken hoch, Kai schöpft aus Leibeskräften.

Plötzlich brüllt Michele: »Idiota! Idiota!« Das ist unmißverständlich. Er greift nach seinem Fuß und hält den Krebs in der Hand, den Kai mit ins Boot gebracht hat. Das Tier hängt an seiner Ferse. Katharina gelingt es, die Scheren des Krebses zu öffnen und ihn ins Meer zurückzuschleudern.

Michele flucht weiter. »Idiota! Merda!« Er schlägt wütend auf den Motor ein. Der Motor ist kaputt. Er ruft nach den Rudern.

Bis er die Ruder in den Dollen hat, vergehen endlose Minuten, in denen das Boot mehrmals zu kentern droht. Katharina will ihm helfen und eines der beiden Ruder nehmen. Sie kann rudern, sie ist in einem Ruderklub! Aber Michele stößt sie beiseite, sie soll stillsitzen! Kai soll stillsitzen! Er rudert im Stehen. Und er rudert mit großer Geschicklichkeit. Als einzige Orientierung dienen ihm jetzt die Lichter der Dörfer. Auf sie rudert er zu, aber sie scheinen sich nicht zu nähern. Keiner will es sich eingestehen: Sie kommen nicht vorwärts.

Es fängt an zu regnen. Als hätte man eine Schleuse geöffnet.

Katharina löst Kai beim Wasserschöpfen ab. Wenn sie nur eine zweite Blechdose hätten! Sie spürt den Schmerz der Kratzwunden nicht mehr. Sie spürt nur noch ihre Angst. Noch nie war sie bei Sturm auf dem Meer gewesen, noch nie bei Dunkelheit, noch nie in einem so kleinen Boot. Immer hat sie gelesen: ›Das Boot tanzte wie eine Nußschale auf den Wellen.‹ Wie eine Nußschale! Nuß — Noce — Michele Noce —

Ein Blitz durchschneidet senkrecht den Himmel, gleichzeitig kracht es. Kai hat gerade ›21‹ gesagt, bis ›22‹ ist er nicht mehr gekommen. Das Gewitter steht jetzt mit seinem Kern unmittelbar über dem Golfo di Campo. Der Blitz muß in einen der Lichtmasten eingeschlagen haben: Sämtliche Lichter an Land erlöschen. Michele flucht. Merda! Immer geht das Licht aus bei Gewitter. Alles Scheiße! Merda! Er brüllt gegen den Sturm an. Woran soll er sich jetzt orientieren? Nirgends ein Leuchtturm, rundum Nacht.

Der nächste Blitz erhellt die Insel, er zuckt im Zickzack durch die Wolken. Aber bevor Michele den Kurs ändern kann, ist es bereits wieder Nacht. Er rudert mit Rückenwind. Das ist gefährlicher, aber man kommt besser vorwärts. Er flucht nicht mehr, er braucht alle Kraft zum Rudern. Er muß es schaffen! Er muß Katharina und Kai heil an Land bringen!

Wieder fährt ein Blitz senkrecht vom Himmel. Kai hockt jetzt zusammengekauert im Bootsheck und heult. Katharina schöpft mechanisch Wasser. Bei jedem Brecher, der übers Boot geht, denkt sie, es würde vollaufen. Die Eltern fallen ihr ein. Sicher stehen sie am Hafen. Oder sie sind bei Micheles Eltern. Sie sitzen in der Küche um den Herd. Sie haben Kerzen angezündet. Micheles Mutter hält den Nocellino auf dem Schoß, und die alte Nonna murmelt Gebete. Alles sieht sie vor sich; nur der Stuhl, auf dem sie so oft gesessen hat, ist leer. Nie wieder wird sie dort sitzen, nie wieder wird sie mit Michele —. Sie schluchzt.

Kai, der einmal ein Buch über den Seenotrettungsdienst gelesen hat, erinnert sich plötzlich an seine neue Unterwasser-Taschenlampe! Man muß Signale geben! Sonst wird ihnen niemand zu Hilfe kommen. Mit Händen und Füßen tastet er die Planken ab, wird hin und her geworfen, stößt gegen die Bootswände.

Michele herrscht ihn an, er solle sich festhalten. Dieser Junge ist stupido! Merkt er denn nicht, daß sie in Todesgefahr sind?!

Aber dann findet Kai die Lampe, hält sie hoch und blinkt: dreimal kurz, dreimal lang, dreimal kurz. SOS — SOS — SOS. »Save our souls! Save our souls!« Immer wieder. Minuten vergehen, niemand scheint ihren Notruf aufzunehmen.

Plötzlich erkennt Michele ein Licht, das sich bewegt. Eine Lampe wird hin- und hergeschwenkt. Er ändert den Kurs und hält darauf zu; er war in falscher Richtung gerudert. Es besteht kein Zweifel, daß das Licht ihnen gilt. Kai hört nicht auf, seine Signale zu geben: dreimal kurz, dreimal lang, dreimal kurz. Katharina schöpft weiter Wasser aus dem Boot, schöpft und schöpft, als müßte sie das Mittelmeer mit der kleinen Blechdose ausschöpfen, ihr ganzes Leben lang.

Der nächste Blitz zuckt wieder im Zickzack durch die niederen Wolken und beleuchtet die Küste. Deutlich erkennen sie die Häuser von Campo und Menschengruppen am Strand. Jemand schwenkt eine Sturmlaterne.

»Bappo!« schreit Michele. Die beiden rufen mit: »Bappo! Bappo!«

Das Gewitter ist über sie weggezogen, die Blitze schlagen jetzt ins Meer. Über der Insel wird es heller, die Horizontlinie der Berge wird bereits wieder sichtbar.

Michele nutzt eine große Welle aus: Der Bootskiel bohrt sich tief in den Sand. Katharina und Kai haben sich rechtzeitig am Bootsrand festgeklammert, sonst hätte der Aufprall sie zu guter Letzt noch aus dem Boot geschleudert.

Erschöpft und betäubt von Angst und Lärm taumeln die drei über den Strand.

Der Tod der Serafina Noce

Nach der geglückten Landung verbrachten die Sonntags noch eine Stunde im Haus des Schusters Noce. Alle saßen am Herdfeuer, wärmten sich und trockneten ihre Kleider. Die Kerzen brannten. Alles war so, wie Katharina es sich vorgestellt hatte. Der Onkel Filippo erschien, aber nicht wegen seines Motors, sondern wegen seines Neffen Michele. Einen Motor kann man reparieren. Er hat ein großes Stück Thunfisch mitgebracht, sein Bruder Cesare schneidet es in Scheiben. Aufregung macht Hunger, erklärt er. Die Nonna hat für die Kinder heißen Kräutertee gekocht und holt aus einer Schublade eine Tüte mit stark duftenden getrockneten Blättern; daraus solle man einen Aufguß bereiten und Umschläge auf die Wunden legen. Sie streichelt mit ihrer faltigen Hand zum ersten und einzigen Mal über Katharinas Gesicht, bisher hatte sie von dem fremden Mädchen keine Notiz genommen.

Die Nonna tastet sich aus dem Zimmer. Micheles Mutter Filomena blickt ihr besorgt nach. Die Aufregung! Das war nicht gut für die alte Frau. Filomena spricht langsam; sie ist eine langsame Frau mit bedächtigen Bewegungen und Worten. Einiges von dem, was sie sagt, kann Katharina verstehen. Das Herz! Angina pectoris. Filippo und Cesare beraten, ob man den dottore holen soll, jetzt noch, am Abend. Cesare entscheidet: keinen Arzt! Che sarà, sarà! Was geschehen soll, wird geschehen. Er glaubt nicht an Ärzte. Er glaubt an die Kräuter und Salben seiner Mutter. Wenn sie sich nicht selbst helfen kann — che sarà, sarà! Cesare zuckt die Schultern, aber auch er macht sich Sorgen. Il cuore! Er legt die Hand auf sein Herz, er zeigt auf die Zimmertür, hinter der seine Mutter verschwunden ist. Er wird jetzt einen heißen Wein für alle zubereiten, das macht warm, das beruhigt, man wird schlafen.

Katharina versucht immer wieder, sich zu entschuldigen, sich und ihren Bruder. Michele hatte viel früher aufbrechen wollen. Sie allein war schuld! Aber keiner will Entschuldigungen hören. Alles ist gut ausgegangen: »Va bene, va bene!« Cesare wird ungeduldig, was will dieses Mädchen? Ein Abenteuer! Abenteuer sind gut!

Nachdem jeder zwei große Gläser heißen Wein getrunken hat, wird die Stimmung besser, man lacht wieder. Cesare Noce ist stolz auf seinen Sohn. Er hat das Boot heil in den Hafen gebracht. Michele ist stark, er ist ein Mann, ein richtiger Noce, kein Nocellino! Er ist ein —

»Ein Ercole«, ruft Kai.

Cesare nickt: »Si!« So ist es. Er hebt sein Glas.

Herr Sonntag fühlt sich so erleichtert, daß er den Schuster Cesare einlädt, ihn in Kassel zu besuchen. »Im Winter, wenn es hier nicht so viel Arbeit gibt.«

Frau Sonntag dankt Michele. »Grazie«, sagt sie leise zu ihm, »mille grazie, Michele!«

Kai, der ebenfalls zwei große Gläser unverdünnten heißen Wein getrunken hat, ist eingeschlafen und liegt in eine Decke gerollt neben dem Herd, eine der beiden Katzen im Arm. Herr Sonntag trägt ihn in den Wagen.

Zu dritt sitzen sie noch eine Stunde auf der Dachterrasse ihres Hauses. In der Ferne zucken noch immer Blitze. Die Natur ist wunderbar erfrischt nach dem Regen. Der Duft von nassen Piniennadeln steigt zu ihnen auf. Schon singen die ersten Zikaden wieder. Herr Sonntag hat eine Flasche mit Wein geholt, ein Stück Käse, Brot. Vor Aufregung und Sorge hatten die Eltern nichts gegessen. Katharina legt feuchte Umschläge auf ihre zerschundenen Beine und Arme. Sie ist gesprächiger als sonst. Das Erlebnis auf dem Meer hat sie aufgewühlt. Sie erzählt den Eltern eingehend vom Leben der Noces. »Eine richtige Großfamilie! Im Grunde leben die Noces gar nicht altmodisch, sondern ganz modern, wie in einer Kommune, nur daß sie eben miteinander verwandt sind. Keiner findet etwas dabei, wenn ich komme. Ich sitze mit an ihrem Tisch. Ich passe auf den Nocellino auf. Als ob ich dazugehörte! Alle liefern, was sie verdienen, bei der Nonna ab, und die entscheidet, was angeschafft wird. Alles gehört allen! Sogar über das Geld, das der Vater in der Werkstatt verdient, bestimmt sie. Jeder behält nur, was er dringend braucht. Jetzt sparen sie für einen Fernsehapparat. Ein Onkel Micheles, der jüngere Bruder seines Vaters, arbeitet im Eisenbergbau, und dieser Onkel Filippo ist Thunfischhändler — alle sind auf der Insel geblieben, keiner will von hier fort. Sie haben eine ganz starke Bindung an die Heimat. Sie sind bedürfnislos! Sie unterliegen noch nicht dem Konsumzwang wie wir. Habt ihr gehört, wie Cesare Noce gesagt hat: ›Wenn Arbeit — Arbeit, wenn nix Arbeit — nix Arbeit!‹ Im Winter sind die Einheimischen unter sich. Dann gehen Michele und sein Vater in die Berge zur Jagd. Oder sie fahren mit Filippo zum Fischen. Dann macht der Schuster nur ein paar Reparaturen an den Schuhen der Fischer. Man führt hier zwei Leben. Ein Sommerleben und ein Winterleben. Das ist ein ganz natürlicher Rhythmus. Kein Achtstundentag! Keine Fünftagewoche. Jeder ist im Grunde ein völlig freier Mann! Keiner von ihnen will mehr, als er hat. Sie sind zufrieden!«

Ihre Mutter fragt lächelnd: »Und wie ist das mit der Ausbeutung?«

»Du bist gemein, Anna! Damals wußte ich das noch nicht. Hier ist alles anders als bei uns. Hier gelten andere, natürliche Gesetze. Wißt ihr, daß die Nonna eine richtige Zauberin ist? In dem Zimmer, in dem der Nocellino, Sergio und Angela schlafen und auch Michele, alle in einem Zimmer, hängt ein Strauß über der Tür, Corbezzolo oder so ähnlich —«

»— das muß der Erdbeerbaum sein, er wächst in der Macchia«, wirft die Mutter ein.

»Jeden Abend, wenn der Nocellino schon schläft, geht die Nonna in das Zimmer, nimmt die Zweige von der Wand, schlurft zu seinem Bettchen und schwenkt sie über dem schlafenden Kind. Sie vertreibt Geister und Krankheiten. Sie sieht aus wie eine Zauberin! Heute abend hat sie mich berührt. Ich fühlte mich wie verzaubert —«

»Du warst sicher ein bißchen beschwipst!« sagt der Vater.

»Du verstehst mich nicht. Du begreifst überhaupt nicht, was ich meine und was hier vorgeht!«

»Ich meine, was ich sehe! Daß man hier um Jahrzehnte in der technischen Entwicklung zurück ist und daß hier ein immenser Nachholbedarf besteht.« Herr Sonntag erhebt sich und reckt sich. »Auf alle Fälle lernt ihr hier, euch leichter in einer Fremdsprache zu verständigen. Das wird euch auch im Englischen und Französischen weiterhelfen.«

»Vater!« Katharina ist empört. »Immer denkst du nur an Profit! An Leistung!«

»Ich bin beruhigt«, sagt der Vater, »ich erkenne unser altes widerspenstiges Käthchen wieder! Ich gehe jetzt schlafen.«

Am nächsten Morgen bleiben in ›Concordia‹ die Fensterläden lange geschlossen. Alle müssen sich von den Strapazen und Aufregungen des Vortages ausschlafen.

Als Michele zur gewohnten Stunde hupt, rührt sich nichts. Er fährt zum Bäcker und holt die panini. Als er zurückkommt, ist noch immer alles still. Er klopft an einen der Fensterläden. Es rührt sich nichts. Schließlich wirft er kleine Steine dagegen. Ein Fensterladen wird aufgestoßen. Katharina ist wach geworden. Michele sagt nicht einmal guten Morgen, er wirkt verstört. »Die Nonna«, sagt er, »die Nonna!« Wieder fallen ihm die deutschen Wörter nicht ein, aber Katharina weiß sofort Bescheid, die Nonna ist krank! Sie zieht sich ihr Kleid über und läuft zu Michele hinaus.

»Malata?« fragt sie. Michele schüttelt den Kopf.

Katharina fragt erschrocken: »Morta —? Ist sie tot?«

Wieder schüttelt Michele den Kopf. Noch nicht tot! Aber sie

wird sterben. Heute. Morgen. Vielleicht jetzt, in dieser Stunde. Michele ist unruhig, er muß seinen Dienst an der Tankstelle antreten. Es wird sonst Ärger mit seinem Padrone geben. Er hupt nicht einmal, als er davonfährt.

Katharina bittet ihren Vater, sie gleich nach dem Frühstück nach Marina di Campo zu bringen.

Der Himmel ist trübe. Nach dem schweren Gewitter ist das Wetter nicht wieder schön geworden, die Wolken hängen tief, die Luft ist schwer und schwül.

»Katharina, du kannst nicht in ein Sterbehaus gehen! Schließlich bist du eine Fremde!« sagt die Mutter.

»Ich bin dort keine Fremde mehr. Bitte! Versteh du mich doch, Mama! Es ist Micheles Großmutter. Und er muß arbeiten, er kann nicht bei ihr sein. Ich will ihn vertreten.«

Die Eltern setzen Katharina und Kai am Hafen von Campo ab und fahren mit dem Auto weiter. Es ist kein Wetter, bei dem man am Strand liegen kann. Sie fahren in den Ostteil der Insel, dorthin, wo das Eisen gewonnen wird. Frau Sonntag will Gesteinsproben suchen; am Mittag werden sie wiederkommen und sich erkundigen.

Der Laden des Schusters ist geschlossen. Sergio lungert auf der Straße herum, als es ihm zu langweilig wird, geht er an den Strand, um nach Strandgut zu suchen.

Das Zimmer der Kranken ist dämmrig, die Luft stickig. Fenster und Fensterläden sind verschlossen. Die Nonna ist nicht mehr bei Bewußtsein. Ihr Atem kommt stoßweise. Cesare hat ein paar Stühle in das Krankenzimmer gestellt, ans Fußende des Bettes, auf einem davon sitzt er: breitbeinig, den schweren Kopf in die Hände gestützt. Zwei alte Frauen sitzen rechts und links von ihm.

Katharina bleibt an der Tür stehen. Cesare gibt ihr mit einem Wink zu verstehen, sie solle Kaffee kochen, sie solle seiner Frau zur Hand gehen. Angela, seine Tochter, ist fort und arbeitet, sein Sohn ist fort und arbeitet. Sergio ist zu klein. Niemand ist da, um zu helfen. Die Nachbarn müssen Kaffee haben. Die Blumen im Höfchen müssen gegossen werden, die Katzen brauchen Milch, der Esel schreit vor Hunger. Katharina weiß in der Küche Bescheid. Sie weiß, wie die Nonna den Espresso zubereitet. Sie kann mit dem Filter umgehen, sie findet den Zucker, findet Löffel und Tassen.

Die alten Frauen im Sterbezimmer murmeln Gebete und lassen den Rosenkranz durch die Finger gleiten. Immer wieder beten sie das Ave Maria, »jetzt und in der Stunde unseres Todes . .«. Micheles Mutter schleppt sich von einem Stuhl zum anderen. Sie leidet unter der Hitze. Sie fächelt sich Luft zu und ist dankbar, daß Katharina da ist und ein wenig hilft. »Agonia«, sagt sie. Die Nonna liegt in Agonie, im Todeskampf. Margherita, die alte Schwester der Nonna aus Porto Azzurro, trifft ein und setzt sich neben das Sterbebett. Sie verläßt den Platz nicht mehr.

Am Mittag kommt Michele auf einen Sprung nach Hause, er bringt den Arzt mit. Der Arzt ist ärgerlich und ungeduldig: Die Frauen sollen nicht weinen und beten, solange die Kranke noch lebt! Er schickt alle aus dem Krankenzimmer, auch Cesare. Die alte Margherita kümmert sich nicht um den Arzt, sie bleibt sitzen und murmelt weiter ihre Gebete. Der Arzt stellt nichts anderes fest, als was alle schon wissen: »Agonia!« Es ist der Tod, es kann noch eine Weile dauern. Er wendet sich an Katharina, die er für eine Enkelin hält. Katharina zittert, sie fürchtet sich. Sie hat noch nie einen Sterbenden gesehen. Gestern abend hatte sie gedacht, sie würde selbst sterben, alle drei würden sic im Meer ertrinken.

Der Arzt verlangt, daß sie die Fenster öffnet, dann geht er. Cesare kehrt an seinen Platz zurück. Die Nachbarinnen setzen sich wieder, vorher schließen sie die Fenster und Läden.

Filomena drückt Katharina einen Strohbesen in die Hand: Sie soll das Zimmer ausfegen, es müssen mehr Stühle aufgestellt werden.

Katharina fegt. Cesare wühlt nach Geldscheinen in seiner Tasche. Er spricht italienisch zu ihr, aber sie versteht ihn: sie soll Kerzen kaufen. Man muß Kerzen aufstellen. Man muß sich vorbereiten auf den Tod. Katharina will fragen, ob die Nonna nicht in ein Hospital gebracht werden müsse, aber sie weiß nicht, wen sie fragen sollte, Cesare oder die alte Margherita. Außerdem würde sie keiner verstehen. Hier stirbt man in dem Haus, in dem man gelebt hat. Manchmal sagt eine der Frauen, zwischen den Gebeten, daß Serafina eine kluge Frau war. Serafina! Zum ersten Male hört Katharina von einer Serafina, bisher besaß die Nonna keinen Namen. Sie hört, daß die Nachbarinnen immer wieder ›Maga‹ sagen. Magie? Zauberin? Katharina setzt sich auf einen Stuhl neben der Tür. Es ist nichts mehr zu tun. Man kann nur noch auf das Eintreten des Todes warten. Sie möchte beten wie die anderen, sie hat so lange nicht gebetet.

Kai hatte den Vormittag zusammen mit Sergio und ein paar anderen Jungen im Weinberg verbracht. Es hatte wieder angefangen zu regnen, sie hatten Schnecken gesucht, die beim Regen hervorkamen. Als jeder etwa ein Dutzend davon gesammelt hatte, zogen sie an den Strand, suchten angeschwemmtes Kistenholz, rupften dürres, leidlich trockenes Gras und machten ein Feuer. Sie spülten ein paar alte Blechdosen im Meer. Kai wurde ins Haus geschickt, um Salz zu holen. Sergio selber fürchtete sich, nach Hause zu gehen.

Kai ging von einem Zimmer ins andere. Auch im Höfchen traf er niemanden. Er ging in den Kaninchenstall, er kraulte den Esel, ging in die Küche. Er zog Schubladen auf, öffnete Tüten, leckte den Finger ab, tauchte ihn hinein und schmeckte: Waschpulver, Zucker, Salz. Er schüttete sich eine Hand voll Salz. Katharina kam in die Küche.

Er erkundigt sich: »Ist sie schon tot?« Katharina schüttelt den Kopf.

Kai läuft zurück an den Strand. Die Jungen haben inzwischen Stöcke an den Dosen befestigt, jetzt füllen sie am Brunnen Wasser hinein, und Kai verteilt das Salz. Das Feuer brennt kräftig. Alle halten ihre Dosen in das Feuer, bis das Wasser kocht, dann werfen sie die lebenden Schnecken hinein. Kai meint, einen merkwürdigen Ton gehört zu haben — wie ein Schmerzensschrei der Schnecken. Als sie gar sind, werden die Schnecken aus dem Wasser geholt, das jetzt trüb und schleimig ist von den Absonderungen. Kai befürchtet, es könne ihm übel werden. Sergio reicht ihm ein Stöckchen, damit solle er das weiche Schneckenfleisch, das aussieht wie eine kleine Zunge, aus dem Schneckenhaus herauspulen. Es schmeckt gar nicht so übel, findet Kai und macht sich über die nächste Schnecke her. Als er im letzten Schneckenhaus stochert, schlägt eine Glocke an und beginnt zu läuten.

Sergio erhebt sich langsam und stellt seine Dose weg. Es sind noch ein paar Schnecken darin, aber er muß jetzt nach Hause gehen. Die Nonna ist tot. Er zeigt zum Kirchturm. Die Totenglocke. Sergio geht allein den Strand entlang, Kai blickt ihm nach, die anderen schwätzen weiter und teilen sich Sergios Schnecken. Um Kai kümmert sich keiner. Er weiß nicht, was er tun soll. Es regnet immer noch. Seine Schnorchelausrüstung ist zu Hause; er hat jetzt sowieso keine Lust zu tauchen. Das Meer ist ihm nicht geheuer, es sieht immer noch dunkel und bedrohlich aus. Schließlich rennt er hinter Sergio her und geht mit ihm nach Hause. Er muß an die eigene Großmutter denken, deren Liebling er ist. Ein dicker Kloß würgt ihn im Hals. Aus den Nachbarhäusern kommen Frauen, ein schwarzes Tuch oder einen schwarzen Schleier übers Haar gelegt, und verschwinden im Trauerhaus. Der Schuster Noce steht unter der Haustür und begrüßt die Nachbarn, die ihm ihr Beileid aussprechen. Kai sieht mit Bestürzung, daß Cesare, der ›dittatore‹, weint.

Drei Tage lang hält man die Totenwache für Serafina Noce. Am Tage sitzen die Frauen um ihr Bett und beten. Wenn es Nacht wird, kommen die Männer und übernehmen die Totenwache. Tagsüber hilft Katharina ein wenig, kocht immer wieder frischen Kaffee, gießt die Blumen im Höfchen und wechselt die Kerzen aus, wenn sie abgebrannt sind. Abends holt sie der Vater ab. Angela hat ihr ein schwarzes Kleid geliehen. Wenn Angela aus dem Hotel zurückkommt, wechseln die Mädchen die Kleider, und Angela übernimmt Katharinas Posten.

Katharina ist keinen Augenblick mehr mit Michele allein. Es ist gerade ›Ferragosto‹, das größte Fest in Italien. Der Höhepunkt des Sommers. Die Insel ist überfüllt, zu den vielen ausländischen Touristen kommen die Italiener, die jetzt alle Ferien machen. An den Tagen um den 15. August, die Himmelfahrt Mariä, arbeitet niemand, nur, wer in der Fremdenindustrie zu tun hat, und das haben hier auf der Insel alle. Michele kann den Padrone jetzt nicht im Stich lassen.

Auch Cesare Noce hat sein Geschäft wieder aufmachen müssen. Wenn Arbeit — Arbeit! Es hilft nichts. Die Fremden wollen Schuhe, und er macht ihnen gelbe und rote und blaue Schuhe. Das Haus des Schusters Noce ist bis tief in die Nacht hinein vom Hämmern und von Gebeten erfüllt. Seine Frau hat überall im Haus kleine Schalen aufgestellt, in denen sie dürre Mastixzweige entzündet. Würziger Rauch steigt auf und mischt sich mit dem faden, süßen Geruch des Totenzimmers, in dem Serafina Noce liegt. Ihr Gesicht ist wächsern und verjüngt. Sie ist wieder schön. Katharina erkennt, wie ähnlich Michele seiner Großmutter ist.

Am Hafen, auf der Piazza, an allen Schaufenstern kleben schwarzgeränderte Plakate, auf denen unter gekreuzten Palmwedeln zu lesen ist, daß Serafina Noce im Alter von 71 Jahren gestorben ist.

Als die Familie Sonntag am Morgen der Beerdigung in Marina di Campo eintrifft, ist die Tür des Trauerhauses mit schwarzen Seidendraperien geschmückt. An der sonnigen Hauswand lehnen hohe Palmwedel, mit frischen Geranien und Dahlien besteckt.

Serafina Noce stammt aus dem Dorf Capolivieri. Dort wurde sie geboren, dort steht ihr Elternhaus, dort, auf dem Bergfriedhof, wird man sie begraben. Michele hat sich von seinem Padrone für zwei Stunden einen Lastwagen und ein Taxi geliehen. Den Lastwagen fährt der Patrone selbst. Er faßt auch an, als der Sarg verladen wird. Die Männer steigen mit auf den offenen Lastwagen, sie werden stehend fahren, sich am Führerhaus festhalten, mit einem Sarg kann man nicht schnell fahren. Die Blumengestecke werden zugereicht. Der Lastwagen fährt ab. Michele fährt zweimal zwischen Marina di Campo und Capolivieri hin und her. Herr Sonntag erklärt sich bereit, ebenfalls zweimal zu fahren; dann sind alle Verwandten und Nachbarn dort.

Die Kirche ist überfüllt. Die Bänke sind zum größten Teil von Touristen besetzt. Eine Totenmesse auf dem Lande bekommt man nicht alle Tage zu sehen. ›Folklore‹ sagen die Touristen und starren neugierig in die Gesichter der Trauernden. Die Männer bleiben vor dem weitgeöffneten Portal stehen. Filmgeräte surren.

Die Frauen knien in den Bänken. Katharina kniet in der ersten Bank. Man hat sie immer weiter nach vorn gedrängt; man hielt sie für eine Verwandte. Sie wagt sich nicht umzudrehen. Alles ist ihr fremd und unheimlich. Die Eltern sind nicht mit in die Kirche hereingekommen. Auch Michele kann sie nicht sehen. Die Orgel setzt ein. Der Priester zelebriert mit zwei jungen Meßdienern die Totenmesse. Ein kleiner Chor singt. Gloria und Hosianna und Kyrie eleison. Die Blumen, mit denen der Altar geschmückt ist, duften betäubend, Weihrauch mischt sich darunter, warmes Wachs, die Luft wird immer schwerer und schwüler. Die Frauen wedeln sich mit Taschentüchern und Andachtsbildern frische Luft zu.

Endlich geht die Messe zu Ende. Vor der Kirche umarmen die Trauernden einander. Fremde kommen und umarmen die Noces, einen nach dem anderen, auch Katharina wird von allen geküßt. Cesare küßt sie, Michele, der Onkel Filippo, Männer und Frauen.

Drei Nachbarn tragen zusammen mit Cesare, Michele und Filippo den Sarg den weiten Weg von der Kirche zum Friedhof. Wieder surren die Filmkameras der Touristen.

Zum zweitenmal steht Katharina vor der Gräberwand. Der Sarg wird in eine bereits geöffnete Grabkammer geschoben, die sogleich verschlossen wird. Die Palmwedel mit den verwelkten Sommerblumen lehnen an der Steinwand. Von nun an geht alles sehr schnell. Man geht auseinander. Die Männer klettern auf den Lastwagen, die Frauen eilen zur Omnibushaltestelle. Kein Festessen, keine Familienfeier. »Basta!« sagt Cesare Noce in demselben Tonfall, in dem es seine Mutter immer gesagt hat, endgültig und zornig. Jetzt ist Schluß. Er klatscht in die Hände, treibt zur Eile, der Omnibus fährt ab. Es ist zu heiß auf dem Friedhof. Alle müssen wieder an die Arbeit, in die Restaurants und Hotels und an die Tankstellen. Auch er muß seine Werkstatt wieder aufmachen. An Ferragosto ist keiner zu entbehren. Was man in diesen Tagen verdient, muß für ein paar Wintermonate reichen. Man hat seine Mutter betrauert, man hat eine Messe für sie gelesen, man wird im nächsten Jahr noch ein paar Messen für sie lesen, an ihrem Namenstag, zu Weihnachten, zu Ostern. Jetzt ist es genug. Für heute ist es genug. Er wischt sich den Schweiß ab und verläßt mit schweren Schritten den Friedhof.

Katharina bleibt allein zurück. Die weiße Porzellantafel liegt noch immer im verdorrten Gras. Sie hebt sie auf, liest wieder ›Emilio Galvani, 16 Jahre‹. Auch die Nonna hieß Galvani, bevor sie den Ernesto Noce aus Marina di Campo geheiratet hatte, neben dem sie nun in der Reihe der Toten liegt. Alle sind hier miteinander verwandt. Als wären die Einwohner der Insel eine einzige große Familie. Katharina legt die Porzellantafel zurück ins Gras. Die Zikaden schreien wie vor fünf Tagen, als sie mit Michele und Kai hier gewesen war. Die Bucht der Verliebten. Fünf Tage erst — eine Ewigkeit! Auf der Straße hupt ihr Vater. Frau Sonntag öffnet das Tor und ruft über den stillen Friedhof:

»Katharina! Komm! Wir müssen zum Essen! Es ist spät, die Restaurants sind alle überfüllt!«

»Essen?« fragt Katharina.

»Ja, essen. Alle sind zum Essen gegangen.«

»O Mama!« Sie wirft die Arme um den Hals der Mutter und weint. Sie weint um die alte Frau, die ihr ein einziges Mal über die Backe gestrichen hat. »Ein Schließfach für Tote, Mama! Ohne Schlüssel!«

Die Mutter streichelt ihre Tochter und versucht sie zu beruhigen. Sie spürt, daß Katharina nicht nur um die Nonna der Noces weint; sie weint, weil sie Michele liebt und weil sie in drei Tagen die Insel verlassen muß. Sie denkt mit Erleichterung daran, daß diese Aufregungen nun bald ein Ende haben werden. Für Katharina wird es ein schönes, schmerzliches Erlebnis gewesen sein, aber die weite Entfernung wird ihr dabei helfen, diesen Italiener zu vergessen. Ihre Tochter ist in die Insel verliebt; sobald das Schiff abfährt und die Insel außer Sichtweite sein wird, wird der Zauberkreis durchbrochen sein, in den Katharina geraten ist ...

Wieder fällt das Tor in sein rostiges Schloß, wieder denkt Katharina: Die Toten sind ganz für sich. Sie bricht einen Zypressenzweig ab und läßt sich von der Mutter zum Auto führen.

Abschied von Elba

Die letzte Ferienwoche erschien Katharina nur halb so lang wie die erste. An jedem Morgen erklärte Frau Sonntag beim Frühstück: »Heute müssen wir aber zum Sommersitz Napoleons! Die ›Fontana di Napoleone‹ haben wir auch nicht gesehen! Wir waren nicht auf dem Monte Capane!«

Jeden Tag hatten sie sich einen Ausflug vorgenommen, aber die Hitze machte sie alle träge.

Seit dem Begräbnis war Katharina nicht mehr bei den Noces gewesen. Michele kam kaum noch nach Hause, sie sah ihn nur morgens, wenn sie zum Brötchenholen nach Procchio fuhren, zehn Minuten lang. Abends, wenn er von Portoferraio zurückkam und noch Licht in ›Concordia‹ sah, hupte er leise, wie ein Käuzchenruf, Katharina kam herunter.

Sie gehen den Weg an der Oleanderhecke auf und ab. Die Zikaden schreien. Michele ist müde, und wenn er müde ist, ist er noch schweigsamer als sonst. Er sagt immer dasselbe: »Komm wieder, Cata, bella Cata! Komm wieder, schöne Catarina!« Er wickelt sich eine ihrer blonden Haarsträhnen um den Finger, zieht daran, als wolle er sie daran festhalten. »Du wirst vergessen, Cata, Michele vergessen. Alles vergessen!«

»Nein! Nein!« Sie wird schreiben. »Briefe — lettere! Ich schreibe! Du schreibst!«

»Briefe. Was sind Briefe?« sagt Michele. »Papier!«

Sie waren nicht ein einziges Mal zum Tanzen gegangen! Michele hatte es versprochen, aber dann war die Nonna gestorben. Die Zeit war so schnell vergangen. »Wie der Wind«, sagt Katharina, »ein Windhauch, und alles ist vorüber.«

Michele sagt leise etwas, das sie nicht versteht. Sie fragt, er wiederholt es, ein Sprichwort, man sagt es oft in Italien: »L'amore fa passare il tempo.« ›Die Liebe läßt die Zeit vergehen.‹

»Was hast du noch gesagt? Du hast noch etwas gesagt!« Katharina drängt. »Sag es doch, Michele!«

Michele sagt leise: »Il tempo fa passare l'amore.« ›Die Zeit läßt die Liebe vergehen.‹

»Nein! Nein! Michele, nein!« Er hält ihr den Mund zu, man wird sie hören, auf den Terrassen sitzen noch Leute.

Warum sagt er nicht: »Bleib!« Wenn er nur ein Wort sagen würde, bliebe sie. Sie würde Italienisch lernen, sie konnte es jetzt schon ganz gut sprechen, nur verstehen konnte sie nicht alles. Sie könnte arbeiten.

Aber sie weiß selbst, daß sie nichts gelernt hat, womit sie hier Geld verdienen könnte. Sollte sie etwa wie Angela als Stubenmädchen in ein Hotel gehen?

Ein Stern löst sich, durchzieht langsam den Himmel und sinkt ins Meer. Micheles Finger folgt der Bahn des Sterns. Jahrmillionen werden sichtbar. Beide schweigen. Michele küßt sie. Wünscht man sich etwas in Italien, wenn man eine Sternschnuppe sieht? Katharina weiß es nicht, und sie wüßte auch nicht, was sie sich wünschen sollte. Eine zweite Sternschnuppe! Eine dritte! Der Himmel befindet sich in lautlosem Aufruhr. Wie in jedem August durchzieht die Erde einen Meteorgürtel.

Die Koffer sind gepackt. Man wird morgen sehr früh aufbrechen, Herr Sonntag will das Fährschiff kurz vor zehn Uhr benutzen.

Am letzten Abend sitzt die Familie Sonntag noch einmal in der Werkstatt von Cesare Noce. Michele ist früher als sonst nach Hause gekommen. Man kann den deutschen Freunden kein Abschiedsessen geben, keine Festa. Cesare Noce bedauert es, aber es ist unmöglich, er hat zu viele Aufträge. Während man sich unterhält, arbeitet er weiter, schlägt Stifte in ein Paar grüne Sandalen, die er über den Leisten gespannt hat. Seine Augen sind müde, er zieht die Lampe tiefer über den Werktisch; ein paarmal wischt er sich mit dem Handrücken über die Augen. Sergio hilft in der Werkstatt, glättet mit der Raspel die Schnittstellen des Leders, reicht dem Vater die Stifte.

Frau Sonntag und Katharina tragen die Sandalen, die er für sie nach Maß gearbeitet hat. Sie strecken ihm die Füße hin und loben seine Arbeit. Er nickt, ja, es sind ordentliche Schuhe. Frau Sonntag sagt, daß sie die Sandalen fünf Jahre tragen würde, dann werden sie wiederkommen, und er wird neue Schuhe für sie arbeiten.

»Fünf Jahre! Mama!« ruft Katharina. Ihre Mutter versichert, daß es nur ein Scherz gewesen sei.

Filomena Noce wiegt den kleinen Nocellino auf dem Schoß. Katharina bittet, daß sie ihn noch einmal halten darf. Sie schaukelt ihn, drückt ihn an sich. Er lächelt, Katharina lächelt zurück. Er sabbelt, sie wischt ihm den Mund ab. Er greift ihr in die Haare, zieht daran. Sie schaukelt ihn stärker, er kräht vor Vergnügen.

»Man muß jetzt gehen«, mahnt Herr Sonntag.

Aber Cesare Noce wehrt ab. Die Deutschen können nicht weggehen ohne ein Abschiedsgeschenk. Michele wird in den Weinkeller geschickt, er soll eine große Flasche vom ›Aleatico‹ abfüllen, die die Familie in Kassel trinken soll. »Tutti! Alle!« wiederholt Cesare Noce. »Auch der Junge. Man wird sich erinnern an Isola d'Elba.

Angela kommt von der Arbeit zurück. Ihre Mutter, die sonst wenig spricht und kein Wort Deutsch versteht, bringt das Gespräch auf Angelas Zukunft. Ihre Tochter soll eine professoressa werden, wie diese deutsche Frau. Sie zeigt auf Frau Sonntag. Ihre Tochter soll nicht immer im Hotel für die Fremden arbeiten.

Ihr Mann ist müde, er will jetzt keine Auseinandersetzung, darum sagt er: »Che sarà, sarà!«

Michele, der gerade mit dem Wein zurückkommt, wird zornig. Zum erstenmal werden die Sonntags Zeugen eines Streites zwischen Vater und Sohn. Michele sagt heftig: »Was geschehen wird, wird geschehen! Immer sagst du das! Wir können nicht immer so weitermachen!« Angela wird im nächsten Jahr wieder im Hotel arbeiten und nichts lernen, sie ist achtzehn und dumm. Und er selbst, Michele, wird immer noch bei seinem Padrone an der Tankstelle stehen. Nichts wird sich ändern! Im Winter werden sie wieder alle zu Hause sitzen. Im Sommer ist es schön auf der Insel, besonders wenn er ein Mädchen hat. Er zeigt auf Katharina. Aber was ist im Winter, da ist nichts los auf der Insel, da ist Michele allein, solo — solo! Er wird wieder kein Geld verdienen. Alles muß er zu Hause abliefern. Er ist zwanzig Jahre alt! Ein Jahr vergeht, noch ein Jahr, noch ein Jahr, immer ist dasselbe!

Michele sagt etwas, das wie ›progressiv‹ klingt. Das Wort macht seinen Vater zornig. »Progressione!« schreit er. »Ist Geld Fortschritt?«

Frau Sonntag gibt ihrem Mann verstohlen einen Wink. Es ist besser, man zieht sich zurück. Sie erheben sich, nur Katharina bleibt sitzen. Es geht hier auch um sie. Die anderen stehen unschlüssig an der Tür.

Cesare schreit seinen Sohn an: »Immer dasselbe! Ja, immer dasselbe!« Immer will er weg von der Insel. Soll er doch gehen! Soll er doch ein Arbeiter werden, ein Arbeiter in der Schweiz, in Germania! Wohin will er denn gehen? In eine Fabrik? Er, Cesare, er hat in einer Fabrik gearbeitet, im Krieg, in diesem Germania, er weiß, wie das ist, wenn man in der Fremde ist. Er war ein Gefangener. Alle sind Gefangene in der Fabrik! Stupido, stupido! Er schlägt sich an den Kopf, sein Junge ist dumm! Dumm! Hier hat man alles, ein Haus, einen Garten, hat eigenen Wein! Esel, Hühner, Kaninchen — man muß nicht hungern! Man kann fischen. Man hat ein Boot, im Winter kann man jagen. »Hier bist du jemand, du bist Michele Noce, den man kennt, der Sohn von Cesare Noce, dem Schuster!«

»Der Sohn! Ich bin zwanzig Jahre alt! Ein freier Mann? Ein armer Mann! Kein Fernseher! Kein Auto, nichts!« Er muß fremde Autos waschen. Er muß lächeln und singen für die Fremden!

»Warum nicht?« will der Vater wissen. Warum nicht lächeln?

Warum nicht singen? Ist das etwas Schlechtes? Andere bedienen? Warum nicht? Die Fremden haben Ferien! Sie müssen das ganze Jahr schwer arbeiten. Man muß ihnen schöne Ferien machen.

Plötzlich erinnert er sich an Herrn Sonntag, zeigt auf ihn: Dieser deutsche Mann da, der hat nicht immer Sonntag. Hier, hier auf der schönen Insel hat er Sonntag gehabt! Jeden Tag Sonntag! Er, Cesare Noce, macht schöne bunte Schuhe für die Fremden. Das macht ihnen Freude, sie erinnern sich im Winter an den Schuster in Marina di Campo. Er macht nicht nur Schuhe, er macht Erinnerungen. Die ganze Welt ist verrückt! Verrückt! Sie machen alles falsch, sie wollen immer nur Geld! Geld! Geld! Er ist nur ein einfacher Schuster, aber hat Zeit zum Denken. Wenn er hier sitzt, dann klopft er nicht nur Nägel ein. Er denkt nach. Er ist ein Philosoph. Dazu muß man nicht studieren, dazu muß man kein professore sein.

Er wendet sich wieder an Michele: »In Germania bist du niemand! Ein Kuli.« Es ist gut, daß die Nonna das nicht mehr erlebt. Sein Gesicht verdüstert sich. Kaum ist sie tot — keine Autorität! »Basta!« ruft er. Es ist genug jetzt.

Er atmet schwer, beruhigt sich aber rasch, ebenso Michele. So schnell, wie das Gewitter aufgezogen ist, so schnell zieht es wieder ab. Das gute Einvernehmen zwischen Vater und Sohn ist wiederhergestellt. Cesare streckt die Hand nach der Weinflasche aus. Er entschuldigt sich bei den Gästen. Er muß jetzt trinken, er hat Durst, alle sollen noch einmal mit ihm von seinem Wein trinken, hier, in seiner Werkstatt, in der er arbeitet bis in die Nacht. Nicht für Geld! Für Freude! Für schöne Schuhe! Es ist eine Kunst, schöne Schuhe zu machen.

Angela geht in die Küche und holt Gläser. Cesare füllt sie eigenhändig. »Salute«, sagt er, »salute, Domenica! Salute, professoressa! Salute, bella Cata! Salute!« sagt er auch zu Kai und etwas, das wieder wie ›aufgeweckter Junge‹ auf italienisch klingt. Filomena geht und holt einen Blumentopf, den sie für die fremde Frau eingepflanzt hat. Er ist voller roter Blüten. »Sempre in fiori«, sagt sie und lächelt.

Am nächsten Morgen gießt Frau Sonntag ein letztes Mal ihren kleinen Garten. Vielleicht werden die Zypressen weiterwachsen, vielleicht werden die nächsten Hausbesitzer den Lorbeer gießen. Kai hat die Agave ausgemessen, die sie am ersten Morgen gepflanzt hat; er behauptet, sie sei bereits um 2,4 Zentimeter gewachsen. Zum erstenmal in ihrem Leben hat sie einen Garten angelegt. Ein kleines Stück Erde, für das sie verantwortlich war. Zu Hause besitzt sie nur einen Balkon, 2,8 Quadratmeter groß, nach Norden gelegen, mit dem Blick auf eine Großgarage und eine Tankstelle. Dort gedeihen nicht einmal ein paar Fuchsien. An diesem letzten Morgen sonnt sich eine Smaragdeidechse auf einem Stein. Frau Sonntag steht regungslos und beobachtet sie. Sie trennt sich schweren Herzens von der ›Oase der Stille und Schönheit‹. Sie geht ins Haus und packt die Steine ein, die sie auf Elba gefunden hat, Feldspat, Quarz und einen Beryll, auf den sie besonders stolz ist. Kai packt Muscheln und Seesterne, trockene, stinkende Algen und Korallenstücke in einen Karton, und auch Katharina legt ihre Erinnerungen in eine kleine Schachtel, es ist nicht viel, die Vogelfeder vom Friedhof in Capolivieri, der Zypressenzweig, ein Pinienzapfen vom Sedia di Napoleone und die blaue Pilgermuschel, die Michele ihr geschenkt hat.

Herr Sonntag hat nichts einzupacken, er hält seine Erinnerungen in Technicolor fest.

Die Nachbarn rufen ihnen ›Addio‹ zu und bewundern den Bart aus ›Concordia‹, der sich dicht, kraus und rötlich um das gebräunte Kinn von Karl Magnus Sonntag zieht.

Frau Sonntag verschließt die Haustür und hängt den Schlüssel zum letztenmal in den Feigenbaum.

Zum letztenmal steuert Herr Sonntag den Wagen an die Tankstelle am Stadtrand von Portoferraio. Drei Personenwagen und ein Lastkraftwagen warten vor ihm. Wieder steht das Auto in der prallen Sonne. Es ist bereits zehn Uhr vorbei, aber nun kommt es auf eine Viertelstunde auch nicht mehr an, denkt Herr Sonntag. Abbiamo tempo. Sie werden warten, bis sie an der Reihe sind. Michele hat sie noch nicht gesehen, er ist in Eile, er wäscht Windschutzscheiben, füllt die Tanks, lächelt, pfeift. Er geht und holt einen Eimer mit frischem Wasser, taucht den Schwamm hinein, drückt ihn über der gewölbten Brust aus und schüttelt sich. »Der zieht vielleicht wieder eine Schau ab!« sagt Kai. Katharina läßt Michele nicht aus den Augen: Gerade wäscht er die Seitenfenster des übernächsten Wagens, ein Mädchen sitzt dahinter, sie hat kurzgeschnittenes hellbraunes Haar und ist bestimmt schon über zwanzig. Das Mädchen lacht und flirtet mit ihm, sie stecken die Köpfe zusammen. Michele wird sie fragen, wie sie heiße und wo sie wohne, Porto Azzurro? Marciana Marina? — genau wie er vor vier Wochen sie gefragt hatte.

Dann ist ihr Auto an der Reihe. Michele kontrolliert noch einmal den Ölstand, kontrolliert den Luftdruck, füllt den Tank und wäscht die Windschutzscheiben. Das Trinkgeld, das Herr Sonntag ihm gibt, ist beim Abschied doppelt so hoch. Michele steckt es ein und tut so, als sei dies ein Auto wie jedes andere, in dem Touristen sitzen. Er sagt: »Addio« und »Arrivederci«. Das sagt er immer, wenn die Touristen zum letzten Male an seine Tankstelle kommen. Er winkt ihnen nach. Alle winken zurück. Außer Katharina.

Frau Sonntag drückt die Hand ihrer Tochter. Aber Katharina will nicht getröstet werden. Sie zieht die Hand zurück. Warum kommt Michele nicht an den Hafen? Warum bittet er seinen Padrone nicht, ihm eine Stunde freizugeben, wenigstens eine halbe Stunde?

Der Vater fährt das Auto auf das untere Deck. Katharina steht auf dem oberen Deck an der Reling. Sie hofft noch immer, daß Michele kommt, daß sie irgendwo seine Vespa hört, daß sie sein rotes Hemd sieht. Sie sucht die Menschenmenge ab, die am Hafen steht. Sie entdeckt lauter rote Hemden, überall, an Land, auf dem Schiff, alle Männer sehen aus wie Michele, sie winkt ihnen zu, merkt ihren Irrtum. Die Ladebrücke wird hochgezogen, die Motoren laufen an. Katharina steht noch immer an der Reling und entdeckt weitere sieben Micheles.

Das Schiff legt ab.

Das Schiff verläßt den Hafen und die Bucht von Portoferraio. Es nimmt Kurs auf Piombino. Herr Sonntag filmt die Ausfahrt: Im Vordergrund Katharina, die am Heck des Schiffes regungslos zurückblickt.

Das Schiff fährt nahe der Küste. Katharina kann deutlich die Eisenbergwerke erkennen. Der Monte Serra! Aber die Sonne wird nie wieder hinter dem Berg aufgehen, für sie nie wieder. Tränen laufen über ihr Gesicht, sie wischt sie mit den Haaren weg.

Das Schiff umfährt das Kap Vita und das Kap Castello. Alles erkennt sie wieder. Am Kap Castello hat Michele ihr einen Dorn aus dem Fuß gezogen. Cavo taucht auf. In Cavo werden noch einige Fahrgäste eingebootet. Das Fährschiff geht vor Anker. Die Motoren laufen auf halben Touren, und plötzlich hört Katharina ganz deutlich das Hupen einer Vespa: lang — kurz, lang — kurz. Unter tausend Hupen würde sie es erkennen können. Und dann sieht sie Michele auf einem Felsvorsprung stehen. Er schwenkt mit beiden Armen sein rotes Hemd. Sie weiß, daß er sie nicht erkennen kann, daß er nur Köpfe sieht auf dem Deck, aber er weiß sicher, daß sie ihn sieht und die Insel.

Sie winkt und winkt immer noch, als das Schiff schon weit draußen auf dem Meer ist und sich dem Festland nähert.

Dann schreibt sie in ihr Tagebuch:

»Reliquien:
vogelfeder, muschel und seestern, pinienzapfen und ölbaumzweig, zwei granatäpfel, vertrocknet, verblaßt, herbarium des sommers.
Im winter raschelt der juli in der schachtel, der kaktusdorn eitert.
Nichts bleibt, nicht die berührung der schulter, nicht der duft deiner haut, das geräusch deiner nackten sohlen im heißen sand, das hupen der vespa, nichts.
Ricordare — erinnern
dimenticare — vergessen.
Jede gitarre, jede vespa, jede vogelfeder, jeder ölbaumzweig, nicht dieser eine, jeder.
Verbrenn die schachtel!

Cata für Michele
19. August, Isola d'Elba

Sie reißt die Seite aus ihrem Tagebuch, faltet sie, steckt sie in einen Briefumschlag und klebt ihn zu. Sie schreibt darauf: Michele Noce, Marina di Campo, Isola d'Elba. Sie klebt eine Briefmarke darauf und wirft den Brief in Piombino ein.

Wenn Michele ihn bekommen wird, wird er sagen: »Poetessa. Er wird seinen Namen suchen, aber er wird sich kein Wörterbuch kaufen, und er wird nicht versuchen, ihr Gedicht zu übersetzen.

Die Rückkehr in den Norden

Als die Familie Sonntag am Gotthardpaß die Alpen überquerte, geriet sie in ein anderes Wettergebiet. Die Fahrt durch Italien war heiß und anstrengend gewesen. Jetzt zogen ihnen Wolken entgegen. Frau Sonntag drehte die Fenster hoch. In Göschenen herrschte dicker Nebel. Herr Sonntag schaltete die Nebellampen und die Heizung ein. Bei der nächsten Rast zogen sie die Pullover an.

Sie fuhren durch die Schweiz, verließen sie bei Rheinfelden, kamen nach Deutschland. Die Flüsse und Bäche waren nicht mehr ausgetrocknet, sondern rauschten und plätscherten. Tannenwälder wechselten mit Laubwäldern. An einem Waldrand ästen Rehe. Vogelschwärme zogen über den grauen Himmel. Die Kühe standen bis an die Knöchel im grünen Gras. In der Toscana waren sie schneeweiß und mager gewesen, auf den Almen der Alpen einfarbig graubraun, später braun-weiß gescheckt und nördlich des Mains schwarz-weiß. Auch an den Kühen konnten Sonntags erkennen, daß sie allmählich wieder nach Hause kamen.

Am Frankfurter Kreuz fängt es an zu regnen.

In Abständen von hundert Kilometern stellt Herr Sonntag fest: »Wie grün das hier ist!« Er kurbelt das Fenster herunter, hält die Hand hinaus, atmet tief und sagt: »Regenluft! Köstlich! Man schmeckt sie richtig!«

»Mach bitte das Fenster zu, Karl Magnus! Es zieht!«

»Im großen und ganzen ist Deutschland doch mehr meine Landschaft und mein Klima«, sagt Herr Sonntag. »Ich weiß wirklich nicht, warum die Leute immer in den Süden fahren. In unserer gemäßigten Zone fühlt man sich doch wesentlich wohler. Und auch landschaftlich ist das doch gar nicht so übel. Was sind das hier eigentlich für Berge?«

»Spessart!« meint Kai.

»Das muß bereits der Knüll sein, du fährst ziemlich schnell, Karl Magnus!« sagt Frau Sonntag.

Katharina hat während der ganzen Rückfahrt hinten in ihrer Wagenecke gesessen. Sie wollte mit niemandem den Platz tauschen. Sie stellte sich schlafend, damit keiner sie anredete. Ab und zu sah sie flüchtig aus dem Fenster. Alles erschien ihr im Vergleich zu Elba grau, eintönig, trostlos; sie sah nur Tankstellen, Raststätten und Rübenfelder. Regenlandschaft. Die Mutter warf ihr in kurzen Abständen besorgte Blicke zu: »Frierst du auch nicht? Du bist zu dünn angezogen!« Katharina schüttelte lediglich den Kopf, nein, sie fror nicht, sie war nur müde.

Herr Sonntag sagt: »Ich bekomme regelrecht Lust auf ein Bier und einen Schnaps. Und auf ein Stück hessische Wurst, luftgetrocknet! Und morgen frühstücken wir mal wieder deutsch!«

»Etwa auf unserem Balkon?« fragt Frau Sonntag ironisch.

Solche Einwände überhört er. »Kaffee und keinen Espresso! Richtiges Vollkornbrot, gekochtes Ei und Honig. Und demnächst essen wir mal alle Speckkuchen auf dem Königsplatz. Spendiere ich!«

»Ohne mich!« sagt seine Frau.

»Pizza schmeckt mir besser!« sagt Kai.

Frau Sonntag fragt ihre Tochter, als diese gerade einmal die Augen geöffnet hat: »Hast du denn keinen Hunger, Cata?«

Katharina wirft den Kopf zur Seite, sieht ihre Mutter aus unwilligen Augen an und sagt: »Ihr sollt mich nicht Cata nennen!«

»Entschuldige! Es war nicht meine Absicht. Ich habe mich versprochen. Auf der Insel haben dich doch alle Cata genannt!«

»Das war auf der Insel! Das ist vorbei! Das —« Sie bricht ab und verzieht sich hinter ihre Haarvorhänge.

Herr Sonntag hat von dem Gespräch auf den Rücksitzen nichts gehört. Er zeigt aus dem Fenster: »Nun seht euch diese Apfelbäume an! Da brechen ja die Äste. Ein fruchtbares Land. Gar kein Vergleich. Wassermelonen mögen ja gut gegen den Durst sein, aber Aroma haben sie nicht. Mit einem deutschen Apfel sind sie doch gar nicht zu vergleichen.« Er fühlt sich erholt und gut gelaunt, keiner ist überrascht, als er in der Gegend von Bad Hersfeld ›ubi bene, ibi patria‹ anstimmt. Überall bin ich zu Hause . . .

Wer zuerst das Denkmal des Herkules auf den Höhen des Habichtwaldes erblickt, bekommt fünf Mark, das ist bei den Sonntags so Brauch. Auch bei dieser Rückkehr ist es Kai, der als erster den Herkules sieht. Er ruft: »Ercole!« Frau Sonntag holt den Geldbeutel aus der Strohtasche, und Herr Sonntag fragt seinen Sohn: »Nun, Kai, hast du das Ergebnis?«

Kai wirft einen Blick auf das Tachometer im Auto, einen

zweiten auf das Tachometer in seinem Gedächtnis. Er zieht den Stand des letzteren vom Stand des ersteren ab und teilt innerhalb von Sekunden das Ergebnis mit: »2447 Kilometer von Kassel nach Elba und zurück.«

Das weite Kasseler Becken dehnt sich unter ihnen aus. Bei der Ausfahrt ›Mitte‹ verlassen sie die Autobahn. Als sie das Ortsschild erreichen, hupt Herr Sonntag zweimal zur Begrüßung. Kai sagt im Tonfall des Cesare Noce: »Kassell! Änschell! Ercole! Wenn Arbeit — Arbeit. Wenn nix Arbeit — nix Arbeit.«

Wieder wirft Frau Sonntag ihrer Tochter einen besorgten Blick zu und sagt mahnend zu Kai: »Nimm doch ein bißchen Rücksicht auf sie!«

Kai dreht sich um. Er betrachtet interessiert seine große Schwester und sagt mit gespielter Teilnahme: »Italiener brach Herz deutscher Urlauberin!«

»Idiot!« fährt Katharina ihn an.

»Va bene, va bene!« sagt Kai.

Herr Sonntag wirft einen Blick auf Kai und einen in den Rückspiegel. »Basta! Schluß! Keine Streiterei im Auto!« Ohne es zu merken, hatte er den Tonfall der alten Serafina Noce nachgeahmt.

Sie fahren über die Fuldabrücke. Herr Sonntag ordnet sich bei ›Stadtmitte‹ ein. Unmittelbar vor ihm springt die Ampel auf Rot. Er lehnt sich zurück, drückt die Ellenbogen durch und sagt zum letztenmal: »Abbiamo tempo.«

Frau Sonntag hat die Badetücher und Badeanzüge gewaschen, es sieht ganz danach aus, als brauchte man in diesem Sommer kein Badezeug mehr. Sie hat ihre kümmerlichen Fuchsientöpfe in die Badewanne gestellt, unter der Dusche abgesprüht und wieder in das Blumenregal auf den Nordbalkon gesetzt. Dabei erinnert sie sich an ihr kleines ›paradiso‹ in Procchio. Sie atmet den Geruch von Benzin, Dieselöl und feuchtem Staub ein und erinnert sich an den Duft der warmen Piniennadeln und der Oleanderblüten. Sie steht eine Weile an der Balkonbrüstung und blickt über die Tankstelle und die Garagen auf die Brandmauern der nächsten Häuserreihe. Gewohnheitsmäßig zählt sie die Bäume, die sie von ihrem Balkon aus sehen kann, es sind nur noch neun; vor der Reise waren es zehn gewesen, der Fliederbaum fehlt. Für einen Augenblick schiebt ihr

Gedächtnis ein anderes Bild vor dieses: Sie steht auf der Dachterrasse, blickt über die silbrigen Ölbaumhänge hinweg auf die schön geschwungene Bucht von Procchio, sieht Feigenbäume, Pinien und das tiefe Blau des Meeres. Sie streicht sich über die Augen und wischt das Bild weg. Das muß sie vergessen. Das waren Ferien. Jetzt ist wieder Alltag. Sie ordnet die mitgebrachten Steine aus Elba in ihre Steinsammlung. Selbst die Steine haben ihre Leuchtkraft verloren, vielleicht ist es überhaupt kein Beryll, den sie mitgebracht hat.

Anfang September begann der Schulunterricht wieder. Wie immer verließ Frau Sonntag in der Frühe als erste das Haus, ihr Schulweg war am längsten, der nächste war Kai, dann folgte Katharina. Als letzter ging Herr Sonntag. Seine Bank öffnete erst um 8 Uhr 30 die Schalter. Die Kollegen hatten seinen Bart begutachtet, ein Stammkunde hatte sich bei ihm erkundigt, ob Herr Sonntag noch nicht aus dem Urlaub zurückgekehrt sei. Der Direktor der Bank äußerte seine Zweifel daran, ob ein Bankkaufmann einen Bart tragen solle, es wirke unseriös auf die Kundschaft. Herr Sonntag rasierte sich am selben Abend noch den Bart ab; ein weißes Kinn und eine weiße Oberlippe kamen auf dem braungebrannten Gesicht zum Vorschein.

Die Filme, die er im Urlaub gedreht hatte, waren entwickelt, zweimal hatte er sie schon Bekannten vorgeführt. Er sprach jetzt vom ›Urlaub‹ und nicht mehr von der Insel Elba. Alle sprachen vom Urlaub. Jeder wollte von seinem Urlaub erzählen, und keiner wollte dem anderen zuhören. Jeder wollte seine eigenen Dias vorführen, aber nicht die von anderen Leuten sehen. Ein paarmal sagte Herr Sonntag am Telefon im Scherz: »Abbiamo non tempo! Oder wie heißt es? Non abbiamo tempo? Wir haben keine Zeit!« Dann vergaß er auch diesen kleinen Satz und sagte, auf gut deutsch, was er immer zu sagen pflegte: »Ich habe keine Zeit!«

Frau Sonntag brachte eines Tages eine Ansichtskarte mit. Man müsse den Noces auf Elba einen Gruß schicken, meinte sie. Herkules mit Kaskaden. Herr Sonntag fragte: »Was soll man denn schreiben? Deutsch kann dieser Noce nicht lesen.«

»Fa niente!« sagte Kai. »Macht nix! Den Ercole wird er schon wiedererkennen, und die Namen kann er auch lesen.

»Grazie! Mille grazie! Anna Sonntag«, schrieb Frau Sonntag.

Herr Sonntag malte, damit die Karte voll wurde, in großen Buchstaben ›Domenica‹ darauf und setzte hinzu »Sempre Domenica«. Er hätte dem Schuster allerdings lieber mitgeteilt, daß jetzt nicht mehr ›immer Sonntag‹ war. Katharina nahm das Wörterbuch zu Hilfe und suchte nach Worten: Grüße, Wünsche, Dank. Was sollte man sonst auf eine Karte schreiben, die alle lasen? Schließlich setzte sie so klein, daß man es kaum entziffern konnte, darunter: »Saluti Cata.« Als letzter schrieb Kai: »Basta! Kai.«

Mit dieser Ansichtskarte begann der Briefwechsel zwischen Kassel und Elba. Und damit endete er auch. Eine Antwort kam nicht.

Falls Katharina überhaupt auf eine Nachricht von Michele wartete, ließ sie es sich nicht anmerken. Die Eltern hatten beschlossen, ihn mit keinem Wort zu erwähnen. Sie hofften, daß ihre Tochter dadurch besser über die Trennung hinwegkäme. Allerdings, wenn sie nicht mehr ›Michele‹ sagten, konnten sie auch nicht mehr von Elba sprechen. Alle Erinnerungen an die Insel verbanden sich mit Michele. Die Mutter konnte nicht einmal sagen: ›Räum doch wenigstens den Tisch ab! Bei den Noces hast du immer in der Küche geholfen, zu Hause hilfst du nie!‹

»Was ich ja gleich gewußt habe«, sagte Frau Sonntag in einem Gespräch zu ihrem Mann, »Katharina hat im Grunde gar nicht diesen Michele gemeint, sondern die Insel, den Süden. Sie war einfach verzaubert, und jetzt ist das vorbei.«

»Du läßt Michele bei den Überlegungen aus, Mutter! Was ist mit dem? Wovon war der verzaubert?«

»Der wird sich mit einem anderen blonden Mädchen trösten. Wir haben das wohl zu ernst genommen. Wir sollten Katharinas Freundschaft mit Frank mehr fördern. Da passen die Familien zusammen, der Vater ist Akademiker. Frank wird studieren, wie Katharina. Sie laufen beide Ski. Er hat ein Auto, außerdem sieht er nett aus, das wäre das Vernünftigste für Katharina. Was meinst du? Hörst du mir überhaupt zu, Karl Magnus?«

»Ich meine gar nichts, Mutter. Katharina wird demnächst achtzehn. Sie wird tun, was sie will. Sie hat zwar die blonden Haare von mir, aber den Willen hat sie von dir geerbt.«

An einem Sonntagnachmittag Ende September ist Katharina allein zu Hause. Sie hat sich schon vor zwei Wochen eine Schallplatte gekauft, sie aber noch nicht ein einziges Mal gehört. ‹Azzurro.› Sie legt die Platte auf, läßt sie abspielen: Das Lied klang nicht mehr wie damals, als Michele es sang, abends, wenn sie alle im Höfchen saßen, die Zikaden schrien und der Wind im Eukalyptusbaum rauschte.

Katharina holt den Filmvorführapparat und hängt die Leinwand auf. Sie legt den ersten der Schmalfilme ein. Sie sieht sich ihn einmal, zweimal, dreimal an. Abfahrt in Piombino. Ankunft auf Elba. Die Kälber, die das Auto ablecken, dann sie selbst, ihr nackter Bauch in Großaufnahme. Der Hafen von Portoferraio, dann der erste Morgen in ›Concordia‹. Einen Augenblick lang taucht Michele auf. Er steigt auf seine Vespa, schon ist er hinter der Oleanderhecke verschwunden. Sie meint das Hupen zu hören, lang — kurz, lang — kurz. Die Bucht, in der sie immer gebadet haben. Kai watschelt mit seinen Entenflossen wie Donald Duck über den Strand. Kais rote Badehose, die wie eine Boje aus dem Meer hervorragt. Die Sandburg mit der Sarazenenbrüstung. Die Mutter in ihrem Gärtchen, barfuß und erhitzt. Sie pflanzt gerade ihre kleinen Zypressen.

Zweiter Film: Marina di Campo. Die Fischer am Hafen. Kai, der mit einigen Jungen Fußball am Strand spielt. Das berühmte Pinienwäldchen, dessen Boden mit Cocaflaschen, Papierknäueln und Orangenschalen bedeckt ist. Die Gasse, in der das Haus der Noces steht. Das Schaufenster mit dem Schild ELEGANTER SANDALER. Die Blumentöpfe im Höfchen. Die beiden Kätzchen. Der Esel im Stall. Micheles Mutter mit dem Nocellino auf dem Schoß, Bläschen vorm Mund, ein Speichelfaden am Kinn. Dann: die Nonna! Sie kommt aus der Küche, bleibt unterm Perlenvorhang stehen, stützt sich schwer auf ihren Stock. Als sie merkt, daß sie gefilmt wird, hebt sie schützend den Arm vors Gesicht und macht kehrt. Cesare Noce! Er trägt in der einen Hand das Kaninchen an den Läufen, in der anderen das blutige Messer. Blutstropfen auf dem Pflaster. Die Blutspur verläuft bis zur Küchentür. Der dicke Sergio packt Salami und Oliven aus. Großaufnahme der Oliven, der Salamischeiben. Die Tür zum Weinkeller steht offen, Cesare erscheint, hält den Krug hoch. Er füllt die Gläser. Ende.

Das Festmahl hatte der Vater nicht gefilmt, da war es bereits zu dunkel. Auf dem zweiten Film war Michele überhaupt nicht zu sehen.

Dritter Film: Die Beerdigung der Serafina Noce. Der Trauerzug, der zum Friedhof zieht. Die Palmengestecke mit den Blumen. Michele! Micheles Vater, der Onkel Filippo! Sie tragen den Sarg. Die Männer schwitzen in ihren schwarzen Anzügen, der Schweiß rinnt ihnen über die erhitzten Gesichter. Der Weg ist steil, steinig und schattenlos. Micheles Mutter, den dicken Sergio an der Hand, Angela, die Nachbarinnen, alle in schwarzen Kleidern, schwarze Spitzenschleier überm Haar. Der Priester schwenkt das Weihrauchbecken über dem Sarg. Die Gräberwand mit den Schließfächern für die Toten. Eines ist geöffnet und leer. Die hohen dunklen Zypressen. Dieser Teil des Films ist überbelichtet.

Nächste Szene: Die Mutter schließt die Tür von ›Concordia‹ ab, langsam und umständlich, weil sie weiß, daß der Vater filmt. Sie hängt den Schlüssel in den Feigenbaum. Das Gepäck wird im Auto verstaut, der Karton mit den Steinen, der Karton mit den Muscheln. Großaufnahme ihrer eigenen verschrammten Beine, als sie ins Auto steigt: die letzten Spuren ihres Ausflugs in die Bucht der Verliebten. ›Cava dell'Innamorata.‹ Sie sagt das wie ein Zauberwort, wiederholt es, der Film läuft weiter: Die Tankstelle in Portoferraio, die Autoschlange. Dann Michele. Michele, der seine ›Schau abzieht‹. Er drückt den triefenden Schwamm über der Brust aus, dreht sich, schüttelt sich, lacht, beugt sich zu einem Autofenster und redet mit einem Mädchen. Dann noch einmal Michele, diesmal ganz nahe. Er sagt irgend etwas, schüttelt die Hand der Mutter, stößt Kai in die Seite, Kai sagt etwas. Michele hebt den Arm und winkt ihnen nach. Ausfahr aus dem Hafen. Wieder sieht sie überall rote Hemden. Kai kaut ein Stück Pizza. Die Mutter steht an der Reling und studiert den Prospekt. Die zeigt auf den Monte Capane, der ein weißes Wölkchen an seinem Gipfel trägt. Dann sie selbst, von hinten, reglos. Die Insel wird kleiner, die Kamera schwenkt zum Festland. Dann ist der Film zu Ende.

Katharina räumt das Vorführgerät wieder weg. Niemand braucht zu wissen, daß sie sich die Elba-Filme angesehen hat.

Am Silvesterabend wird der Vater sie noch einmal vorführen. Das tut er immer, sämtliche Filme, die er im abgelaufenen Jahr gedreht hat. Und dann werden wieder alle durcheinanderreden. »Das war doch ...« und »Ist das nicht ...«, »Wie du bloß aussiehst ...!« Anschließend wird Vater die Filme in sein Archiv räumen und sie nie wieder zeigen.

Noch einmal legt Katharina die Schallplatte auf: ›Azzurro, so ist der Himmel für Verliebte ...‹ Der deutsche Text ist sentimental. Eine Schnulze.

Sie holt sich das Konversationslexikon ›Italienisch-Deutsch‹ und setzt sich an ihren Schreibtisch. Jetzt, wo alles wieder lebendig geworden ist, will sie einen langen Brief an Michele schreiben. Sie sieht die vorgefertigten Sätze durch in der Hoffnung, einige zu finden, die für Michele passen. Sie beginnt: »Ich weiß nicht, wie ich es wiedergutmachen soll. Es geht uns allen gesundheitlich gut.« Standardsätze! So kann sie nicht an Michele schreiben! Sie blättert weiter, sucht unter ›Redewendungen des täglichen Gebrauchs‹, unter ›Wetter‹, ›Gesundheit‹, ›Krankheit‹, ›Alter‹, ›Hauspersonal‹, ›Beim Tabakhändler‹: nichts paßt. ›Reparaturwerkstatt‹! Sie hofft, dort etwas zu finden. Aus seinem Beruf. Aber sie kann doch an Michele nicht schreiben: ›Zahlreich sind die Drahtspeichenräder!‹

Sie gibt es auf, schreibt: »Caro Michele, non dimenticare!« Sie schreibt: »Come sta?« Wie geht es? Sie möchte ihm schreiben, daß der Sommer auf Elba so rasch, viel zu rasch, vergangen sei. Das Sprichwort fällt ihr ein, das ihr Michele zum Abschied zitiert hat. Plötzlich sieht sie Micheles Gesicht ganz nah vor sich. Den ernsthaften Michele hat sie geliebt. Nicht den heiteren. Mit den anderen hat er gelacht. Bei ihr war er immer ernst und oft ein wenig melancholisch gewesen. Sie schreibt:

»L'amore fa passare il tempo.
Die Liebe läßt die Zeit vergehen.
Il tempo fa passare l'amore.
Die Zeit läßt die Liebe vergehen.«

Sie schreibt nicht weiter. Sie legt den angefangenen Brief in ihr Tagebuch von Elba und schließt es in ihre Schublade ein.

Die Zeit läßt die Liebe vergehen

Der Herbst kam zeitig in diesem Jahr. Die Sommerbräune verblaßte rasch. Herr Sonntag fuhr mit seiner Familie noch zwei- oder dreimal ins geheizte Schwimmbad an der Fulda, aber auch er mußte feststellen: Das Meer war das nicht.

Katharina hatte ihrer Freundin Gabriele von Elba erzählt. Als sie vorsichtig Michele erwähnte, unterbrach Gabriele sie nach zwei Sätzen und fragte verständnislos: »Was denn? Ein Tankwart? Der konnte doch sicher weder Deutsch noch Englisch? Was hattet ihr euch denn zu sagen? Da gibt es doch gar keine gemeinsamen Interessen!«

Katharina gab zu, daß die Verständigung schwierig gewesen sei. Sie überlegte, ob sie jemals ein wirkliches Gespräch miteinander geführt hatten. Es fiel ihr keines ein. Sie wechselte das Thema.

Sie schrieb einen Brief an ihre Freundin Daniela, die noch immer im Internat am Bodensee weilte. Wenn irgend jemand sie verstehen konnte, war es diese Nella. Sie schrieb den Brief nicht zu Ende.

Frank, einer ihrer Klassenkameraden und Freunde, hatte gleich am ersten Tag nach den Ferien zu ihr gesagt: »Wie siehst du denn aus? Willst du etwa das Christkind im Weihnachtsmärchen spielen? Lauter süße blonde Löckchen um das süße Gesichtchen!«

Am nächsten Tag bügelte Katharina ihre Haare wieder. Sie trug wieder ihre ausgebeulten Hosen und die langen Jacken. Sie kaufte sich von ihrem Taschengeld halbhohe Wildlederschuhe. Als es kälter wurde, zog sie wieder ihre alte Lammfelljacke an. Zweimal nahm sie an Protestmärschen teil. Das eine Mal protestierte man gegen den Krieg in Vietnam, das andere Mal gegen die Zulassungsbeschränkung an den Universitäten. Ihre Klassenleiterin setzte den Schülern und Schülerinnen auseinander, daß befriedigende Noten im Reifezeugnis das sicherste Mittel wären, trotz Zulassungsbeschränkung einen Studienplatz zu bekommen.

Mitte Oktober setzte sich eine Gruppe von Studenten für die Begegnung ausländischer junger Arbeitnehmer mit deutschen Lehrlingen und Schülern ein. Katharina verteilte am Friedrichsplatz gelbe Flugzettel:

»Sind Sie ein Ausländer-Muffel?
Wenn nicht, treffen Sie sich doch mal mit ihnen,
im ›Club der Begegnung‹ im Druselturm.«

Katharina selber war nicht hingegangen. Sie hatte jetzt wenig Zeit. Manchmal ging sie abends in eine Diskothek, ab und zu saß sie nach dem Schulunterricht mit anderen Schülern im Café Rosenhang und diskutierte.

Ende Oktober hatte Katharina Geburtstag. Die Mutter schlug ihr vor, eine Party zu geben. Alles Weitere überließ sie ihrer Tochter. Die Zeit der Kindergeburtstage war vorbei. Vorbei die Zeit, in der man zu Katharina und Kai ›die Sonntagskinder‹ sagte und sich über diesen Scherz ein Lächeln abrang. Die übrigen Familienmitglieder wollten an dem betreffenden Tag aufs Land fahren, auf den kleinen landwirtschaftlichen Betrieb, von dem Herr Sonntag stammte. »Um Mitternacht ist Schluß«, verlangte Frau Sonntag, eine andere Bedingung stellte sie nicht. »Gib ihr einen kleinen Rabatt, Mutter, eine Stunde Zinsen für gute Führung!« sagte der Vater. Frau Sonntag fand, daß ihr Mann es sich mit der Erziehung wieder einmal sehr leicht machte. Sie stellte die Bedingungen, und er verteilte die Belohnungen.

Während Katharina die Party vorbereitete, erinnerte sie sich an das improvisierte Fest im Haus von Cesare Noce. Sie kaufte Kerzen, verteilte sie auf Regalen, Tischen und Schränken. Sie stellte kleine Teller unter die Kerzen, um Wachsflecken zu vermeiden. Sie ärgerte sich über sich selbst, daß sie an die Wachsflecken dachte, noch bevor die Kerzen überhaupt angezündet waren. Cesare Noce hatte nicht nach Wachsflecken gefragt. Allerdings standen dort die Kerzen auf Steinmauern und nicht auf poliertem Holz! Sie war, fand sie, genauso praktisch und vernünftig wie ihre Eltern! An alles hatte sie gedacht: Zigaretten, Käsegebäck, Blumen. Sie hatte Chianti besorgt und einen italienischen Salat gemacht, mit blauen Oliven, Paprika, Tomaten und Thunfisch.

Unmittelbar bevor die Gäste eintreffen, zündet Katharina die Kerzen an, bläst sie aber gleich wieder aus. Es sah spießig aus. Wie in einem billigen Lokal.

Frank bringt seine neuesten Platten mit. Er und Stefan, mit dem Katharina im vorigen Jahr befreundet gewesen war, diskutieren endlos über Alvin Lee, den Leadgitarristen von ›Ten Years After‹. Sie hören immer wieder dieselbe Stelle. Es geht um progressive Musik. Katharina hat das Gefühl, als gehöre sie nicht mehr dazu. Die Worte dringen wie fremde Vokabeln an ihr Ohr. Hatte sie wirklich einmal die Beatles von den Rolling Stones unterscheiden können? Wer war denn dieser ›Quarryman‹, und wer war ›Brian Jones‹? ›Life-Auftritte‹, ›Deep Purple‹, ›Blues‹, ›Rock‹, ›Pop‹. Sie beobachtet die beiden: Stefan bewegt sich eckig und steif und Frank gewollt lässig. Beide sind sehr weißhäutig, Stefan mit einem dünnen braunen Ziegenbärtchen, Frank mit langen, strähnigen Haaren.

Elke und Thomas treffen zusammen ein, hocken auch zusammen auf der Couch.

»Ihr habt wohl zuviel Kaugummi gegessen, seid ihr festgeklebt?« fragt Stefan.

Gabriele kommt wie immer eine Stunde zu spät.

»Trinkt doch!« fordert Katharina ihre Gäste auf. »Mögt ihr keinen Chianti? Den Salat habe ich selbst gemacht!«

Darüber wollen sich die anderen totlachen. »Homemade! Nach Hausfrauenart?« Sie picken die Oliven aus dem Salat, klemmen sie sich zwischen die Lippen und pusten sie ins Zimmer. Stefan sitzt auf dem Teppich, bläst eine Olive in die Luft: Gabriele, die ihm gegenübersitzt, versucht, sie mit aufgesperrtem Mund aufzufangen.

Frank erkundigt sich bei Katharina, ob sie neuerdings vom ›Weiblichkeitswahn‹ besessen sei. »Wetten, daß du dein Zimmer extra aufgeräumt hast! Das sieht hier ganz nach ›Schöner wohnen‹ aus. ›Pikante Salate für Ihre Gäste.‹ Wo ist denn der Kerzenschimmer?«

Katharina greift zornig nach einer Olive und wirft sie ihm ins Gesicht.

»Das hätte ins Auge gehen können!« sagt Frank und sucht nach der Olive, die unter Katharinas Couch gerollt ist. Er hält sie hoch und sagt im Tonfall eines Märchenerzählers: »Über Nacht erwuchs ein silberner Ölbaum über dem schlafenden Käthchen! Oder hast du auch unter dem Bett saubergemacht?«

Stefan kramt in Katharinas Schallplatten. Er legt den ›Song of joy‹ auf. Katharina stellt den Plattenspieler ab. »Den kann man doch nicht mehr hören!« Stefan nimmt eine andere Platte und legt sie auf. »Was hast du denn hier?« Er liest die Schutzhülle. Die Platte läuft bereits. Er überschreit den Sänger: »Azzurro, so ist der Himmel für Verliebte, denn azzurro heißt blau — azzurro, so ist die Welt für mich, wenn tief ich in die Augen dir schau — azzurro, so ist mein Leben . . .«

Gabriele und Elke halten sich die Ohren zu. Frank liegt im Sessel und schüttelt sich vor Lachen. Thomas schreit: »Hör auf! Hör auf!« Stefan erkundigt sich, wer Katharina diesen Ohrenwärmer zum Geburtstag gestrickt habe. Katharina gelingt es schließlich, den Plattenspieler abzustellen. »Idioten! Das ist doch keine Platte von mir. Vermutlich gehört sie meinem Bruder!« Niemand sieht, daß sie errötet, da nur die kleine Lampe über der Couch brennt. Stefan legt ihr tröstend den Arm um die Schultern. Katharina gleitet unter seinem Arm weg. »Muß ja nicht sein!« sagt Stefan. »Ich begnüge mich gern mit einem Besenstiel, der ist genauso temperamentvoll und mindestens so sexy wie du. Viel dünner ist der auch nicht!«

Gabriele greift ein: »Laß doch Katharina in Ruhe! Komm!« Sie legt sich seine Arme um ihre Hüften. »Besser?« Sie drängt sich an ihn. Auf der Couch schmusen Elke und Thomas. Frank wechselt die Platten aus.

Katharina geht in die Küche, um Kaffee zu kochen. Sie ist wütend: Nur weil man einen Salat machen konnte und einen ›Ohrenwärmer‹ unter den Schallplatten hatte, war man schließlich noch nicht spießig! Warum sollte eine Frau nicht beides können: über Politik reden und einen Haushalt führen? Ihre Mutter konnte das auch! Cesare Noce war ein guter Schuster und konnte trotzdem Kaninchenragout zubereiten! Die Menschen waren alle viel zu einseitig! Immer trennten sie alles in Männerarbeit und Frauenarbeit! Auch ihr Vater. Er lebte einzig und allein für seine Bank. Für nichts sonst hatte er Zeit und Interesse. Oder Franks Mutter: Sie ließ sich vormittags von einem Fahrer ihres Mannes in die Stadt bringen, ging zum Friseur, zur Massage, spielte Bridge; abends gab sie Parties für die Geschäftsfreunde ihres Mannes. Das war doch zu wenig! Ein unausgefülltes Leben! Die einen arbeiteten zuviel und die anderen zuwenig!

Das Wasser kochte, sie füllte Kaffeepulver in den Filter. Mit ihren Gedanken war sie bei Danielas Mutter, einer Rechtsanwältin, die so beschäftigt war, daß sie nur einmal im Jahr zwei Wochen mit Nella zum Skilaufen fahren konnte und sonst nicht einmal Zeit hatte, Nella zum Wochenende nach Hause kommen zu lassen. Katharina goß kochendes Wasser nach und merkte nicht, daß sie immer weitergoß. Längst floß das Wasser über den

Filter auf den Tisch und vom Tisch auf den Küchenboden. Frank stand in der Tür und sah interessiert zu. »Ist das hier eine kultische Handlung oder darf man stören?«

Katharina schreckt auf. »Woran denkst du denn?« fragt Frank.

»Ich denke über die emanzipierte Frau nach«, gesteht Katharina und lacht. »Ich glaube, ich werde eine!« Sie nimmt ein Tuch und wischt den Tisch ab. Frank holt einen Putzlumpen, wischt damit die Pfütze auf den Fliesen weg und sieht von unten her zu Katharina auf: »Ich mag das gern. Du bist jetzt viel netter, irgendwie menschlicher! Wenn du dich an Protestmärschen beteiligst, finde ich dich schrecklich. Aber wenn du Wein eingießt oder Kaffee filterst — das mag ich an dir, das steht dir!« Katharina sieht ihn erst nachdenklich, dann ärgerlich an. »Aber ich will beides! Verstehst du das? Ich will auf den Straßen gegen das protestieren, was ich für falsch halte. Später werde ich dagegen schreiben, wenn ich Journalistin bin. Aber ich möchte trotzdem Zeit für mich haben, für mich und für andere Menschen. Zeit zum Festefeiern. Ich will nicht nur achtundzwanzig Tage Urlaub im Jahr und einen Achtstundentag. Alles nach dem Terminkalender.«

»Mit anderen Worten, du willst alles auf einmal. Das gibt's doch gar nicht!« sagt Frank. »Sieh dich doch um! Man muß sich entscheiden. Sieh es doch mal vernünftig an!

»Vernünftig! Das höre ich von meinen Eltern jeden Tag fünfmal. Vernunft habe ich von ihnen genug geerbt. Ich wollte, ich hätte mehr Phantasie geerbt. Dann hätte ich uns heute ein richtiges Fest inszeniert. So sitzen wir wieder herum und gammeln, hören Platten, diskutieren. Es ist alles wie immer! Ich möchte aber etwas Besonderes! Damit nicht ein Tag wie der andere verläuft!

»Kriegst du aber nicht! Keiner kriegt das! Ich habe mich entschieden: Die nächsten Jahre gammle ich. Mein Vater rechnet damit. ›Soll sich der Junge doch austoben‹, sagt er, ›soll er sich doch die Hörner abstoßen‹.« Frank lacht wie sein Vater und fährt dann fort: »Später braucht er mich im Geschäft, aber jetzt ist es ihm lieber, wenn ich möglichst lange studiere, ein paar Jahre im Ausland arbeite und mich dann so allmählich in seinem Betrieb sehen lasse. Wir sind da ausnahmsweise einer Meinung. Dagegen ist nichts einzuwenden. Er finanziert mir die

Freiheit. Jetzt, zu Hause, bin ich ihm unbequem. Er haßt Auseinandersetzungen bei Tisch, das ist schädlich für sein Herz. Er ist froh, wenn ich nach dem Abitur verschwinde. Weißt du, im Grunde ist mein Vater gar nicht so übel! ›Was kostet es, wenn du mal für eine Viertelstunde den Mund hältst?‹ Dann sage ich: ›Heute haben wir einen billigen Tag, sagen wir zwanzig Mark.‹ Er hat natürlich längst durchschaut, daß ich die Diskussion nur in Gang setze, um mein Taschengeld zu verbessern. Er kennt meine Masche, ich kenne seine Masche. Und meine Mutter ›reibt sich zwischen den Generationen völlig auf‹«, sagt Frank im Tonfall seiner Mutter.

»Du solltest Clown werden!«

»Hab' ich auch schon gedacht! Später mal! In Amerika hat das ein Mann gemacht. Mit fünfzig hat er seine Fabrik verkauft und ist unter fremdem Namen mit einem Zirkus durchs Land gezogen. Als Clown!«

»Der Mann gefällt mir!« sagt Katharina.

»Aber seine Frau hat er nicht mitgenommen! Die hat er mitsamt der Fabrik verkauft. — Wie ist das, Katharina?« Er zeigt mit dem Kopf in der Richtung zu ihrem Zimmer, aus dem ›Love like a man‹ dröhnt. »Wie ist das mit Stefan und dir? Ist das aus? Wie wär' das denn? Wir kommen doch ganz gut miteinander aus. Kann man dich eigentlich ›Kata‹ oder so nennen, bei ›Katharina‹ wird einem ja die Zunge müde.«

»Nein!« antwortet Katharina schnell und entschieden.

»Hat da jemand ein Monopol?« fragt Frank, wartet aber keine Antwort ab. »Wie wäre es denn mit Kati? Ist das noch frei?«

Katharina nickt.

»Also ›Kati‹!« In diesem Augenblick reißt Stefan die Küchentür auf. »Was macht ihr denn hier? Putzt ihr die Wohnung?«

Frank erhebt sich vom Boden und wirft den Putzlumpen weg: »Ob du es glaubst oder nicht, wir reden über das ›Leben‹!«

Die anderen kommen ebenfalls in die Küche, holen sich Tassen aus dem Schrank, trinken ihren Kaffee im Stehen. Gabriele fragt: »Was gibt es denn sonntags bei Sonntags? Zeigt mal her!« Sie öffnet den Kühlschrank, holt die Koteletts hervor. »Nur vier? Reicht das? Wir sind sechs! Die Familie ist ein bißchen klein!«

»Spiegelei drauf«, schlägt Stefan vor und holt die Eier aus

dem Fach. »Dürfen wir doch?«

Der zweite Teil der Party geriet dann sehr viel besser.

Klassenaufsatz

Die Anforderungen, die an die Oberprimen gestellt wurden, wuchsen von Woche zu Woche. In der 13b befaßte man sich eingehend mit den Problemen der Minderheiten. Es ging um die Juden im Dritten Reich, die Katholiken in Nord-Irland, die Neger in den USA. In jedem Land gab es Minderheiten, gegen die sich die Mehrheit stellte. Katharina interessierte sich für alle politisch-soziologischen Fragen. Sie übernahm ein Referat über das Rassenproblem in den USA. ›Sind die Vereinigten Staaten wirklich ein Schmelztiegel?‹ Sie saß oft bis tief in die Nacht über ihrer Arbeit, las Bücher über die ›Black Power-Bewegung‹ und las das Buch der Loretta King, das diese zum Andenken an ihren ermordeten Mann, Martin Luther King, geschrieben hatte. Katharina wurde für ihr Referat gelobt. Sie konnte damit rechnen, daß sie in Geschichte die Note zwei, wenn nicht sogar die Note eins bekommen würde. Das war Voraussetzung, wenn sie Geschichte und Soziologie studieren wollte.

Als im Deutschunterricht der nächste Klassenaufsatz geschrieben werden sollte, wählte sie unter den fünf gestellten Themen dasjenige aus, das sich ebenfalls mit einem Problem der Minderheit befaßte. Es ging dabei um die Gastarbeiter in Westdeutschland, die in einer großen Tageszeitung als ›die Schwarzen der Bundesrepublik‹ bezeichnet worden waren.

Katharina war die letzte, die ihre Arbeit abgab.

Als Gastarbeiter in der Bundesrepublik.

›Zwei Millionen Gastarbeiter in der Bundesrepublik.‹ Diese Meldung erschreckt den Bürger. Er fühlt sich unterwandert. Bereits zehn Prozent der Lohnabhängigen sind Fremde! Dieser Prozentsatz entspricht etwa dem der ›Blacks‹ in Amerika. Wie dort die Neger, so führen in der Bundesrepublik die Gastarbeiter die unangenehmen Arbeiten aus. Sie sind die Schmutzkolonne der hochzivilisierten Länder (Müllabfuhr, Kanalreinigung), sie arbeiten in den Dienstleistungsbetrieben (Krankenhäuser, Hotels, Gaststätten), im Bergwerk. Sie sind die Puffer.

die das kapitalistische Wirtschaftssystem braucht, um seine Konjunkturschwankungen auszugleichen. Sie kommen aus menschlichen Überschußgebieten, zumeist aus den industriell unterentwickelten Mittelmeerländern (Spanien, Süditalien, Griechenland, Türkei), sie werden von ihren Heimatländern wie Rohstoffe ausgeführt. Sie sind ein Markenartikel, die Regierungen bekommen Devisen für die exportierten Arbeitskräfte. Sobald die Aufträge der Wirtschaft knapper werden, schickt man diese Arbeitsemigranten fort, sie haben nur kurzfristige Verträge. In den Jahren der wirtschaftlichen Rezession (1966/1967) mußte ein Drittel der Gastarbeiter die Bundesrepublik verlassen.

Im Altertum gab es die Sklaven, im Mittelalter die Leibeigenschaft, im 19. Jahrhundert das Proletariat, im 20. Jahrhundert die Zwangs- und Gastarbeiter. Es sind nur neue Worte für den alten Zustand: Ausbeutung und Sklaverei.

Die Gastarbeiter tragen durch ihre Arbeitskraft zum Wohlstand in der Bundesrepublik bei. Sie zahlen Steuern und sie zahlen Sozialversicherung, ohne in den Genuß der Vorzüge eines total versicherten Bürgers zu kommen. Sie sitzen nicht im Betriebsrat, um ihre Belange zu vertreten. Sie wollen rasch und viel Geld verdienen. Sie können es sich nicht leisten zu streiken, lieber machen sie Überstunden, darum sehen die deutschen Arbeiter in ihnen Akkord- und Streikbrecher. Sie sind erwünscht und sind angeworben, aber man behandelt sie, als seien sie unerwünscht. Man nennt sie ›Gastarbeiter‹, folglich müßte der Arbeitgeber auch sein Gastgeber sein und die Bundesrepublik ein Gastland! Aber wie werden sie behandelt? Bestimmt nicht wie Gäste, eher wie ein notwendiges Übel. Sie leben am Rande unserer Wohlstandsgesellschaft, in ihren Ausländergettos, in entwürdigenden Lagern. Über siebzig Prozent der ausländischen Arbeitnehmer sind verheiratet, aber meist leben die Familien in der Heimat, weil sie hier keine Wohnung bekommen können, nur dann, wenn die Frau und möglichst auch die Kinder mitarbeiten. Sie fühlen sich fremd und sind in einem doppelten Sinne ›sprachlos‹! Sie können sich nicht verständigen, sie lernen nur die primitivsten deutschen Wörter, und sie sind sprachlos gegenüber dem deutschen Wohlstand, überwältigt vom Konsum und von den fremden Sitten, dem ungewohnten Klima, den fremden Arbeitsbedingungen. Sie kommen aus unterentwickelten Agrargebieten, haben bisher in kleinen Handwerksbetrieben gearbeitet oder waren arbeitslos und stehen plötzlich am Fließband, betäubt von Lärm, Gestank und Fremdsein.

Von den zwei Millionen ausländischer Arbeitnehmer sind ein Viertel Frauen. Fünfhunderttausend Frauen! Sie spülen in den Hotels, sie putzen in den Fabriken, sie verrichten die eintönigsten Arbeiten am Fließband. Sie tun, was man einem deutschen Arbeiter nicht zumuten würde, nicht einmal einer deutschen Arbeiterin, denn selbst diese würde sich über die Arbeitsbedingungen beschweren. Die Türkin oder die Jugoslawin tut sie anstandslos zu geringstem Lohn. Die Arbeitsbedingungen machen die Frauen krank, sie werden nach Hause geschickt, wo noch viele Frauen darauf warten, in der Bundesrepublik Deutschland arbeiten zu dürfen.

Der Schweizer Dichter Max Frisch schreibt in seinem Drama ›Andorra‹: ›Jedes Land hat seine Juden, auch die Juden haben ihre Juden.‹ Die Bundesrepublik hat kaum noch Juden. Die diffamierte Rolle der Juden haben die Gastarbeiter übernommen. Die Behandlung ist gemildert durch die Schrecken, die die Tötung der Juden im Dritten Reich der Bevölkerung eingejagt hat. Die Vorteile für die Wirtschaft sind auch zu augenfällig. Unser kapitalistisches Wirtschaftssystem könnte nicht ungestört funktionieren ohne die ausländischen Arbeitskräfte. Sie sind auch keine Konkurrenz; ihre Aufstiegschancen sind gering. Sie werden geduldet, man verfolgt sie nicht. Das alles gilt nicht nur für uns, sondern auch für die anderen westeuropäischen Länder.

Wenn ein Gastwirt ein Schild mit der Aufschrift ›Ausländer unerwünscht!‹ an seine Tür hängt, dann empört sich die Presse. Aber wenn in eine bürgerliche Gastwirtschaft eine Gruppe von Spaniern oder Türken kommt, um dort ihr Bier zu trinken und die Musik- oder Spielautomaten zu bedienen, ist man empört und wechselt sein Stammlokal. Man empfindet den ausländischen Arbeiter als störenden Fremdkörper, wenn man auf Bahnhöfen, in öffentlichen Verkehrsmitteln oder im Selbstbedienungsladen mit ihm zusammentrifft, man fühlt sich gestört und belästigt. Man behandelt ihn wie einen Menschen zweiter Kategorie, auf den man herabblicken kann. Es heißt: ›Die Gastarbeiter sind nicht ehrlich, nicht zuverlässig, nicht pünktlich. Sie sind faul und laut, essen Knoblauch, stinken, sind schmutzig und stehen immer herum!‹ Man liest die Schlagzeilen in den Zeitungen: ›Grieche handelt mit Rauschgift!‹ ›Gastarbeiter belästigt deutsche Frauen!‹ ›Spanier erschießt deutsches Mädchen!‹ ›Türke greift zum Messer!‹ Solche Meldungen bestätigen den deutschen Bürger in seinen Vorurteilen. Würde er aber statt dessen die Statistik des Bundeskriminalamtes lesen, könnte er feststellen, daß die Quote der Verstöße und Verbrechen unter den Gastarbeitern keineswegs höher liegt als bei den Deutschen! Dabei existieren diese Menschen unter Lebensbedingungen, die die Aggressionen fördern. Wenn sie aus den Wohnbaracken heraus wollen, müssen sie überhöhte Mieten in abbruchreifen Häusern zahlen. Sie fühlen sich übervorteilt. Die Vermieter sagen: ›Diese Leute sind sowieso nichts Besseres gewöhnt.‹ ›Ein Mietshaus, in das Ausländer einziehen, verliert für den Besitzer an Wert, genau wie in den USA, wenn dort ein Farbiger einzieht.‹ Man behandelt sie mißtrauisch, wie Kriminelle, die jederzeit das Messer ziehen können.

Der Deutsche verbringt mit Vorliebe seine Ferien in den Heimatländern der Gastarbeiter, an der Costa brava, in Sizilien, auf Kreta. Trotzdem trägt die Kenntnis der Lebensumstände nicht zum Verständnis bei, sondern verstärkt noch die Vorurteile. Man sieht die Armut und findet sie ›malerisch‹. Man preist die Natur und die Kultur dieser Länder und mokiert sich über die noch fehlende Zivilisation.

Die Haltung der Bevölkerung gegenüber den Fremden ist eindeutig ablehnend. Und wie ist die Haltung der Fremden gegenüber dem ›Gastland‹? Die Bundesrepublik wird ihnen wie ein gelobtes Land hingestellt, in dem man viel Geld verdienen kann. Sie erwarten nichts anderes. Sie verhalten sich unterwürfig, sie sind nicht aufsässig, sie streiken nicht, sie können nichts riskieren, weil man sie abschieben würde. Sie unterliegen Bestimmungen, die eigens für diese Kulis geschaffen wurden, Bestimmungen, die zum Teil noch dieselben sind, die bereits für die gewaltsam eingezogenen Fremdarbeiter des Dritten Reiches galten! Die ausländischen Arbeitskräfte benehmen sich zumeist unauffällig. Sie haben nur geringe, oft gar keine Schulkenntnisse. Die Erlernung der fremden Sprache fällt ihnen daher doppelt schwer, weil sie nicht gewohnt sind zu lernen. Sie versuchen, sich an dem deutschen Verhaltensschema zu orientieren: Ordnung, Tüchtigkeit, Sauberkeit, Pünktlichkeit, Gehorsam. Alles das sind Begriffe, die ihnen fremd sind und nicht als ›Tugend‹ auf ihrer eigenen Wertskala stehen.

Sie sind so duldsam und leidensfähig, weil sie an ein Sklavenleben gewöhnt sind, die Sklaverei der Armut! Sie haben Erfahrungen mit niedrigen Löhnen und notdürftigen Unterkünften. Ein einziger Trost bleibt ihnen: Sie werden eines Tages dieses ungastliche Land, in dem einzig das Geld wichtig ist, verlassen und in ihre Heimat zurückkehren können. Das ist der Grund, weshalb sie oft so uninteressiert sind, weshalb sie sich nicht untereinander verbünden und keine Protestmärsche mit Schildern unternehmen: ›1 Waschbecken für 10 Personen!‹ ›8 Menschen auf 16 Quadratmetern!‹ ›Leben aus dem Koffer!‹ ›9 DM pro Quadratmeter Schuppen!‹

Es fehlt ihnen an Initiative. Sie sind unterwürfig, sie kennen ihre Macht nicht. Sie werden bewußt in Unwissenheit gehalten. Man will nicht, daß sie in höhere Stellungen aufrücken. Der deutsche Arbeiter ist froh, daß er jemanden hat, auf den er herabsehen kann. Der Gastarbeiter wird sehr bald lethargisch, er fühlt sich mißachtet, sein Ehrgefühl wird ständig verletzt. Enttäuschung und Ärger stauen sich in ihm an. Einige greifen zum Messer. Dann empört sich der Bundesbürger. Statt sich zu wundern, daß es so selten geschieht.

Inzwischen wurde der 6. Dezember zum ›Tag des ausländischen Mitbürgers‹ erklärt. Nachdem Rundfunk und Presse sich endlich der Probleme dieser Millionen von Fremden annehmen, wird sich vielleicht einiges ändern. Aus den ›Gastarbeitern‹ müssen ›Bürger auf Zeit‹ werden. Eine Integration ist unerläßlich! Die Bundesrepublik ist eine Wohlstandsgesellschaft. Das müßte die Verpflichtung mit sich bringen, daß sie jenen Ländern hilft, die seit Jahrhunderten in Armut leben.

Ein Stück Europa könnte sich endlich nicht nur auf dem Papier verwirklichen. Deutsche, Italiener, Spanier, Türken, Griechen, alle arbeiten miteinander und leben miteinander. Griechen arbeiten in der Bundesrepublik, deutsche Firmen gründen Zweigstellen in dem industriearmen Süditalien. Alle lernen, sich gegenseitig zu dulden und zu verstehen und die Andersartigkeit zu achten. Die gefährlichen Aggressionen müssen endlich abgebaut werden. Und der Gastarbeiter muß zum Mitbürger werden, damit man überall in Europa nicht mehr ›Gast‹ ist, sondern zu Hause.

Beurteilung des Klassenaufsatzes der Katharina Sonntag. Klasse 13b:

»Sie haben sich mit den Schwierigkeiten der ausländischen Arbeitnehmer ernsthaft und offensichtlich mit Anteilnahme auseinandergesetzt. Sie stellen sich sehr entschieden auf die Seite der schwächeren Minderheiten, darunter leidet Ihre eigene Vorurteilslosigkeit. Auch dieses Problem hat, wie alle Probleme, seine zwei Seiten.

Vermeiden Sie zu viele Schlagworte und Fremdworte! Viele Ihrer Äußerungen wirken angelesen, die eigenen Erfahrungen fehlen, es fehlt Ihrer Arbeit ebenso an Vorschlägen. Sie bleiben eine Antwort schuldig auf die Frage, was der einzelne tun könnte, damit die Schwierigkeiten der ausländischen Arbeiter nicht lediglich Gegenstand öffentlicher Auseinandersetzungen bleiben.

Sie hätten die Lage des Gastarbeiters besser an einem Beispiel dargelegt (›Das Leben des Juan Fernandez aus Toledo in der Bundesrepublik‹ etwa). Die rein theoretische Schilderung ist nicht Ihre Stärke!

Die Arbeit ist dennoch: durchaus befriedigend.«

Zwei Welten

Zwei Tage vor Weihnachten traf eine Karte aus Italien bei den Sonntags ein. Sie war an die ganze Familie gerichtet. Auf der Ansichtsseite stand in Silberstaub ›Buon Natale‹, auf der Textseite die Namen: Cesare Noce, darunter Filomena, Michele, Angela, Sergio. Jeder hatte seinen Namen selbst geschrieben. Die Schriften wirkten ungelenk. Als letztes stand darunter, in der Schrift von Cesare: e il Nocellino.

Jeder, der nach Hause kam, betrachtete die Karte. Kai fand, daß die Leute nicht viel Geschmack besäßen, Herr Sonntag schlug vor, daß man einmal ausrechnen müßte, was die Wirtschaft an diesen Grußkarten zu Weihnachten verdiene. Frau Sonntag sagte: »Wir müssen denen aber auch schreiben!« Katharina legte die Karte wortlos beiseite. Drei Tage nach Weihnachten fiel sie Frau Sonntag wieder in die Hand. Nun hatte man doch vergessen, eine Karte an die Noces zu schreiben! Immerhin, man konnte ihnen noch Neujahrsgrüße schicken. Aber es blieb auch diesmal bei dem Vorsatz.

Es war Mitte Januar, seit einigen Tagen lag Schnee. In der Stadt verwandelte er sich bald in braunen Matsch, aber auf den Höhen des Habichtswaldes lag knietief der Pulverschnee. Am Samstag stand zum erstenmal in diesem Winter in der Zeitung: ›Am Hohen Gras Ski und Rodel gut.‹

Katharina verabredete sich mit Frank und Gabriele nach dem Schulunterricht zum Skilaufen. Frank sollte zuerst Gabriele, dann Katharina abholen. Mit dem Auto würden sie in einer Viertelstunde am Hohen Gras sein, dann blieben noch zwei Stunden bis zum Einbruch der Dunkelheit. Am Tag darauf, am Sonntag, wollten sie dann auf den Hohen Meißner fahren und dort den ganzen Tag verbringen. Sie hatten als Ausgleich eine sportliche Betätigung dringend nötig, besonders Katharina, die an zwei Nachmittagen in der Woche auch noch Nachhilfeunterricht in Englisch nahm.

Sie wandte sich mit Frank zum Gehen; er pflegte sie mittags nach Hause zu bringen, sie hatten beide fast den gleichen Weg. Gabriele verabschiedete sich, Katharina rief ihr nach: »Sei aber pünktlich! Ciao!«

Als sie ›ciao‹ rief, hob ein Mann, der in einiger Entfernung gegenüber der Schule stand, grüßend den Arm und antwortete mit »ciao«. Katharina wandte sich ärgerlich ab. Diese Gastarbeiter waren wirklich aufdringlich! Jetzt lungerten sie schon vor der Schule herum!

Sie bog mit Frank in eine Nebenstraße ein. Er redete über die letzte Mathematikarbeit. Plötzlich sagte Katharina: »Entschuldige!« Sie blieb stehen, drehte sich um. Der Mann mit dem hochgeschlagenen Jackenkragen stand immer noch unter dem Baum und blickte ihr nach.

»Geh allein weiter, Frank, ich muß noch mal zurück!«

»Hast du was vergessen?«

»Ja. Ich habe etwas vergessen.

»Soll ich warten? Du bist ja ganz durcheinander, was ist denn los?«

»Geh! Geh allein weiter, bitte!«

»Kommst du denn mit zum Skilaufen oder nicht?«

»Ja, ja!« sagte Katharina ungeduldig und lief den Weg zurück.

Frank kümmerte sich nicht länger um sie und ging weiter.

Katharina blickt sich nach allen Seiten um: Immer noch stehen Schüler auf dem Schulhof, auch Lehrer. Sie wirft den Kopf in den Nacken und sagt unsicher: »Hallo, Michele! Wo kommst du her? Come sta? Frierst du nicht? Hast du keinen Mantel?«

Michele zeigt ihr, daß er einen Pullover unter der Jacke trägt. »Genug.« Er zeigt zur Sonne. »Ich warten«, sagte er dann. »Viele Stunden. Heute nix Arbeit.«

»Hier können wir nicht stehenbleiben, Michele. Gehen wir!«

Michele trägt den schwarzen Anzug, den er zur Beerdigung der Nonna getragen hatte. Er sieht ganz anders aus als im Sommer auf der Insel. Sie betrachtet ihn verstohlen von der Seite. War das wirklich Michele? Ihr Michele?

»Seit wann bist du hier? Warum hast du nicht geschrieben?«

»Warum schreiben? Kommen! Sagen: Kommen im Winter nach Germania. Hier sein! Vergessen, Cata? Alles vergessen?« Er bleibt stehen: »Wohin gehen? Trinken Kaffee?«

»Ich muß nach Hause, Michele! Keine Zeit! Verstehst du? Non tempo! Ich habe eine Verabredung, ein —«

»Du Freund!« Michele zeigt in der Richtung, in der Frank verschwunden ist. »Haben Freund. Alles vergessen. Isola d'Elba. Michele. Tutto dimenticato! Cave dell'Innamorata. Alles vergessen. Kommen zu Kassel. Weite Reise. Cata nix Zeit.«

»Versteh doch, Michele! Heute keine Zeit! Vielleicht morgen!« Ihr fällt ein, daß sie morgen ebenfalls zum Skilaufen verabredet ist. »Morgen, domenica, Sonntag. Wir zusammen Espresso trinken.«

»Wo?« fragt Michele.

Katharina überlegt, wohin sie mit Michele gehen könnte. Im Café Rosenhang saßen immer einige Mitschüler, das kam nicht in Frage. Vielleicht in dem italienischen Restaurant, wie hieß es nur? »Da Bruno! Dort ist der Espresso sehr gut! Dort sind viele Italiener. Am Königsplatz! Sechs Uhr!«

Michele sieht sie prüfend an. »Restaurant für Italiener? Warum? Egal, wo Kaffee trinken! Deutsche, Italiener. Keine Differenz.«

»Natürlich nicht!« Katharina merkt, daß sie kalte Füße hat, sie blickt auf die Uhr. »Scusi, entschuldige, Michele, ich muß gehen! Ciao!«

»Ciao, Cata.«

Katharina geht eilig weiter, dreht sich aber dann noch einmal um und kommt zurück, um sich zu erkundigen, was er jetzt tue, heute und morgen.

»Was machen? Warten. Warten bis morgen. Sechs Uhr. Bruno.«

Katharina lächelt, aber ihr Lächeln gerät kläglich.

Während sie nach Hause geht, denkt sie über die Begegnung mit Michele nach und stellt fest, daß sie alles falsch gemacht hat. Sie hätte Frank anrufen und ihm sagen müssen, daß sie nicht mitkomme zum Skilaufen. Aber sie hatte sich seit Tagen darauf gefreut! Sie hätte Michele mit nach Hause nehmen sollen! Aber die Mutter kam samstags später heim; der Vater, der samstags keinen Dienst hatte, kochte dann eine Suppe aus der Tüte. Die Eltern mochten es auch nicht, wenn sie jemanden mitbrachte, der nicht angemeldet war. Sie machten immer so viele Umstände, wenn Besuch kam. Was würden sie überhaupt dazu sagen, daß Michele in Kassel war? Wo er wohl wohnte? Sie hatte ihn nicht einmal danach gefragt. Auch nicht, wie lange er schon in Kassel war.

Sie fragt sich, woran es liegen könne, daß sie sich nicht freute. Sie begreift sich selbst nicht. Vor der Haustür trifft sie ihre Mutter, die auf dem Heimweg die Einkäufe fürs Wochenende erledigt hatte. Sie gibt Katharina eine der schweren Einkaufstaschen zu tragen, sieht in Katharinas Gesicht und fragt: »Was ist los? War was in der Schule? Schlechte Zensur?«

Katharina schüttelt den Kopf. Die Mutter fragt nicht weiter. Sie ist müde und abgespannt.

Katharina sagt nur, daß sie gleich nach dem Mittagessen von Frank zum Skilaufen abgeholt würde.

»Das wird dir gut tun! Kommst du anschließend gleich nach Hause?«

»Wahrscheinlich. Morgen wollen wir den ganzen Tag laufen, dann wird es sicher später.«

Sie kamen an der Wohnungstür an. Die Gelegenheit, von Michele zu sprechen, war verpaßt. Vielleicht konnte sie es morgen sagen, dann wußte sie auch mehr über ihn. Vielleicht war er ja auch nur für ein paar Tage bekommen, zu Besuch, und würde bald wieder zurückfahren.

Michele wartete bereits seit zwei Stunden. Er hatte einen Espresso nach dem anderen getrunken, eine Zigarette nach der anderen geraucht, der Ober hatte den Aschenbecher schon zweimal geleert. Jedesmal sagte Michele: »Un espresso!«

Katharina kam pünktlich um sechs Uhr. Ihr Gesicht glühte vom scharfen Wind und von der Sonne. Sie war fünf Stunden lang mit Frank auf dem Hohen Meißner Ski gelaufen. Sie trug schwarze Keilhosen, einen schwarzen Anorak und ein schwarzes Stirnband. Die Haare hatte sie im Nacken zusammengebunden. Michele erkannte sie nicht. Sie ging an den Nischen vorbei, jeder Tisch war besetzt. Die Männer waren zumeist Ausländer und sahen fast alle Michele ähnlich, auch sie erkannte ihn nicht.

Sie wollte bereits wieder gehen. Sie war ärgerlich, aber auch erleichtert, daß er nicht da war. Sie hatte schon die Tür geöffnet, als neben ihr jemand leise »Cata!« rief.

Katharina läßt sich neben ihm auf die Bank fallen. Nein, die Jacke will sie nicht ausziehen, sagt sie. Sie könne sowieso nicht lange bleiben. Sie muß noch für die Schule arbeiten. Sie ist todmüde, sagt sie, sie ist den ganzen Tag Ski gelaufen. Sie will nur rasch einen Espresso trinken und eine Zigarette rauchen, dann muß sie wieder gehen. Es war herrlich beim Skilaufen! Auf dem Hohen Meißner gibt es sehr gute Abfahrten. In den Osterferien wird sie an einem Skikurs teilnehmen, nicht weit von Cortina d'Ampezzo, ein Jugendlager. »Kennst du Cortina?« Sie wartet keine Antwort ab. Michele hat nur Gelegenheit, bei jeder Frage mit dem Kopf zu schütteln. Er starrt sie unverwandt an, das macht sie nervös, sie redet noch mehr und noch schneller. Sie spricht von Abfahrt, Wedeln, Slalom, Schußfahrt. Worte, die er nie gehört hat, schon gar nicht in deutscher Sprache. Schließlich weiß sie nichts mehr übers Skilaufen zu sagen. Sie trinkt den Rest ihres Kaffees und drückt die Zigarette aus. Dann sieht sie auf die Uhr: »Himmel! Ich muß nach Hause! Tut mir leid, Michele!«

Micheles Gesicht ist fahl. Er beißt die Zähne zusammen, sein Unterkiefer mahlt. Zwischen den dichten Brauen steht eine Falte, seine Augen sind noch dunkler als sonst. Er hält sich mit beiden Händen an der Tischplatte fest. Die Knöchel werden weiß. »Kommen von Elba! Fahren zwei Tage! Suchen Arbeit in Germania! Kommen für Wiedersehen! Und—? Cata keine Zeit. Aber Zeit für Skilaufen! Zeit für andere Mann! Zeit für alles! Nur nicht für Michele! Was ist das?«

»Das Abitur — Matura!« Katharina versucht es ihm zu erklären. Bald beginnt das schriftliche Abitur. Sie muß arbeiten, sie muß lernen, sie ist nicht gut in der Schule. Wenn sie ein schlechtes Zeugnis bekommt, wird sie nicht an der Universität zugelassen. Er versteht nur wenig von dem, was sie sagt, nur, daß sie keine Zeit für ihn hat. Er versteht nicht, was sie sagt, aber er spürt um so besser, was sie denkt. Er erkennt in diesem Mädchen die Cata von Elba nicht wieder. Und Katharina erkennt in diesem Mann den Michele von Elba nicht wieder.

Plötzlich sagt Michele mit veränderter Stimme: »Reliquien: Vogelfeder, Muschel und Seestern, Pinienzapfen und Ölbaumzweig ...« Er hat das Gedicht, das sie ihm geschickt hat, auswendig gelernt! Er faßt in die Innentasche seines Jacketts, holt seine Brieftasche hervor, nimmt eine blaue Vogelfeder heraus und legt sie vor Katharina auf den Tisch: »›Jede Vogelfeder, jeder Ölbaumzweig‹« zitiert er. Diese Vogelfeder hat er ihr aus der Cava dell'Innamorata mitgebracht! Sein Gesicht hat sich entspannt. Er sucht Katharinas Augen, er lächelt, und es ist jenes Lächeln, das sie einmal geliebt hat.

Katharinas Verkrampfung löst sich. Sie greift nach der Vogelfeder und streift damit über ihren Handrücken. Michele legt seine Hand auf die ihre. Sie streicht mit der Feder über seinen Handrücken und lächelt ihn an.

»Alles gut? Wieder okay, Cata?«

Sie widerspricht ihm nicht, obwohl sie weiß, daß nicht alles so ist, wie es gewesen war. Sie hat Angst, sein Gesicht könnte wieder fahl werden und seine Augen sich verfinstern. Sie fürchtet sich vor ihm.

Michele faßt nach dem Stirnband und zieht daran. Katharina streift es ab.

»Besser! So viel besser«, sagt Michele und zündet sich wieder eine Zigarette an. Seine Fingerkuppen sind braun von Nikotin.

»Seit wann rauchst du?«

»Wann? Seit hier. Hier müssen rauchen. Warum? Weiß nicht.« Er fängt an zu reden, er hat niemanden, mit dem er sonst reden könnte. Er sucht nach Wörtern, er überstürzt sich beim Sprechen, eine Sturzflut von Worten. Er spricht immer lauter. Er macht ihr klar, warum er gekommen ist und was er für Pläne hat. Er hat Pläne, viele Pläne! Nicht nur für seine Schwester Angela, für die er Geld nach Hause schickt, damit sie Lehrerin werden kann. Er hat Pläne auch für sich. Er wird hier arbeiten, viel arbeiten, er wird Geld sparen, er wird immer dorthin gehen, wo Cata ist . . .

Er wird nicht gewahr, daß Katharina erschrickt, als sie von diesem Plan hört.

Immer wird er dort sein, wo sie ist. Er kann überall Arbeit finden, wo eine Universität ist. In einigen Jahren wird er eine Tankstelle pachten, vielleicht sogar kaufen. Andere machen ein Restaurant auf, wenn sie in ihre Heimat zurückkehren. Ein Mann, der mit in seiner Baracke wohnt, ein Jugoslawe, erzählt er, ist Friseur. Der wird einen Friseursalon in Dubrovnik aufmachen, für Touristen. Dieser Mann hat auch eine deutsche Freundin. Sie geht mit nach Dubrovnik, sie ist ebenfalls Friseuse. Sie wollen zusammen arbeiten. Gleicher Beruf ist gut, gleiche Interessen! Michele schwärmt. Er wird nach Elba zurückkehren wie ein Kapitalist! »Kleiner, ganz kleiner Kapitalist!« sagt er und lacht. Er deutet mit Daumen und Zeigefinger eine Größe von wenigen Zentimetern. »So großer Kapitalist!« Katharina muß ebenfalls lachen. Seine Begeisterung steckt sie an. Vielleicht könnte er auch Autos vermieten! An Touristen! Oder Motorboote? Er ist ein guter Mechaniker. Jetzt arbeitet er nicht als Mechaniker. »Arbeit in Firma schwer«, sagt er, »immer dasselbe! Aber macht nix! Geht vorbei. Wohnen in Baracke. Macht nix. Geht vorbei. Tag sehr lang. Abend: Radio hören, Karten spielen, schlafen. Dann wieder eine Nacht vorbei. Nur eine Sache schlimm —« Er hebt die Schultern und macht eine unbestimmte Handbewegung. »Es ist Luft, versteh?«

»Atmosphäre?« fragt Katharina. »Meinst du das?«

»Ja! atmosfera! Viele Worte ganz ähnlich. Heute abend nicht schwer, deutsch sprechen. Mit dir leicht.« Er legt seine Hand auf ihren Arm, Katharina zieht ihn diesmal nicht zurück, sie lächelt ihm sogar ein wenig zu.

Er sieht sie forschend an. »Wer sein Mann vor Schule?« will er wissen. »Freund? Gut Freund?«

»Das ist Frank. Er geht auch in diese Schule.«

»Gehen in Gymnasium? Sehen aus wie armer Mann. Alte Hosen, alte Schuhe, alte Jacke, Haare bis Schulter, nicht rasieren. Sein modern? Moderno? Reicher Mann spielen armer Mann! Geben Geld an Arme? Nein? Nur spielen? Nix gut, Cata, nix gut! Wollen demonstrieren? Ich nicht verstehen, was. Nicht schön diese Kleider.« Michele schüttelt den Kopf. »Alles larifari, Haare, Jacke.«

Katharina erklärt ihm, daß für sie und ihre Freunde die Kleidung keine Rolle spiele. »Es ist nicht wichtig! Wir distanzieren uns damit von den Wohlstandsbürgern.«

Michele denkt nach. Er betrachtet Katharinas Frisur. »Warum dann nicht Locken, wie natura? Wie auf Elba? Warum so? Sein brutto, häßlich!«

Katharina haßt es, wenn man über ihre Haare spricht. Ihre Stimmung ist wieder umgeschlagen. Wie soll man ihm das alles klarmachen. »Es ist Politik«, sagt sie, »Weltanschauung.«

Aber Michele ist an ihrer Weltanschauung nicht interessiert, er will etwas anderes wissen. »Frank ist Freund? Küssen?«

»Freund ja! Küssen nein!« sagt Katharina ärgerlich.

Michele fragt hartnäckig weiter. »Was machen mit Freund, wenn nicht küssen?«

»Himmel! Wir gehen in eine Diskothek, hören Hits, rauchen, diskutieren!«

»Diskutieren?« Das glaubt er ihr nicht. »Ein Mann und ein Mädchen, nur reden? Worüber immer reden?«

»Über alles! Politik, Gesellschaft, Kunst! Und wenn Schnee liegt, laufen wir Ski. Er hat ein Auto.«

»Ein Auto. Müssen nicht arbeiten für Auto, dieser arme Mann? Großer Kapitalist!« Michele lacht bitter.

In diesem Augenblick gehen zwei Schülerinnen aus Katharinas Klasse an ihrer Nische vorbei. Sie sehen Katharina bei Michele sitzen, stoßen sich mit den Ellenbogen an und blicken weg, tun so, als hätten sie Katharina nicht erkannt.

Katharina erhebt sich unvermittelt. Sie muß jetzt gehen, sagt sie. Es ist viel zu spät. Michele macht Anstalten mitzukommen. »Nein!« sagt Katharina. Michele bleibt hartnäckig: »Ein Mann muß eine Frau nach Hause —« Katharina unterbricht ihn: »In Italien vielleicht, hier nicht. Du mußt dich daran gewöhnen, daß du in Deutschland bist!« Michele seufzt. Hier ist alles anders, alles kompliziert. Dort Italien, seine Insel. Hier Germania, eine Großstadt. Zwei Welten. Er begreift es nicht. »Was ist?« fragt er. »Setzen! Setzen!« Er will mit ihr reden, auch wenn es schwierig ist. Er will es versuchen.

»Nein!« Katharina besteht darauf, daß sie nach Hause gehen muß. Sie ist ungeduldig und ärgerlich. Sie gibt ihm nicht einmal die Hand, sagt nur ›ciao‹ und verläßt das Lokal.

Michele zahlt und will ihr nachlaufen, holt sie aber nicht ein.

Die Vogelfeder bleibt auf dem Tisch liegen.

Wenn ein Italiener in ein Mädchen verliebt ist, gibt er nicht so schnell auf. Inzwischen weiß Michele, wo Katharina wohnt, er kennt das Café, in das sie manchmal geht, auch die Diskothek. Aber er wagt es als ausländischer Arbeiter nicht, in diese Lokale zu gehen. Er bleibt draußen stehen und wartet. Wenn er Katharina von fern sieht, folgt er ihr. Er will sie sehen, und sie soll ihn sehen. Das genügt ihm. Er kann warten. In Italien hat ein Mann nicht so rasch Erfolg bei einem Mädchen.

Eines Abends löst sich Katharina aus der Gruppe ihrer Mitschüler und bleibt zurück. Sie geht auf Michele zu. »Warum kommst du immer wieder? Es hat keinen Zweck! Ich habe keine Zeit, Michele!«

»Kommen immer. Haben viel Zeit. Können warten.«

»Ich habe dir doch gesagt, daß ich arbeiten muß! Jeden Abend! Bald beginnen die schriftlichen Arbeiten für das Abitur. Matura!«

»Kluge Frau«, sagt Michele. »Donna famosa, famose Frau! Nicht mehr poetessa? Nein? Haben Geburtstag, Cata. Heute! Keiner sagen Glückwunsch zu Michele. Sag: Alles Gute für Michele!« Er sieht sie bittend an. Katharina sagt unwillig: »Alles Gute für Michele!«

»Gehen essen zusammen, bitte! Laden ein! Heute nicht sparen. Cata, sagen einmal ja! Nicht immer: nein. Nein. Keine Zeit. Arbeiten. Sein einmal gut zu Michele!«

Sie kann seinem Drängen nicht widerstehen, sie willigt ein. Sie muß ihm in Ruhe alles klarmachen. »Aber ich muß zu Hause anrufen, wenn ich nicht zum Abendessen komme«, sagt sie.

Michele steht vor der Telefonzelle, während sie telefoniert, er hört, daß sie den Namen ›Frank‹ nennt.

Als Katharina aus der Telefonzelle kommt, sagt er: »Heißen Michele, nicht Frank!«

Katharina errötet und sagt nichts.

»Wohin gehen? Wollen gut essen!«

Katharina ist unschlüssig. Sie sucht in Gedanken nach einem Lokal, in dem Gastarbeiter nicht auffallen, in dem sie auch sicher sein kann, keine Bekannten zu treffen.

Sie gehen die Königstraße entlang. Michele bleibt stehen und zeigt auf den Ratskeller. »Gut —?«

Katharina schüttelt den Kopf.

»Teuer? Teuer macht nix. Heute macht nix. Einladen. Wein, Kognac, alles was wollen.«

Katharina verbessert ihn ungeduldig: »Willst, alles, was du willst!«

»Gut! Das ist gut!« sagt Michele.

»Nein! Es heißt: Was du willst! Du mußt die Zeitwörter lernen, Verben! Ich will, du willst, er will, wir wollen . . .«

Michele lacht. »Professoressa! Wir wollen. Michele und Cata wollen essen gehen in gut Restaurant. Richtig?« Er drückt ihren Arm. »Ich will lernen gut Deutsch für Cata, nur für Cata. Machen Kursus in deutsch Sprache.« Er strahlt, er ist glücklich, daß Cata bei ihm ist und er nicht allein sein muß an seinem Geburtstag. Nichts kann seine gute Laune trüben.

Endlich fällt Katharina ein Lokal ein: »Wir wollen Hähnchen essen«, schlägt sie vor. »Ich kenne ein Lokal, wo es gute Brathähnchen gibt. Spezialität!«

Das Restaurant ist überfüllt und gefällt Michele nicht. Er möchte seinen Geburtstag in einem eleganten Restaurant feiern. »Lassen wieder gehen, nix gut.« Sein Kauderwelsch geht Katharina auf die Nerven. Im Sommer hatte sie es reizvoll gefunden, jetzt nicht mehr. Sie verbessert ihn: »Laß uns wieder gehen!«

»Ja!« sagt er und will das Lokal verlassen.

»Nein!« sagt sie. »Wir bleiben. Ich wollte nur deinen Satz verbessern. Hinten in der Ecke ist ein Tisch frei.« Sie zieht ihn mit sich.

»Du immer kommandieren«, sagt Michele, »immer kommandieren, was tun. Italienische Frauen ganz anders als deutsche.« Als er merkt, daß Cata wieder ein mißmutiges Gesicht macht, sagt er freundlich: »Ich habe Lust auf klein Hahn. Du hast Lust auf klein Hahn. Er hat Lust auf klein Hahn. Alles essen klein Hahn.« Er konjugiert so lange weiter, bis Katharina lachen muß.

Michele bestellt eine Flasche Wein, Hähnchen, Pommes frites und Salat.

»Fleisch von Hahn nicht gut«, stellt er fest, als sie essen. »Zu weich. Hahn nicht wie Hahn zu Hause, wenn Vater kochen. Hahn aus Automat. Fabrikhahn.« Er redet so laut, daß die Gäste an den Nachbartischen herschauen und zu lachen beginnen.

»Sprich doch leise!« flüstert Katharina Michele zu.

»Warum? Deutsche in Italien viel laut. Immer laut sprechen, laut singen. Warum nicht in Deutschland? Ich hier arbeiten, ich hier ausgehen in Restaurant. Haben Geld, können bezahlen.« Er spricht jetzt absichtlich laut und sieht sich herausfordernd um. Er feiert mit einem Mädchen, das er gern hat, seinen Geburtstag, muß er deshalb flüstern?

»Ja!« sagt Katharina ungeduldig, er solle sich doch nicht gleich aufregen. Sie merkt, daß sie im gleichen Tonfall spricht wie ihre Mutter, wenn ihr Vater lauter redet als gewöhnlich. Auch ihre Mutter hat immer Sorge, daß man auffällt und andere Leute stört. Warum eigentlich? Michele hat recht! Katharina spricht jetzt ebenfalls lauter, sie reagiert mit Trotz. Michele nimmt die Veränderung in ihrem Verhalten wahr. »Nix Ärger über Leute! Leute alle dumm. Trink Wein! Wein gut!« Er schnitzt sich einen Zahnstocher aus einem Streichholz, reicht ihr die andere Hälfte und macht sich daran, seine Zähne zu säubern. Katharina schiebt das Hölzchen zwischen die Zähne und kaut darauf herum. Sie ist verlegen. Wenn Michele nur bald mit dem Zähnereinigen fertig wäre! Aber nein, jetzt stochert er ausgiebig in der unteren Zahnreihe herum. Sie zischt ihm zu: »Laß das doch! Das tut man in Deutschland nicht!«

Er sieht sie überrascht an. »Warum nicht? Ist gut für Zähne!«

»Ich weiß nicht, warum! Man tut es einfach nicht!« Katharinas Stimmung ist bereits wieder umgeschlagen. Sie will jetzt nach Hause gehen. »Es ist spät, morgen früh um acht Uhr muß ich in der Schule sein.«

Michele möchte vorher noch einen Kaffee trinken. Er ruft den Ober.

Katharina steht auf: »Nein! Basta!« sagt sie laut. »Basta!«

Jetzt ist es Michele, der mahnt: »Leise, Cata! Leute hören alles! Nix rumore!« Die Umsitzenden lachen. Einer sagt laut: »Italiano immer rumoro!«

Michele fährt herum, als er es hört. Seine Augen funkeln, sein Kinn schiebt sich nach vorn, er wird weiß im Gesicht. Schon steht der Ober neben ihm und faßt ihn beim Jackenärmel. Michele reißt sich los. Man soll ihn nicht anfassen! Er geht, wann er will! Er muß noch bezahlen. »Pagare, prego!« sagt er. »Die Rechnung, Ober!«

Katharina wartet vor dem Lokal auf ihn. Sie zittert vor Aufregung. Sie hatte gelaubt, es würde eine Schlägerei geben. Sie sieht schon die Zeitungsüberschriften vor sich. ›Messerstecherei in Altstadtlokal.‹ ›Italiener greift zum Messer.‹

»Angst?« fragt Michele. »Alle haben Angst. Angst vor Messer.« Er nimmt ein Messer aus der Tasche, klappt es auf und fährt mit dem Daumen über die Klinge. »Messer für Apfel. Messer für Brot. Nicht für Menschen.« Seine Stimme überschlägt sich vor Erregung.

»Laß doch, Michele! Ich muß jetzt nach Hause! Ich fahre mit der Straßenbahn. Addio!«

Sie läuft zu der haltenden Straßenbahn, drückt auf den Knopf neben der hinteren Eingangstür, sie öffnet sich. Beim Einsteigen dreht sich Katharina noch einmal um und ruft ihm zu, was sie vergessen hat: »Alles Gute zum Geburtstag, Michele!«

Michele bleibt am Straßenrand stehen. Warum geht er denn nicht zu seiner Haltestelle? Sie zeigt dorthin, wo er einsteigen muß. Er rührt sich nicht. Er steht mit hängenden Armen. Er wirkt auf einmal viel kleiner und magerer. Und scheint zu frieren.

Die Straßenbahn fährt ab. Katharina winkt. Michele winkt nicht zurück.

Einladung bei der Familie Sonntag

Kai rannte die Treppe noch rascher hinauf als sonst. Es war Samstagmittag, und er hatte den Großeinkauf besorgt. Er schleppte an jedem Arm zwei große Einkaufstaschen. Er war außer Atem. Die Familie saß bereits beim Essen. Kai konnte vor Aufregung kaum sprechen: »Wißt ihr, wen ich getroffen habe?«

Die Mutter rief: »Putz dir die Schuhe ab, Kai!«

»Hast du auch die Zigarren nicht vergessen?« fragte der Vater.

»Mach die Tür zu, es zieht!« rief Katharina.

»Wollt ihr nun wissen, wen ich getroffen habe, oder nicht?«

»Na los, wen hast du denn getroffen?« erkundigte sich der Vater.

»Das ratet ihr nie!«

»Wenn wir es doch nicht raten, dann sag es!«

»Hol dir erst mal die Suppe, sie steht auf dem Gas!« rief die

Mutter.

»Ich platze vor Neugierde!« sagte Katharina. »Mao? Oder Che?«

Kai erscheint mit seinem Suppenteller. Er hat ihn zu voll gefüllt wie meist, die Suppe schwappt über. »Paß doch auf, Kai! Hol den Putzlumpen!« Schließlich sitzt auch er am Tisch. Er taucht den Löffel in die Suppe, blickt einen nach dem anderen an: »Jetzt seid ihr baff: Michele ist in Kassel!«

»Wer?« Die Eltern legen den Löffel hin, sehen erst Kai, dann einander an, schließlich bleiben ihre Blicke an Katharina hängen, die weiterißt und keinerlei Überraschung zeigt.

»Michele Noce aus Marina di Campo, Isola d'Elba, Italia!«

»Wo?« fragt die Mutter.

»Wann?« fragt der Vater.

»Wieso denn?« fragen beide.

Kai genießt es, wenn er eine Neuigkeit mitzuteilen hat. Er beginnt: »Also, ich gehe in die Lebensmittelabteilung, nehme mir einen Korb, stelle ihn auf den Wagen, hänge meine Schulmappe an den Haken. In der einen Hand halte ich den Einkaufszettel . . .«

»Am Anfang schuf Gott Himmel und Erde!« mahnt der Vater. »So weit vorn brauchst du nicht anzufangen mit deiner Geschichte.«

»Also, der Laden war knallvoll. Am Samstag kaufen die ganzen Ausländer ein. Ihr ahnt überhaupt nicht, was da los ist! Vor dem Fischstand . . .«

»Fisch solltest du überhaupt nicht kaufen!«

»Mutter! Unterbrich ihn doch nicht immer!«

»Vor dem Fischstand . . .« wiederholt Kai mit vollem Mund.

»Kai, du sollst nicht essen und gleichzeitig reden!« sagt Frau Sonntag und wendet sich an Katharina, die bereits mit ihrer Suppe fertig ist. »Hast du das gewußt?«

»Ja.«

»Ja? Und das hast du uns nicht erzählt? Warum denn nicht?«

»Was?« Jetzt ist auch Kai überrascht. Er blickt seine Schwester an. »Du weißt das? Davon hat Michele mir kein Wort gesagt!«

»Warum sollte er?« sagt Katharina mit betonter Gleichgültigkeit.

»Los, Kai, erzähle!« drängt der Vater.

»Ich gehe also mit meinem Einkaufskarren in die Kurve und fahre mit Karacho jemandem in den Hintern.«

»Kai!«

»In das Gesäß! Ist das besser? Der Mann dreht sich um, sieht mich an, ich sehe ihn an, und wer ist es? Michele! Ich sage in tadellosem Italienisch ›ciao‹ und ›come sta‹. Und dann fahren wir zweispännig durch die Gänge. Zum Reden war es zu voll. Er wollte mich auf einen Drink einladen, aber ich habe gesagt, wir sind in der Bundesrepublik, hier ist er mein Gast. Hat er alles verstanden! Als ich sagte: Du bist ein Gastarbeiter, du bist ein Gast, hat er gelacht. Er hat gar nicht mehr aufhören können zu lachen, so komisch hat er das gefunden. Zwei Mark fehlen, Anna, zweimal Orangeade. Für ihn und mich. Ich habe ihn gefragt: Änschell? Ich habe gedacht, er arbeitete dort wie vor hundert Jahren sein Vater. Tut er aber nicht. Er weiß überhaupt nicht, wie die Firma heißt, in der er arbeitet. Er sagt nur ›Firma‹. Sie muß in Bettenhausen liegen. Er wohnt in einer Baracke. Acht Mann in einem Zimmer. Er arbeitet als Hilfsarbeiter, nichts mit Autos. Er soll einen Jahresvertrag unterschreiben, aber das will er nicht.«

»Weißt du das alles auch, Katharina?«

»Natürlich!«

»Und?

»Was und? Er ist schon seit Wochen in Kassel.«

»Und morgen nachmittag besucht er uns«, verkündet Kai. »Ich habe ihn zum Kaffee eingeladen!«

»Du hast —?« Die Mutter bricht ab. »Natürlich, wir müssen ihn einladen. Wir sind bei diesen Leuten ein paarmal im Haus gewesen.«

»Eigentlich wollte ich morgen ein Stück rausfahren«, sagt Herr Sonntag. »Na, er wird ja nicht so lange bleiben. Das Wetter ist auch nicht besonders.«

»Die Konversation wird uns ziemlich schwerfallen«, meint Frau Sonntag.

»Notfalls können wir fernsehen, das ist für ihn was Neues, dabei kann er Deutsch lernen«, schlägt Herr Sonntag vor.

Pünktlich um vier Uhr klingelte Michele. Er hatte im Blumengeschäft am Hauptbahnhof einen Strauß Tulpen gekauft, den er jetzt Frau Sonntag überreichte. Er trug ein weißes Hemd, eine

Krawatte und seinen dunklen Anzug. Er sah aus, wie alle italienischen Männer am Sonntag aussehen, gut rasiert, gut frisiert, mit tadellos glänzenden schwarzen Schuhen.

Herr und Frau Sonntag ziehen sich an Sonn- und Feiertagen bequem an, denn unter der Woche müssen sie beide korrekt gekleidet in die Bank und in die Schule gehen. Frau Sonntag trug Hosen und Pullover, auch Herr Sonntag war im Pullover. Beim Mittagessen hatte Frau Sonntag angeordnet: »Alles ganz zwanglos, damit sich dieser Italiener hier auch wohl fühlt! Es muß ihm sowieso alles sehr fremd vorkommen. Sessel! Er ist doch nur an Bretterstühle gewöhnt. Teppiche! Zu Hause kennt er nur Steinboden. Also, laßt ihn das nicht so sehr spüren.« Katharina holt Gebäck aus der Konditorei, nicht zu wenig, vielleicht ist er hungrig, man hat ja keine Ahnung, wie diese Gastarbeiter hier leben.

»Sie verdienen genauso viel wie die deutschen Arbeiter«, sagte Katharina unwillig. »Ausgehungert wird er nicht sein!«

»Ob er überhaupt unseren Bohnenkaffee trinkt?«

»Wir haben ja auch ihren Espresso getrunken!«

»Ich hätte heute nachmittag die Korrekturen fertig machen müssen, nach dem Kaffeetrinken muß ich mich zurückziehen«, meinte die Mutter.

»Mach doch bloß nicht so viel Umstände!« sagte Katharina. »Er trinkt hier eine Tasse Kaffee, das ist alles. Meint ihr vielleicht, daß er sich bei uns wohl fühlen wird? Nur weil er hier in einem Sessel sitzen darf?«

»Warum soll er sich denn nicht wohl fühlen bei uns? Das ist doch gar kein Vergleich zu dem Milieu, aus dem er kommt.«

Man trinkt Kaffee, ißt Gebäck und fragt Michele ab: Wie es dem Vater gehe, der Mutter, den Geschwistern. Michele sagt jedesmal: »Danke, gut.«

»Ist Sergio noch so dick?« Kai bläst die Backen auf, Michele sagt wieder höflich: »Danke, gut.«

»Und die Nonna?« fragt Herr Sonntag.

»Chef! Die ist doch tot!« wirft Kai dazwischen.

Herr Sonntag entschuldigt sich, er hatte es vergessen. »Fa niente«, sagte Michele. »Macht nix.«

Als sich Frau Sonntag nach dem Nocellino erkundigt, hellt sich Micheles Gesicht etwas auf, aber dann sagt er doch wieder nur: »Danke, gut.

»Wie geht es mit der Sprache?« fragt Herr Sonntag.

»Nicht nötig«, sagt Michele. »Sprache nicht nötig. Keiner will sprechen. Alle sagen nur: Lauf, Michele! Komm, Michele! Michele mach! Michele tu! Immer kommandieren. Alle schreien. Aber —«, er klopft sich auf die Brust, »aber ich nicht besser verstehen, wenn laut sprechen.«

Herr Sonntag lacht. Dieser Michele hatte das sehr richtig beobachtet. Er hatte selber lauter gesprochen als sonst, weil er dachte, Michele verstünde ihn dann besser.

Michele fragt: »Warum soll Deutsch lernen? Keiner sprechen mit Fremden. Sprechen nur mit anderen Italienern.« Er berichtet, daß er die paar Wörter könne, die er bei seiner Arbeit braucht. Dort redet niemand ein gutes Deutsch. Sie fluchen in allen Sprachen. »Sagen ›Schweinerei‹ und ›Verdammt‹ und ›Saustall‹. Keiner hat Zeit. Keiner hat pazienza — Geduld. Wenn Fehler, immer lachen. Nicht lachen aus Freude. Immer nur auslachen. Ausländer dumm. Darum lachen. Wenn auf Elba deutsch sprechen mit Deutschen, alle sagen: ›Michele gut deutsch! Wo lernen?‹ Auf Elba immer sagen: ›Gut, Michele!‹ In Kassel immer sagen: ›Schlecht, Michele!‹ Deutsche Tourist in Italien immer allegro. Heißt ›fröhlich‹? Ist richtig? Hier immer ernst! Nix Sonne! Viel Regen. Viel kalt. In Italien: Deutsche Frauen wollen, daß Männer lachen und pfeifen und rufen ›Bella‹ und ›Bionda‹. Hier gleich böse, wenn etwas lachen, etwas rufen, kleines Kompliment für schöne Frau, schönes Mädchen.«

Frau Sonntag sagt beschwichtigend: »Sie sind noch fremd hier, Michele, gewöhnen Sie sich erst einmal ein. Die Bundesrepublik hat auch ihre Vorzüge. Man verdient hier gutes Geld, deshalb kommen ja alle die fremden Arbeiter in unser Land.«

»Moneta! Ja, immer Geld, dafür ist gut. Aber —« sagt Michele, »alles scheiße-teuer!«

Kai lacht laut heraus. Frau Sonntag sagt: »Oh!«

Michele wird verlegen: »Nicht richtig? Falsch Wort? Alle sagen ›Scheiße-teuer‹!«

Das Gespräch gerät schon wieder ins Stocken. Herr Sonntag bemüht sich, es wieder in Gang zu bringen. »Wie sind Sie denn untergebracht? Sind Sie zufrieden?«

Michele sieht ihn ratlos an, er versteht ihn nicht. Katharina entschließt sich, endlich einzugreifen. »Mein Vater will wissen, wo du wohnst.«

»Barack! Acht Mann ein Zimmer. Vier mal zwei Bett.« Er

zeigt mit der Hand, daß die Betten übereinander aufgestellt sind.

»Zu Hause haben Sie doch auch Ihr Zimmer mit den Geschwistern geteilt«, meint Frau Sonntag.

»Teilen?« fragt Michele. Die Verständigung wird immer schwieriger. Frau Sonntag sieht Katharina an, die wendet sich unwillig an Michele: »Mutter meint, alle Kinder schlafen bei euch zu Hause in einem Zimmer.«

»Ja«, sagt Michele, »ja! Alle in einem Zimmer. Aber Familie! Nicht fremde Männer! Nur schlafen, nicht wohnen. Haben Haus, Küche, Laden von Vater, Garten, Stall für Kaninchen, Huhn, Esel, viel Platz. Straße und Piazza, alles große Familie, ganzes Dorf eine Familie.«

Wieder ist das Gespräch versiegt. Herr Sonntag erhebt sich, holt Gläser, eine Flasche Weinbrand und schenkt ein.

»Jetzt wollen wir erst einmal darauf trinken, daß Sie in Deutschland sind, Michele! Hoffentlich fühlen Sie sich nach einiger Zeit hier wohl! Also: Salute!«

»Prosit!« sagt Michele.

»Haben Sie Ihre Vespa mitgebracht?« erkundigt sich Frau Sonntag.

»Nicht mehr Vespa! Vespa verkauft für Fahrkarte nach Germania. Mit Zug kommen. Privato nach Kassel, nix Agentura. Dann Arbeit suchen.«

Er sieht Katharina an, aber die hält den Kopf gesenkt. »Hier fahren mit Straßenbahn. Immer voll. Immer stoßen. Immer stehen.«

Herr Sonntag stellt es richtig. »Auf Elba waren die Omnibusse auch voll!«

»Anders voll«, sagt Michele.

Herr Sonntag versucht, dem Gespräch eine heitere Wendung zu geben. »Und die Gitarre?« fragt er. »Haben Sie die Gitarre mitgebracht? Spielen Sie ab und zu mal abends in ... in ...«, Baracke möchte er nicht gerne sagen, »... in Ihrem Wohnheim?«

»Kein Platz, muß auf Bett sitzen«, sagt Michele. »Haben Radio. Keine Musik. Nicht Musik machen für Deutsche wie auf Elba. Auf Insel Musik machen für Geschäft und für Vergnügen. Hier nur arbeiten für Geld.« Michele merkt, daß das, was er sagt, seine Gastgeber kränkt. Er will es wiedergutmachen und fährt deshalb freundlich fort: »Gitarre im Haus? Dann spielen!

Für Familie Sonntag Musik machen, gerne!« Er blickt sich um.

»Nein«, sagt Herr Sonntag, »wir sind alle nicht musikalisch, wir spielen Radio, das ist unser Instrument!« Er lacht, und Michele lacht mit. Die Stimmung wird endlich etwas heiterer. »In Germania alles Automat«, sagt Michele. »Musik in Automat, Zigaretten in Automat, Getränk in Automat. Wenn kaufen, alles in Paket. Fisch in Paket, Brot in Paket, Blumen in Paket, Huhn in Paket. Essen nicht gut! Nicht natura! Kaffee nicht gut.« Er merkt, daß er schon wieder etwas Falsches gesagt hat, und wird verlegen. »Dieser Kaffee hier viel gut, in Café nicht gut. Bier auch gut! Kleider, Schuhe gut. Aber nicht viel kaufen, muß sparen. Halbe Geld nach Hause, halbe Geld für mich. Katharina sagt, muß Mantel kaufen, aber bald Winter vorbei. Muß sparen für Schwester, für Angela. Angela soll lernen, soll professoressa werden wie Signora Sonntag.«

Frau Sonntag setzt ihm auseinander, daß eine professoressa sehr viel arbeiten müsse. Auch sie müsse jetzt wieder an den Schreibtisch, er möge sie entschuldigen. Vielleicht wolle er noch ein wenig Musik hören mit Katharina und Kai. »Katharina, du hast diese Platte mit dem Lied, das Michele immer gesungen hat, ›Azzurro‹ oder so ähnlich. Kümmere dich doch ein wenig um ihn!«

Michele hat nicht verstanden, was Frau Sonntag gesagt hat. Vielleicht soll er gehen, denkt er. Er erhebt sich.

Kai sagt: »Komm, ich zeig dir mal die Wohnung! Ganz schön eng bei uns, was?«

Katharina zieht sich in ihr Zimmer zurück, um Schularbeiten zu machen. Kai geht mit Michele auf den Balkon. Es dämmert bereits. Kai streckt den Arm aus und sagt: »Il mare!« Er zeigt weiter nach rechts. »Monte Capane! Wir haben hier eine feine bella vista, was? Schöne Aussicht! Neun Bäume, fünf Garagen, eine Tankstelle und neunzehn Schornsteine. Jetzt zeig ich dir mal meine Bude!«

Die Wände in Kais Zimmer sind bepflastert mit Posters und Ausschnitten aus Illustrierten. Er zeigt sie Michele: die Rolling Stones, die Lemmons. Michele kennt sie fast alle. Auch ein großes Bild von Che Guevara und eines von Lenin hängen an der Wand.

Kai ist der einzige, der unbefangen und freundlich mit Michele umgeht.

Katharina kommt erst wieder zum Vorschein, als Michele gehen will. Ein paar Minuten sind sie auf der Diele miteinander allein.

Er fragt leise: »Was ist, Cata?«

Sie zuckt die Achseln.

»Hast du morgen Zeit, Cata?«

Sie schüttelt den Kopf.

Michele wird blaß. Er sieht sie an. Sie weicht seinem Blick aus.

»Cata! Du wirst kommen! Morgen wirst kommen! Müssen sprechen! Du hast anderen Freund! Du lieben diesen Frank!«

»Sei doch still!« Sie zeigt zum Wohnzimmer. »Die Eltern hören alles.«

»Du kommst! Da Bruno, sechs Uhr. Ich warte!«

Die Eltern kommen aus dem Zimmer, um sich von Michele zu verabschieden. »Alles Gute!« sagen sie. »Nun gewöhnen Sie sich mal in Deutschland ein! Andere Länder, andere Sitten. Der Anfang ist immer schwer!« Herr Sonntag schlägt Michele freundschaftlich auf die Schulter: »Also, Michele, wenn Sie mal in Not geraten, wissen Sie immer, wohin Sie sich wenden können!«

Michele sieht ihn ratlos an, er hat ihn nicht verstanden. »Not? Was ist Not?«

»Schwierigkeiten!« sagt Herr Sonntag und lacht. »Verstehen Sie?«

Katharina sagt: »Difficile, meint er.«

Michele wiederholt: »Difficile! Alles ist difficile!« Er lacht sein trauriges Lachen und sieht Katharina an. Er hofft, daß sie ihn ein Stück begleiten wird, aber sie verabschiedet sich. Sie müsse noch für die Schule arbeiten. »Abitur«, sagt sie erklärend, »esame di maturità.« Michele nickt, sagt leise: »Morgen?«

Katharina zuckt mit den Schultern. »Vielleicht.«

Kai hat sich mittlerweile seinen Mantel angezogen. »Ich geh' ein Stück mit«, sagt er, »bis zur Straßenbahnhaltestelle.«

Michele bedankt sich und sagt: »Auf Wiedersehen.«

»Wir hätten ihn vielleicht doch auffordern sollen, wiederzukommen«, meint Herr Sonntag.

»Man hat sich doch nichts zu sagen«, meint Frau Sonntag, »das muß er ja auch gespürt haben.«

»Na, jedenfalls haben wir unsere Pflicht getan. Wir haben ihn eingeladen, wir haben ihm ein paar Ratschläge erteilt«, sagt Herr Sonntag, »aber irgendwie habe ich kein gutes Gefühl. Was war das dagegen für ein Abend bei Cesare Noce! Erinnerst du dich? ›Con cuore‹ verstehen sich alle Menschen! Wir hätten ihn zum Abendessen einladen sollen. Sein Vater hat für uns ein Kaninchen geschlachtet und seinen besten Wein geholt.«

»Sollen wir vielleicht Kaninchen auf dem Balkon halten?« fragt seine Frau gereizt. »Wirklich, Karl Magnus, was sollen diese Vorwürfe!«

»Die Lage der Gastarbeiter scheint wirklich nicht rosig zu sein, was man so liest. Im Grunde ist dieser Michele ja nur ein Beweis dafür, daß die Zeitungen recht haben. Wenn man diesen unterentwickelten Ländern wirklich helfen will, müßte man die Gastarbeiter einen Beruf erlernen lassen, damit sie später in ihrer Heimat eine Industrie aufbauen können. Warum beschafft man beim Arbeitsamt diesem Michele keine Arbeit, die er gelernt hat? Er ist doch Mechaniker!«

»Aber er hat keine Prüfung! Er hat überhaupt keine Papiere!« ruft Katharina aus ihrem Zimmer.

»Aber man muß doch feststellen, daß er mehr leisten kann als ein Hilfsarbeiter!«

Seine Frau mischt sich ein: »Dann müßte man ihm höheren Lohn zahlen. Du vergißt völlig, daß ein Betrieb keine Arbeiter einstellt, um Entwicklungshilfe zu leisten oder um Bildungspolitik zu treiben. Die Firmen brauchen billige Arbeitskräfte, um konkurrenzfähig zu bleiben.«

»Vom Standpunkt des Arbeitgebers aus ist das zweifellos berechtigt. Das sind in der Tat Probleme! Man müßte sich mal damit befassen«, stellt Herr Sonntag fest.

»Also, mein Problem sind im Augenblick die Korrekturen«, sagt Frau Sonntag. »Wer sorgt für das Abendessen? Karl Magnus, sonntags bist du dran. Sei froh, daß du nur an den Kühlschrank zu gehen und kein Kaninchen zu schlachten brauchst wie dieser Schuster aus Campo.«

»Alles aus Automat. Alles aus Paket. Dieser Michele hat das sehr gut beobachtet. Er ist überhaupt ein ganz netter Junge. Und er hat eine Menge für uns getan, als wir auf Elba waren: Jedenfalls werden wir das Gastarbeiterproblem auch nicht lösen können«, sagt Herr Sonntag abschließend, und mit dieser Feststellung ist die Sache für ihn erledigt.

In den nächsten Tagen versuchte Michele immer wieder, Katharina zu treffen. Als sie am Mittwochabend zusammen mit ihren Freunden und Freundinnen aus dem Café Rosenhang kamen, stand Michele im Schatten der Alten Gemäldegalerie und wartete. Schon als sie vor ein paar Tagen aus der Diskothek kam, stand er im dunklen Hauseingang und wartete.

An einem Samstag stand er sogar wieder in der Nähe des Schulhofes.

Er näherte sich ihr nicht, er stand nur da und folgte ihr in einiger Entfernung. Katharina spürte seine Nähe mehr, als daß sie ihn wirklich gesehen hätte. Sie fühlte sich beobachtet und belauert. Er spionierte ihr nach! War sie ihm Rechenschaft schuldig?

Sie faßte nach Franks Hand, Michele sollte sehen, daß sie zu Frank gehörte. Aber Frank ließ ihre Hand wieder los und sagte: »Nanu, bist du plötzlich schwach in den Knien?«

Sie verglich jetzt manchmal die beiden miteinander. Wenn doch Frank nur etwas von Micheles Charme besäße, nur ein wenig von seiner Phantasie! Wenn er sich doch nur etwas mehr Mühe um sie gäbe! Und wenn Michele nur ein paar von Franks Vorzügen hätte! Aber die Eigenschaften des einen waren unvereinbar mit denen des anderen. Sie wußte es selbst, aber was nutzte es ihr, daß sie es wußte!

Ihr Verstand sagte: Frank. Sie paßten zusammen, sie waren gleichaltrig, sie sprachen die gleiche Sprache, sie stammten aus der gleichen Stadt, sie würden beide studieren. Aber Frank, das hieß auch Langeweile. Er war nüchtern, betrachtete alles vom Zweckmäßigen her, taxierte alle Pläne nur auf ihre Durchführbarkeit. Zweckmäßigkeit und Durchführbarkeit waren seine Lieblingsworte. Er würde immer das tun, was alle taten, was man von ihm erwartete. Er diskutierte und protestierte, beteiligte sich sogar an den Demonstrationen, aber nur, weil es alle taten. Er würde zur Bundeswehr gehen und seiner Dienstpflicht genügen, dann studieren, heiraten, den Betrieb seines Vaters übernehmen und darauf warten, daß er fünfundsechzig würde. Spätestens in fünf Jahren würde er genauso aussehen wie sein Vater, ein wenig dick, ein wenig bequem. Er würde einen großen Wagen fahren, zwei Kinder haben, einen Hund, vermutlich einen schwarzen Königspudel, würde ebenso überlastet sein wie sein Vater, nie Zeit für die Familie haben, in jedem Herbst zur Kur nach Bad Mergentheim fahren ... Sie könnte einen Computer mit den notwendigen Daten füttern, und er würde ihr kein anderes Ergebnis liefern. Sein ganzes Leben war bereits festgelegt.

Ihr Herz sagte Michele. Wie würde dessen Zukunft aussehen? Wahrscheinlich würde er nie ein reicher Mann werden. Er wird immer ein Träumer bleiben, der nachts mit dem Boot aufs Meer hinausfährt, aber nicht um Fische zu fangen, sondern um zu singen. Ob auch er in einigen Jahren aussehen würde wie sein Vater? Aber diese Vorstellung erschreckte sie nicht. Cesare Noce gefiel ihr. Sie bewunderte ihn sogar. Er war ein Lebenskünstler. Sie sah ihn vor sich, wie er in seiner Werkstatt unter der Glühbirne saß, Stifte in die Schuhe schlug, bedächtig und nachdenklich. Sie sah ihn vor sich, wie er den Krug mit Wein füllte, wie er die Arme ausbreitete, um den kleinen Nocellino in die Luft zu werfen. Er arbeitete, aber er vergaß darüber nicht zu leben.

Katharina versuchte, diese Bilder beiseite zu schieben. Sobald sie an Marina di Campo dachte, überfiel sie die Sehnsucht nach Sonne und Meer und nach Michele, aber nach dem anderen Michele. Der Winter erschien ihr in diesem Jahr besonders dunkel. Es war naßkalt, die Sonne schien selten. Sie vergrub sich in ihre Arbeit.

Wenn sie nur mit irgendeinem Menschen über ihre Probleme hätte reden können! Einmal fragte sie zögernd ihre Mutter: »Anna, hast du einen Augenblick Zeit?« Aber die Mutter mußte zu einer Zeugniskonferenz. »Ist etwas Wichtiges, oder können wir morgen darüber sprechen? Entschuldige! Du weißt ja selbst, was im Augenblick in der Schule los ist.«

»Natürlich, Anna«, sagte Katharina und zog sich wieder in ihr Zimmer zurück. Sollte sie sich an Gabriele wenden? Die hatte überhaupt kein Verständnis. Die würde wieder sagen: »Ein Italiener? Ein einfacher Arbeiter?« Die war im Grunde genauso spießig wie Frank, obwohl beide immer behaupteten, daß sie ›progressiv‹ dächten. Sollte sie sich an den Vater wenden? Wenn man einen günstigen Augenblick fände! Aber auch er hatte in den letzten Wochen viel zu tun und blieb abends länger in der Bank als sonst. »Ich warte nur darauf, daß einmal für die Leute in den leitenden Stellungen der Achtstundentag eingeführt wird«, pflegte er zu sagen. »Arbeiter hätte man werden sollen! Dann hätte man ein ungestörtes Wochenende und hätte seinen Feierabend. Zum Beispiel Fliesenleger!«

Kai hatte ihm vorgeschlagen: »Ich kann das ja noch werden, Chef! Dann ersparst du dir Kosten und Ärger für meine Ausbildung!«

Kai war der einzige, der dafür sorgte, daß in diesem Winter bei den Sonntags hin und wieder gelacht wurde. Er hatte auch weder Versetzungsschwierigkeiten noch andere Sorgen.

Während der ganzen Zeit versuchte Michele nur ein einziges Mal, Katharina zu Hause anzurufen. Frau Sonntag war am Apparat, »Ach, Sie sind es, Michele! Nein, Katharina ist nicht da, was gibt es? Soll ich etwas ausrichten?« Sie sprach schnell. So rasch fand Michele keine Worte. Er war befangen, er telefonierte zum erstenmal von einer deutschen Telefonzelle aus. »Sagen, Michele telefonieren. Genug. Dann wissen alles.«

»Gut! Ich will es ihr bestellen. Auf Wiedersehen, Michele!« Sie hängte auf. Sie hätte sich erkundigen sollen, wie es ihm in der Zwischenzeit ergangen war, sagte sie sich hinterher. Es tat ihr leid, aber nun war es zu spät. Außerdem war sie gerade auf dem Weg zu einer Elternversammlung.

Sie vergaß sogar, Katharina etwas von Micheles Anruf zu sagen.

Michele verbringt fast jeden Sonntag auf dem Hauptbahnhof. Viele ausländische Arbeiter tun das. Sie leiden unter Heimweh. Sonntags überfällt es sie am schlimmsten. Sonntagsheimweh. Kassel hat einen Kopfbahnhof. Meist steht Michele auf dem Querbahnsteig, dort, wo die Geleise enden. Er sieht den stählernen Schienensträngen nach, bis dorthin, wo sie abbiegen und seinen Blicken entschwinden. Diese Geleise verbinden ihn mit der Heimat.

Er steht oft lange vor einer der Tafeln mit den Abfahrtszeiten der Züge, steht, bis ihn jemand beiseite schiebt. Er liest den Fahrplan von Anfang bis Ende, immer wieder. Längst kann er alle Züge, die nach Italien fahren, auswendig. Er weiß, wann man in Frankfurt, wann in Basel umsteigen muß. Sogar die Kurswagen kennt er.

D 370 10.08 Schweiz-Express. Marburg, Frankfurt,
Freiburg i. Br., Basel, Chur. Kurswagen nach

Milano (22.15)
D 578 15.44 Frankfurt, Basel, Mailand (Milano)
5.05, Genua (Genova) 9.05

Milano — Bologna — Livorno — Piombino! Von Piombino aus konnte man bereits die Insel Elba sehen. In vierundzwanzig Stunden könnte er zu Hause sein . . .

Er steht mit anderen Italienern zusammen, einige trifft er immer wieder, die meisten stammen aus Süditalien. Sie fragen ihn, warum er nicht in Milano oder Torino arbeite, er habe doch etwas gelernt, dort gebe es Arbeitsplätze. Sie selber hätten nichts gelernt, sie müßten jede Arbeit annehmen. Michele gesteht ihnen, daß er wegen eines Mädchens nach Deutschland gekommen ist. Er liebe sie, aber sie habe einen deutschen Freund. Die anderen Männer haben ebenfalls keine guten Erfahrungen mit deutschen Mädchen gemacht.

Sie tauschen ihre Erfahrungen und Enttäuschungen aus. Für eine Weile verwandelt sich die Bahnhofshalle in eine Piazza. Michele kann italienisch sprechen, das tut ihm wohl. Noch immer strengt es ihn an, wenn er sich auf deutsch verständlich machen muß. Er hat wenig Gelegenheit, deutsch zu sprechen. Er kauft sich eine italienische Zeitung, trinkt einen Espresso.

Wenn er am späten Nachmittag in sein ›Wohnheim‹ zurückkehrt, ist er niedergeschlagen. Er ist schließlich nicht nach Deutschland gekommen, um auf dem Bahnhof mit Italienern zu sprechen! Er wollte die Welt kennenlernen. Und nun kennt er in Kassel den Bahnhof, seine Firma, ein paar Straßen. Als Schüler hat er einmal eine Fahrt nach Turin mitgemacht, und einmal ist er in Livorno gewesen, sonst kennt er nichts von der Welt. Es schien ihm wichtig, daß man vieles sah, viele Menschen kennenlernt, und daß man beobachtet, wie andere Menschen lebten, und daß man mit anderen Menschen sprach. Wie sollte man sie sonst verstehen lernen? Er wollte die Welt nicht nur aus der Zeitung und vom Bildschirm kennenlernen. Aber wie sollte man es anstellen? Er lernte niemanden kennen. Er war als Gastarbeiter ein Außenseiter. Er fühlte sich ausgestoßen. An der Tankstelle in Portoferraio hatte er mehr gesehen und gelernt als hier. Autos aus fremden Ländern, fremde Sprachen. Wenn er wenigstens seine Vespa noch hätte, und wenn Katharina mitführe! Wenn sie wieder hinter ihm auf der Vespa säße, sich mit dem Arm an ihm festhielte und in den Kurven ihr Gesicht an seinen Rücken lehnte . . .

Er geht einsam durch die Straßen. Alle sind zu zweien, denkt er, nur er ist allein. Die anderen gehen in Restaurants, aber er muß sparen! Sie gehen zu zweien in ihre Häuser, er muß in die Baracke zurückkehren.

Er steht auf der Fuldabrücke, sieht ins Wasser und wartet, daß es Nacht wird. Zeit zum Schlafen.

»Eine halbe Stunde, Cata! Nicht viel Zeit!« Michele bettelt. Wieder hat er auf sie gewartet. Diesmal ist sie allein. Er will einen Spaziergang mit ihr machen. Niemand wird sie sehen, es ist dunkel, dort trifft man keine anderen Leute.

Katharina gibt nach. Wenn ihm soviel daran lag! Die Läden waren bereits geschlossen, die Straßen weitgehend leer. In der Stadt war es ruhig geworden.

Michele hatte sich inzwischen einen Mantel gekauft; nicht wegen der Kälte, sondern Katharina zuliebe, damit sie sich seinetwegen nicht schämen sollte. Er fragt: »Mantel — gut?«

Keiner ihrer Freunde trägt einen solchen Mantel. Er ist spießig. Sie sagt: »Doch, es ist ein schöner Mantel.« Aber Michele glaubt ihr nicht, er wird unsicher. »Was ist falsch an Mantel! War teuer!«

»Hauptsache, du frierst nicht.«

»Trotzdem frieren. Mit Mantel, ohne Mantel, dasselbe! Nur Sonne macht warm.« Seine Stimme klingt bitter, als er sagt: »Angela bekommen jetzt weniger Geld, bleiben dumm, aber Michele hat Mantel.«

»Du hast den Mantel hoffentlich nicht meinetwegen gekauft?« fragt Katharina mißtrauisch.

»Doch! Für Cata!«

Sie ist bestürzt darüber, daß Michele ihretwegen einen Mantel gekauft hat, daß er sie immer und mit allem in Zusammenhang bringt. Alles war so kompliziert und bedrückend!

Sie gehen schweigend nebeneinander, kommen am alten Druselturm und an der Martinskirche vorbei, durchqueren die ehemalige Altstadt. Katharina fragt ihn, wohin er gehen wolle, in dieser Gegend sei doch nichts zu sehen. »Warten!« Michele tut geheimnisvoll. »Warten!« Er faßt sie bei der Hand und zieht sie mit sich.

Katharina ist beunruhigt, aber sie will es sich nicht eingestehen. Sie kommen am ehemaligen Marstall vorüber, an der alten Brüderkirche, Katharina gibt Erläuterungen wie ein Fremdenführer. ›Renaissance‹, ›Gotik‹. Michele sagt: »Nicht reden, Cata! Kann nicht verstehen so schnell.«

Selbst am Altmarkt, wo sich tagsüber der Verkehr staut, ist es jetzt stiller. Michele biegt in einen dunklen Fußweg ein, der zur Fulda führt.

Dann bleibt er plötzlich stehen. »Hier!« sagt er. Sie haben ein Rondell, eine kleine Bastion, erreicht, wenige Meter über dem Fluß. Hierhin geht er oft, fast an jedem Abend, sagt er. »Geruch wie in Marina di Campo. Ein bißchen wie zu Hause. Hier kann träumen: zu Hause! Wasser! Man hört Wasser. Riecht Wasser. Sieht Lichter in Wasser. Siehst du Lichter in Wasser, Cata? Lichter tanzen auf Wellen. Dort große Brücke, dort kleine Brücke. Hier kein Mensch. Am Abend ist schön hier! Voll Licht! Voll Geheimnis! Voll miracolo!«

Er setzt sich auf die Mauer. »Komm! Komm, laß träumen!« Er will sie an sich ziehen, aber sie wehrt sich.

»Nicht gut, daß kommen? Besser nicht kommen? Wir haben gesagt, sehen uns wieder! ›Il tempo fa passare l'amore.‹ Zeit läßt Liebe vergehen.« Wieder wickelt er eine Haarsträhne um den Finger, wie damals, als sie Abschied genommen haben. »Cava dell'Innamorata! Capolivieri! Sedia di Napoleone. Tutto dimenticato? Alles vergessen? Nocellino. Nonna? Nichts mehr wiedersehen, Cata? Im Sommer du kommen auf Insel. Dann alles wie voriges Jahr. Bald ist Winter vorbei. Wir fahren in Boot. Schwimmen in Bucht. Wir tanzen. Spielen Gitarre, wenn Mond steht über Monte Capane. Du wohnst zu Hause, Zimmer von Nonna. Wir brauchen kein Geld. Wann ist Schule fertig, dann fahren!«

Jedes Wort ist für Katharina angefüllt mit Erinnerungen und Verheißungen. Sommer auf Elba. Dann ist das Abitur vorbei. Keine Angst mehr —. Der Klang seiner Stimme, die Worte, die er ihr zuflüstert, der Geruch des Wassers, das Plätschern der Wellen verzaubern sie. Sie legt ihre Stirn an die seine.

Es hat angefangen zu regnen, sie gehen langsam weiter. Die Winterbäume stehen schwarz vor dem Himmel, der rot angehaucht ist von den Lichtern der Stadt. Sie frieren beide. Michele legt den Arm um sie, um sie zu wärmen. »Wird bald Sommer, Cata! Bald kommt Sonne wieder!«

Sie steigen eine Treppe hinunter, gehen auf die Fußgängerbrücke zu, die an Drahtseilen hängt. »Komm, Cata! Komm auf Brücke!«

In der Mitte der Brücke bleibt er stehen. Er veranlaßt sie, sich neben ihn zu stellen, eine Hand am Brückengeländer, eine Hand in der Hand des anderen, den einen Fuß vor-, den anderen zurückgestellt, im Takt verlagern sie das Gewicht. Die Brücke setzt sich in Bewegung und fängt an zu schwingen.

»Wie Boot! Spürst du, wie Boot«, sagt Michele. »Fluß wird Meer, und Brücke wird Boot. Komm, Cata! Fahren in Boot, fahren über Meer, fahren weit fort, weit fort. Schließ Augen, Cata! Wir fahren — wir fahren . . .«

Eine Ewigkeit lang fahren sie übers Meer. Dann dringen plötzlich Stimmen in ihren Traum.

»Lassen Sie das sein! Stehen Sie sofort still! Das ist doch unverantwortlich!«

Die beiden halten inne, die Brücke schwingt weiter.

»Hören Sie auf, sonst hole ich die Polizei!«

Katharina und Michele drängen sich dicht nebeneinander ans Brückengeländer. Allmählich schwingt die Brücke aus und hängt wieder still in ihrer Verankerung. Dic Leute nähern sich, ein Mann und eine Frau. Die Frau sagt beschwichtigend: »Laß doch! Es sind junge Leute, die machen das aus Übermut.«

Der Mann: »Die wollen alles zerstören, die wollen nichts als zerstören! Bis die Brücke kaputt ist!

»Brücke nix kaputt, Herr!« sagt Michele höflich.

»Nun hör dir das an! Auch noch Ausländer!« sagt der fremde Mann. »Immer diese Fremdarbeiter. Wer weiß, wo die herkommen. Von Kultur keine Ahnung!«

Katharina drückt Micheles Hand und hält ihn fest. Aber Michele macht sich los. Er sagt immer noch höflich und ruhig: »Wollen wissen, woher kommen? Italia, Isola d'Elba. Haben Brücken von Etruskern. Kennen Etrusker? Kennen Römer? Älter als ganze Stadt Kassel!«

»Die werden auch noch frech! Die sollten froh sein, daß wir ihnen Arbeit geben!«

»Machen Schmutzarbeit für euch! Machen, was keiner machen will in Deutschland.«

»Geh doch weiter!« drängt die Frau, »womöglich hat er ein Messer!«

Michele greift in die Hosentasche, zieht sein Messer hervor und läßt die Klinge aufspringen: »Hat Messer, Frau, wollen Messer sehen?«

Die Frau schreit. Katharina packt Michele am Arm. »Michele! Nein!«

Angst und Zorn schnüren ihr die Kehle zu. Sie zittert am ganzen Körper. Ihre Stimme bebt, als sie zu den fremden Leuten sagt: »Sie sind ja nur neidisch, weil Sie alt und dick sind und nicht mehr schaukeln können!«

Michele wirft das Messer ins Wasser und faßt Katharina am Arm. Er zieht sie fort. »Komm, Cata, laß Leute! Nicht streiten. Streiten macht alles kaputt!« Sie gehen Hand in Hand über die Brücke. Wieder gerät die Brücke ins Schwingen, aber dieses Mal merken sie es nicht.

Wieder stehen die beiden an dem Rondell und sehen hinunter in den dunklen Fluß. Der Regen hat aufgehört. Die Wolken haben sich geteilt. Ein paar blasse Sterne stehen am Himmel und spiegeln sich im Wasser.

»Wein nicht, Cata, wein nicht! Leute sind alt, können nicht mehr auf Brücke über Meer reisen. Wein nicht, Cata!« flüstert Michele. »War schön. War einmal schön. Ein einziger Abend in Fremde war schön. Nicht vergessen, bella Cata! Abend wie Traum. Jetzt singen!«

Er setzt sich auf die Mauer und breitet die Arme aus. »Ein Arm für Gitarre, ein Arm für Cata!« Michele ist glücklich. Er singt: »Go on, sing a Song of Joy . . .«

Die Begegnung an der Tankstelle

Als Katharina an jenem Abend nach Hause kam, saßen die Eltern noch im Wohnzimmer vor dem Bildschirm.

»Du bist ja naß, Katharina, deine Haare sind ganz feucht«, sagte die Mutter. »Warst du bei diesem Wetter draußen? Erkälte dich nur nicht, jetzt vorm Abitur!«

»Ich bin zu Fuß nach Hause gegangen«, antwortete Katharina.

»Hoffentlich nicht allein bei dieser Dunkelheit!« sagte der Vater.

»Nein!«

Katharina ging in ihr Zimmer und holte ihr Tagebuch hervor, in das sie seit dem Sommer keine Zeile mehr geschrieben hatte. Ohne sich hinzusetzen, schrieb sie: »Brücke wird Boot, und Fluß wird Meer — Wir fahren, wir fahren.«

Am nächsten Morgen las sie die Zeile noch einmal. Die Worte hatten ihren Glanz verloren. Katharina strich sie aus, klappte das Heft zu und schloß es wieder in die Schublade.

Michele behielt recht: Dieser Abend war wie ein Traum gewesen, und er verging wie ein Traum.

In den nächsten beiden Wochen wurden die schriftlichen Abitur-Arbeiten geschrieben. Katharina mußte sich darauf konzentrieren, auf nichts sonst. Die Mutter stellte ihr jeden Morgen ein Glas Orangensaft hin und legte eine Tafel Schokolade dazu. Mittags wurde Katharina von der ganzen Familie erwartungsvoll im Flur empfangen. Alle verwöhnten sie, alle nahmen Rücksicht auf sie. Der Vater setzte sich zu ihr, während sie ihr aufgewärmtes Mittagessen aß. Er fuhr sie am Abend auf die Wilhelmshöhe und ging dort mit ihr spazieren. Anschließend bereitete sie sich noch zwei Stunden auf das nächste Fach vor und ging dann schlafen.

Niemand aus ihrer Klasse saß während dieser Wochen im Café Rosenhang oder in der Diskothek. Meist rief Frank gegen neun Uhr noch einmal an. Seine Anrufe waren aber nur dazu angetan, Katharina noch nervöser zu machen. »Kati, sag mir bloß, worauf folgt der AcI?« Auch Katharina wußte es plötzlich nicht mehr. Nichts würde ihr am nächsten Tag einfallen! Sie würde ein ›Unbefriedigend‹ in Latein schreiben! Sie hörte, wie Kai in seinem Zimmer laut lateinische Vokabeln aufsagte. Es schien ihr plötzlich, als hätte sie von keiner dieser Vokabeln jemals gehört. Die Mutter gab ihr eine Schlaftablette, dann schlief sie traumlos, bis der Wecker schrillte, trank gehorsam den Orangensaft und nahm die Schokolade in die Schule mit.

Sie dachte in diesen beiden Wochen kaum an Michele. Sie hörte und sah nichts von ihm. Sie ahnte auch nicht, daß er an jedem Abend vor der Diskothek wartete, daß er zwischen dem Café und der Diskothek hin und her wechselte. Sie ahnte nicht, daß Michele annahm, nach jenem Abend auf der Brücke sei alles wieder gut.

Gleich am nächsten Tag hatte er sich einen Stadtplan sowie die neueste Ausgabe der ›Hessischen Allgemeinen Zeitung‹ gekauft und hatte die Rubrik ›Möblierte Zimmer‹ durchgesehen. Bei manchen Anzeigen war ausdrücklich vermerkt: ›Ausländer zwecklos.‹ Er schrieb sich einige der Adressen und Telefonnummern auf. Er wollte aus dem Ausländerlager herauskommen! Er wollte nicht länger mit acht Männern in einem Raum wohnen! Wenn er ein eigenes Zimmer besaß, brauchte er nicht mit Cata abends im Regen spazieren zu gehen. Dann brauchten sie nicht in Lokalen zu sitzen, wo es immer Streit gab.

Er führte einige Telefongespräche. Sobald die Vermieter seinen italienischen Akzent hörten, gaben sie an, das Zimmer sei bereits vermietet. Ein paar Adressen blieben übrig. Er fuhr kreuz und quer durch die Stadt. Die Zimmer waren meist bereits vermietet. »Da kommen Sie zu spät«, hieß es. Schließlich sagte eine Frau: »Wenn Sie soviel zahlen können!« Michele war sicher, daß sie ihm mindestens fünfzig Mark mehr abverlangte als einem Deutschen. Trotzdem mietete er das Zimmer. Er zahlte im voraus. Wenn er in Zukunft morgens und abends nur Brot und Margarine aß, würde er es schaffen. Er begann zu rechnen. Er mußte noch Bettwäsche kaufen und zwei Kaffeetassen, einen elektrischen Kocher, zwei Gläser und Wein.

Am selben Tag noch machte er seine Einkäufe. Er besorgte eine Blumenvase und kaufte Tulpen. Gegen sieben Uhr ging er zum Café Rosenhang, dann zur Diskothek. Er rief bei Sonntags an, aber Cata war nicht da.

Als er mit dem Einrichten des Zimmers fertig war, wußte er nicht, was er tun sollte. Er starrte den Blumenstrauß an. Wenn er wenigstens ein Radio besessen hätte! Er hörte nichts als die Geräusche von der Straße, die Geräusche aus der Wohnung, fremde Stimmen aus einem Fernsehgerät, er hörte das Wasser rauschen aus dem Badezimmer, dann wurde es still. Er legte sich auf sein Bett, dachte an Cata, träumte, grübelte, stand wieder auf und rechnete auf dem Rand der Zeitung: Der normale Lohn und der Lohn für die Überstunden. Er zog die Ausgaben ab, das Geld für Angela. Es reichte nicht! Er mußte sich eine Arbeit suchen, bei der er mehr verdienen konnte.

Am nächsten Tag ging er zum Arbeitsamt. Wenige Tage später wechselte er zum drittenmal den Arbeitsplatz.

Wenn er abends vergeblich versucht hatte, Katharina zu treffen, ging er zum Hauptbahnhof. Er wollte nicht in sein leeres Zimmer gehen. Er war es nicht gewohnt, allein zu sein. Die

Tulpen waren verwelkt, der Wein getrunken. Wenn er keine Landsleute traf, stellte er sich zu den Jugoslawen. Er lernte unter ihnen einen Mann kennen, der an einer Tankstelle arbeitete. Dieser Jugoslawe war bereit, mit seinem Chef zu sprechen; vielleicht konnte Michele am Wochenende aushelfen. Jetzt, wo es Frühling wurde, war wieder mehr zu tun.

Der Besitzer der Tankstelle erklärte sich damit einverstanden, daß Michele am Wochenende aushilfsweise an der Tankstelle arbeitete. Daran, daß Michele ein gelernter Mechaniker war, war er nicht interessiert. Er brauchte jemanden, der Benzin zapfte und Scheiben wusch, viel zahlen konnte er dafür nicht. Bei den hohen Benzinpreisen! Er bekäme ja Trinkgelder, meinte der Besitzer. Aber die Kunden gaben hier noch weniger Trinkgeld als auf Elba, wo sie in Ferienstimmung waren. Hier waren sie ungeduldig und gereizt, es ging ihnen nicht schnell genug, sie sagten: »Voll!«, winkten nur mit der Hand, blieben hinterm Steuer sitzen, ließen sich bedienen und bedankten sich nicht einmal. Sie fuhren vor und fuhren ab, irgendwohin, wohin Michele nie kommen würde.

Die Tage werden länger, das Wetter wird besser, die Büsche werden grün, aber Michele wird von Tag zu Tag düsterer. Er steht oft untätig in der Fabrikhalle herum und wird von den Vorarbeitern angeschrien: »Arbeiten! Los! Italiano! Mach! Lauf! Schneller!« Er wirkt verstört und ängstlich. In der neuen Firma kennt ihn niemand. Hier arbeiten nur Türken, mit denen er kein Wort reden kann. Als er noch in der Baracke wohnte, fragte ihn wenigstens hin und wieder jemand: »Wie geht's.« Da wußten die anderen, wo er herkam und wie er hieß. Und man konnte sprechen und Radio hören.

Er kauft sich ein Radiogerät und kann deshalb in diesem Monat kein Geld nach Hause schicken. Er hat ein schlechtes Gewissen. Was werden sie von ihm denken, der Vater, die Mama und Angela?! Sie werden denken, er führe ein feineres Leben in Deutschland! Dabei lebte er wie ein Hund! Schlechter als ein Hund!

Enttäuschung und Verzweiflung stauen sich immer mehr in ihm an.

Er entschließt sich, es noch ein letztes Mal zu versuchen und mit Katharina Verbindung aufzunehmen. Er kauft Briefpapier und Briefmarken und schreibt einen Brief an sie: »Bella Cata! Wo bist du? Kann nix finden! Komm, Cata! Komm Sonntag zehn Uhr auf Brücke! Bitte! Michele.«

Am Samstagmittag hatte Katharina das schriftliche Abitur glücklich hinter sich gebracht. Sie atmete auf. Sie meinte auch, ihre Noten verbessert zu haben. Das Lernen hatte sich offensichtlich gelohnt.

Schon vor Wochen hatte sie mit Frank verabredet, daß sie am Sonntag nach dem schriftlichen Abitur zusammen eine Autotour unternehmen wollten. Herr Sonntag griff in die Brieftasche und gab ihr eine Zulage ›für besondere Leistungen‹. Sie beabsichtigen, nach Hamburg zu fahren, vielleicht sogar bis an die Nordsee. In Göttingen, hatten sie gehört, gastierte eine berühmte Band, vielleicht konnten sie die abends hören. Ihre Eltern waren einverstanden, sie wußten: Frank fuhr zwar schnell, aber nicht unbesonnen. Überhaupt war gegen Frank nichts einzuwenden! Schließlich war Katharina achtzehn Jahre alt. In wenigen Monaten würde sie das Elternhaus verlassen und in Köln studieren. »Dann haben wir sowieso keinen Einfluß mehr auf sie!« sagte Herr Sonntag, und seine Frau erwiderte: »Ich weiß. Es fällt mir nur sehr schwer, eine erwachsene Tochter zu haben.« — »Sagen wir halb erwachsen!«

Als Katharina am Sonntagmittag aufbrach, versammelte sich die ganze Familie im Flur und erteilte ihr Ratschläge. Kai sagte: »Bring mir ein Autogramm mit! Reiß ein Plakat ab!«

Herr Sonntag: »Ihr solltet für die Rückfahrt nicht die Autobahn benutzen. Ab 22 Uhr sind die Lastzüge unterwegs.«

Die Mutter nahm sie rasch in den Arm, gab ihr einen Kuß und sagte leise: »Sei brav, Kätzchen!«

Katharina lachte. »Wir fahren mal schnell nach Hamburg, und ihr tut, als wollte ich mich nach Amerika einschiffen. Mit Frank ›brav‹ zu sein ist kein Kunststück. Ihr könntet mich mit dem Vorsitzenden der Jugendstrafkammer reisen lassen, das wäre bestimmt gefährlicher.«

Frank fuhr mit einem neuen Sportwagen vor, ein Geschenk seines Vaters. Ursprünglich hatte er den Wagen erst zum bestandenen Abitur bekommen sollen, aber nun war er vorzeitig geliefert worden.

Die Sonne schien. Der Pudel Anton saß zwischen Frank und Katharina, sein rotes Halsband paßte genau zur Farbe des Wagens. Mit ihren wehenden blonden Haaren sahen die beiden aus, als wollten sie eine Reklamefahrt für diesen Autotyp unternehmen. Frank schaltete das Autoradio ein, gab Gas und fuhr davon. Katharina winkte strahlend zurück, die Eltern standen am Fenster.

Michele wartete bereits ab neun Uhr auf der Brücke. Er starrte ins Wasser. Ein paar Paddelboote glitten unter der Brücke hindurch, Kinder fuhren mit Tretbooten. Der Himmel war südlich blau, weiße Wolken spiegelten sich im Fluß, die Zweige der Weiden am Ufer wehten hellgrün im Frühlingswind.

Um zehn Uhr stand Michele immer noch am Geländer. Die Fußgänger, die vorübergingen, blickten ihn prüfend an. Wollte der Mann ins Wasser springen? Müßte man die Polizei benachrichtigen?

Er stand um elf Uhr noch immer dort. Bald darauf ging er weg, weil er um zwölf Uhr den Dienst an der Tankstelle antreten mußte.

Er tat seine Arbeit, sagte aber nur das Nötigste, fragte: »Voll?« und sagte mechanisch: »Gute Fahrt!« Gab man ihm ein Trinkgeld, bedankte er sich ohne das kleinste Lächeln.

Gegen zwei Uhr fährt ein roter Sportwagen an der Tankstelle vor. Ein junger Mann sitzt am Steuer, ein Mädchen sitzt neben ihm, zwischen ihnen sitzt ein schwarzer Pudel.

Das Mädchen sagt: »Fahr doch weiter! Tank an der nächsten Tankstelle!« Der junge Mann fragt: »Warum?«, parkt vor der Tanksäule und sagt nachlässig: »Voll!« Er winkt bereits mit dem Geldschein. Michele rührt sich nicht. Der junge Mann fragt: »Verstehen Sie kein Deutsch? Volltanken, Mann! Benzina!« Er wendet sich an das Mädchen: »Überall diese Ausländer! Was starrt er dich denn so an? Was ist los, Kati? Kennst du den Kerl?«

»Fahr doch weiter, Frank, bitte!«

»Ich denke nicht daran! Ich bin hier der Kunde!« Er hupt.

Michele greift langsam zum Benzinschlauch. Für einen Augenblick sieht es so aus, als wolle er den Benzinstrahl auf Franks Gesicht richten, der hebt bereits den Arm schützend hoch, aber Michele führt den Schlauch ordnungsgemäß in den Tank, wartet, bis er vollgelaufen ist, schließt den Tank und läßt bei alledem Katharina nicht aus den Augen. Er liest die Literzahl und den Preis ab. Sein Gesicht ist unbeweglich.

Frank reicht ihm den Schein. Michele greift danach und gibt ihm das Wechselgeld zurück, hält ihm aber gleichzeitig die andere Hand geöffnet hin. Frank fragt ärgerlich: »Was denn noch?« Michele sagt laut und sieht dabei unverwandt Katharina an: »Trinkgeld! Muß leben!«

Frank ist empört. »Ist denn das die Möglichkeit! Das ist doch eine Frechheit!«

Katharina ist blaß geworden. Sie greift in ihre Jackentasche, nimmt ein Markstück und reicht es Michele. Der schlägt auf ihre Hand, das Geldstück fällt neben der Benzinsäule auf den Asphalt. Er schreit Katharina an: »Was denken? Denken, Michele ist stupido? Dumm? Sieht nix, versteht nix. Versteht alles! Du schämen, weil ich Arbeiter in Fabrik.« Er schlägt sich mit der Faust auf die Brust: »Du Abitur! Università! Du —« Seine Stimme überschlägt sich. »Du donna famosa! Berühmte Frau! Poetessa!« Er benutzt das Wort wie ein Schimpfwort. »Aber nix verstehen, du nix verstehen. Du dumm! Dumme Cata!«

Der Besitzer der Tankstelle kommt eilig herbei, die anderen Tankwarte kommen näher, die Kunden steigen aus ihren Autos, um besser zuhören zu können. Es bildet sich ein Zuschauerkreis um Franks Auto. Er will starten, er kann aber durch die Menschengruppe nicht hindurchfahren.

Michele drängt den Chef, der ihn wegziehen will, beiseite. Jetzt wird er reden. Einmal wird er seine Meinung sagen. Er ist lange genug still gewesen.

»Welt ist falsch!« sagt er laut. »Muß ändern! Menschen sind alle gleich! Erde ist überall gleich! Italien, Südamerika, Vietnam, Germania — alles Menschen! Alle gleich. Siamo tutti uomini. Wir sind alle Menschen. Schwarze Haut, weiße Haut, gelbe Haut. Farbe von Haut egal! Welt gehört nicht reichen Leuten. Welt gehört allen! Nicht Kommunist, nicht Kapitalist, nur Mensch. Alle leben wie Mensch! In Germania gehen spazieren mit Hund. Fahren Auto mit Hund.« Er zeigt auf den Pudel, der sofort anfängt zu bellen, Michele überschreit ihn: »Hund lebt wie Mensch in Germania. Und Gastarbeiter —? Wie Hund! Wie Hund in Italia! Machen ›ksch ksch ksch‹ vor fremden Menschen. Aber ›komm — komm — komm‹ vor Hund!«

Micheles Stimme ist leiser geworden. Er sieht nicht mehr zornig aus, sondern erschöpft und unglücklich. Keiner der Umstehenden sagt etwas. Der Besitzer der Tankstelle faßt ihn an der Schulter. »Nun reicht es aber. Sie können gehen! Auf der Stelle!« Zu Frank sagt er: »Entschuldigen Sie! Ist sonst alles in Ordnung? Benzin haben Sie?«

Frank winkt ab. Er hupt. Die Leute machen ihm Platz. Er gibt Gas.

Er fährt auf die Zubringerstraße, biegt auf die Autobahn Hannover-Hamburg ein. Er sagt kein Wort, Katharina sagt ebenfalls nichts. Sie sind bereits an der Ausfahrt Hannoversch-Münden vorbeigefahren, als Frank endlich fragt: »Willst du mir vielleicht erklären, was dieser Kerl von dir wollte?«

Katharina preßt die Lippen zusammen und starrt auf die Fahrbahn.

Frank tritt das Gaspedal durch, der Motor heult auf. Katharina klammert sich fest. Der Hund jault auf. Frank bremst ebenso heftig. Katharina fällt nach vorn und hält dabei den Hund fest. »Soll ich das wiederholen?« fragt Frank. Katharina schweigt.

»Wer war der Kerl? Kennst du ihn?«

»Ja.«

»Woher?«

»Von Elba. Ich habe ihn im vorigen Sommer kennengelernt. An einer Tankstelle.«

»Und was tut er hier?«

»Er ist als Gastarbeiter nach Deutschland gekommen. Bist du fertig mit deinem Verhör?«

Frank fragt unbeirrt weiter: »Deinetwegen?«

»Ich weiß nicht. Seine Schwester soll studieren. Er schickt Geld nach Hause.«

»Und das glaubst du? Diese Kerle sind doch arbeitsscheu! Sie suchen Streit, stellen den Frauen nach. Mein Vater hat völlig recht, wenn er in seinem Betrieb lieber einen deutschen Arbeiter als zwei Fremdarbeiter einstellt.«

»Ausländische Arbeitnehmer!« verbessert ihn Katharina.

»Das ist doch egal, wie man die nennt.«

»Nein, das ist nicht egal!«

»Sag mal, Kati, hast du was mit dem? Ich meine — gehabt?«

»Was du meinst — nein!«

»Das hätte mich auch gewundert! Ich verstehe einfach nicht,

was ein Mädchen an diesen schwarzhaarigen Kerlen findet.«

Katharina schweigt. Frank wirft ihr einen prüfenden Blick zu, doch sie sieht unverwandt geradeaus, Augen und Lippen zusammengekniffen.

»Soll ich langsamer fahren?«

»Wie du willst.«

Frank streckt ihr versöhnlich die Hand hin. »Komm, Kati, wir wollen uns doch dieses Kerls wegen nicht die Freude verderben lassen. Vergiß es!«

»Der Kerl heißt Michele Noce«, sagt Katharina.

»Ist mir ja recht! Es tut mir leid, daß er unseretwegen die Stelle verloren hat, aber du mußt doch zugeben, ich habe das nicht provoziert. Ich habe mich verhalten wie jeder andere Kunde.«

Katharina gibt es zu. »Wie jeder andere Kunde.«

»Sag das doch nicht mit einem solchen Unterton! Wollen wir umkehren? Kati! Hör mal, wie der Motor läuft! Das ist ein Wagen! Da steckt was unter der Haube! Vielleicht mache ich im Sommer eine Nordlandreise. Der Süden ist nichts für mich, zu heiß, zu arm, zu schmutzig. Aber Schweden, Norwegen oder auch Finnland. Vielleicht nehme ich das Zelt mit. Hast du Lust? Komm mit! Wenn wir Glück haben, gibt es irgendwo ein Festival. Geld spielt keine Rolle. Mein Vater ist nicht kleinlich, das reicht für uns beide.«

Frank dreht das Radio laut auf und sucht nach Musik. Die Beatles! John Lennon singt ›The long and winding road‹. Frank singt mit, legt den Arm um den Pudel, krault ihm das Fell, streckt den Arm ein Stück weiter aus, zieht Katharina näher zu sich, krault ihr ebenfalls den Hals. »Hund wie Mensch — Mensch wie Hund, gar nicht schlecht beobachtet. Diese Südländer haben mehr Beobachtungsgabe, als man denken sollte. Vermutlich ist das Instinkt.«

»Bitte, red nicht mehr davon!«

»Und denk du nicht mehr daran!« Er benutzt das Lenkrad als Schlagzeug und singt: ›The long and winding road.‹

»Was sollen wir eigentlich in Hamburg?« fragt er dann. »Warum fahren wir nicht durch die Lüneburger Heide?«

Eine halbe Stunde später parkt er den Wagen in Fallingbostel. Sie bummeln durch die Straßen. Frank nimmt Katharinas linke Hand und legt sie in seinen angewinkelten rechten Arm. Er gibt ihr die Hundeleine und sagt im Tonfall eines Familienvaters: »Weißt du, Liebchen, mit dem zweiten Kind sollten wir doch noch etwas warten!«

Katharina macht das Spiel mit und ahmt eine gelangweilte Gattin nach. »Der Hundefrisör hat das letztemal unseren Anton aber gar nicht so sorgfältig wie sonst geschoren. Ob ich ihm die Fußnägel passend zum Halsband lackieren soll? Was meinst du, Liebster?«

Sie sehen sich an, brechen in Lachen aus. Dann rennen sie ein Stück im Dauerlauf, bleiben an einem Brunnen stehen, Katharina bespritzt Frank und den Pudel. Der Pudel kläfft sie an und jagt mit ihr um den Brunnen. Sie taucht beide Arme tief in das eiskalte Wasser. Warum soll sie eigentlich mit Frank nicht eine Nordlandreise unternehmen? denkt sie. Der ganze Sommer liegt vor ihr. Keine Schule mehr. Sie vergißt, daß sie ein Praktikum als Sozialhelferin ableisten will. Sobald sich Micheles Gesicht vor Franks Gesicht schieben will, wischt sie es beiseite. Sie will jetzt nicht an ihn denken. Später, morgen, vielleicht morgen wird sie alles in Ordnung bringen.

Auf der Suche nach Michele

Katharina war spät nach Hause gekommen. Am nächsten Morgen mußte die Mutter sie mehrmals wecken, bis sie wach wurde. Der Unterricht in der Schule ging ja weiter, die Osterferien begannen erst in wenigen Tagen.

Als sie mittags nach Hause kam, fand sie den Brief Micheles vor. Sie entnahm daraus, daß er vergeblich auf sie gewartet haben mußte. Der Brief war bereits am Freitag eingeworfen worden. Sie ging am späten Nachmittag in das Café Rosenhang, in der Hoffnung, Michele dort zu treffen.

Sie wartete zwei Stunden, wurde immer unruhiger, ging ein paarmal bis an die Ecke der Gemäldegalerie.

Frank mußte sein neues Auto noch einmal in die Werkstatt fahren, und den übrigen Freunden fiel es nicht auf, daß sie nervös war. Abends suchte sie die Diskothek auf, stand aber die meiste Zeit vor der Tür und beobachtete die Straße. Wieder sahen alle ausländischen Arbeiter wie Michele aus. Ein paarmal lief sie auf einen von ihnen zu, bis sie im letzten Augenblick ihren Irrtum erkannte. Der Tag verging, ohne daß sie Michele getroffen hätte.

Am nächsten Tag entschloß sie sich, zu jener Tankstelle zu fahren, an der sie ihn angetroffen hatten. Sie mußte von der Straßenbahnhaltestelle aus noch eine halbe Stunde zu Fuß gehen. Mehrere Male hielten neben ihr Wagen an. Die Autofahrer glaubten, sie wolle trampen. Aber sie schüttelte jedesmal den Kopf und ging weiter.

Der Besitzer der Tankstelle erkundigte sich höflich, was er für sie tun könne. Sie fragte nach Michele Noce.

»Wer soll das sein?«

»Er hat hier gearbeitet.«

Der Besitzer schüttelte den Kopf. Aber dann erkannte er Katharina wieder: Hatte sie nicht in dem Sportwagen gesessen, mit dem schwarzen Pudel —?

»Ja! Deshalb bin ich hier!«

Der Besitzer bedauert, es tut ihm leid, aber er hat keine Ahnung, wie der Italiener hieß, konnte sein, daß er Michele Noce hieß, Papiere hatte er sich nicht geben lassen, er war nur zur Aushilfe dagewesen. Wer den Kunden frech kam, sagte er, mußte gehen, da half nichts, auch wenn man jetzt knapp mit Personal war.

Der Besitzer erinnert sich schließlich, daß der Jugoslawe den Italiener vermittelt hatte. Er ruft ihn, aber der Mann kann kaum ein paar Worte deutsch sprechen. »Michele —? Nein, weiß nix.« Er streitet alles ab, er scheint Angst zu haben. Erst als er sieht, wie ratlos das Mädchen ist, gibt er zu, Michele am Bahnhof getroffen zu haben.

Katharina fährt zum Hauptbahnhof. Inzwischen ist es später Nachmittag geworden. Sie geht von einer Ausländergruppe zur anderen. Die Männer werden auf sie aufmerksam. Schließlich faßt sie sich ein Herz und geht auf einen älteren Mann zu. Sie nennt Micheles Namen, sagt, daß er von Elba komme, ob ihn jemand kenne? Die Männer schütteln den Kopf. Aber sie lachen auch nicht, werden auch nicht zudringlich. Man schickt sie zu einer Gruppe von Italienern. Sie geht auf die Männer zu, die auf dem Querbahnsteig stehen. Wieder fragt sie nach Michele Noce. »Kennen Sie Michele Noce von der Isola d'Elba?« Sie versucht, ihn zu beschreiben, Größe, Haarfarbe. Er sieht aus wie alle die Männer, die sie in diesem Augenblick anstarren. Endlich fragte einer: »Was hat gemacht dieser Michele?«

»Nichts!« beteuert sie. »Nichts! Er ist fort! Ich weiß nicht, wo er ist!«

Der Italiener sagt, daß er mit ihm zusammen gearbeitet habe, aber Michele habe gekündigt, schon vor Wochen. Neue Firma. »Ich weiß nicht wo.« Er rät ihr, zum Arbeitsamt zu gehen, zu der Stelle für Gastarbeiter. Sie bedankt sich und beschließt, am nächsten Tag die betreffende Stelle aufzusuchen; für heute war es zu spät, die Dienstzeit der Behörden war längst zu Ende.

Wieder wartet sie vor dem Café Rosenhang. Sie geht nicht hinein, weil sie fürchtet, daß Frank da ist. Später steht sie noch eine Stunde lang gegenüber der Diskothek. Michele zeigt sich nicht. Ob er ihr vielleicht aus dem Wege ging? Sie vielleicht gar nicht mehr sehen wollte?

Für einen Augenblick beruhigt sie dieser Gedanke. Dann steigt die Angst wieder in ihr hoch. Wo war er? Sein Brief war ein Notruf. Wenn sie ihn schon am Sonnabend bekommen hätte und nicht erst am Montag, wäre sie zu dem Treffpunkt bestimmt gegangen! Doch gleich darauf sagt sie zu sich, daß sie wahrscheinlich doch nicht zu der Brücke gegangen wäre. Sie hätte nicht auf die Fahrt mit Franks neuem Auto verzichtet.

Je länger sie grübelt, desto deutlicher wird ihr bewußt: Sie ist schuld. Dabei weiß sie nicht einmal genau, woran sie schuld ist. Irgend etwas ist passiert. Sie spürt es.

Am nächsten Morgen blättert sie hastig die Zeitung durch und liest die Unfallmeldungen. Wenn er sich von der Brücke gestürzt hätte? ›Messerstechereien‹ liest sie und wird blaß. Sie verschüttet ihren Tee. Wie gut, daß er sein Messer weggeworfen hatte!

»Es wird Zeit!« sagt die Mutter. »Sei während der letzten Tage pünktlich!«

Am Mittag geht Katharina gleich nach der Schule zum Arbeitsamt. Ausländerstelle. Zunächst will man ihr keine Auskunft geben. Man fragt sie, in welchem Verhältnis sie zu diesem Mann stehe. Sie schildert wahrheitgemäß den Vorfall an der Tankstelle. Dieser Italiener hat ihretwegen seinen Arbeitsplatz verloren. Sie sagt, daß sie es wiedergutmachen möchte.

»Wie war der Name —?«

»Noce«, wiederholt sie. Der Angestellte findet die Karteikarte. »20 Jahre, Isola d'Elba?«

»Ja.« Katharina schöpft neue Hoffnung.

»Er hat den Arbeitsplatz mehrfach gewechselt. Zuletzt hat er in einer Firma in Sandershausen gearbeitet. Seit dem vergangenen Freitag hat er sich aber dort nicht mehr sehen lassen. Der Arbeitgeber hat ihn daraufhin abgemeldet.«

»Können Sie mir nicht sagen, wo er wohnt?«

»Besser hätte das Ihr Vater in Ordnung gebracht, Fräulein!«

Aber der Angestellte gibt ihr die Adresse.

Nach dem Mittagessen fährt sie in die Holländische Straße und klingelt an der Wohnungstür. Eine Frau öffnet, Katharina nennt Micheles Namen. »Wohnt er hier? Ist er da?« Sie ist so aufgeregt, daß sie kaum sprechen kann.

Die Frau schüttelt den Kopf. »Der ist weg!«

»Wohin?«

»Woher soll ich das wissen! Die kommen und gehen. Ich nehme keinen Ausländer mehr. Man weiß doch nie, wo die herkommen. Dieser — wie heißt er? — Michele, gegen den war nichts einzuwenden. Er war nur zum Schlafen da. Seit Sonntag ist er auch nicht mehr zum Schlafen gekommen. Die Miete hat er im voraus bezahlt, darauf muß man bei denen bestehen.«

»Wo ist er denn hin?«

»Also, Fräulein, darum müssen Sie sich schon selber kümmern.«

Die Wirtin schließt die Tür. Katharina klingelt noch einmal.

»Hat er sein Gepäck mitgenommen?«

»Gepäck? Die paar Klamotten! Tassen und Gläser stehen noch hier, auch die Blumenvase. Vielleicht kommt er ja noch mal. Aber der Koffer ist nicht mehr da und der Mantel auch nicht. Der ist sicher auf und davon. Wer weiß, was er angestellt hat.«

»Das hat er nicht! Das wissen Sie doch überhaupt nicht!« Katharina ist empört. Sie redet weiter, aber die Frau schlägt ihr die Tür vor der Nase zu.

Katharina ist ratlos! Sie weiß nun nicht mehr, wo sie noch suchen könnte. Sie geht entmutigt nach Hause. Ab morgen hat sie Ferien. In drei Tagen wird sie zum Skikurs in die Dolomiten fahren. Sie sitzt in ihrem Zimmer und starrt auf den Prospekt. Skilifte. Skihänge. Skihütte. Après-Ski. Blauer Himmel. Strahlende Sonne. Strahlendes Blau und strahlendes Weiß. Strahlendes Lächeln auf den gebräunten Gesichtern. Katharina zerreißt den Prospekt und wirft ihn in den Papierkorb.

Am ersten Tag der Schulferien pflegt sich Herr Sonntag das Frühstück selbst zuzubereiten. Die Schulkinder mußten ausschlafen. Seiner Frau brachte er eine Tasse Tee ans Bett und sagte freundlich: »So gut wie du möchte ich es auch mal haben!«

Frau Sonntag wollte gerade zu einer grundsätzlichen Stellungnahme über die Beanspruchung des Lehrers ansetzen: »Also wirklich, Karl Magnus, wenn irgend jemand wüßte, was ein Lehrer —«, aber ihr Mann beugte sich über sie, gab ihr einen Kuß und sagte: »Ich weiß es. Ruh dich aus, Mutter! Laß die beiden noch schlafen!«

Frau Sonntag ließ die beiden schlafen. Gegen zehn Uhr kam Kai zum Vorschein und frühstückte bis kurz vor Mittag. Bei Katharina blieb es weiterhin still. Gegen zwölf klopfte ihre Mutter leise an die Tür. »Katharina, wie ist das mit dir? Frühstück oder Mittagessen?« Sie bekam keine Antwort. Sollte sie sich eben weiter ausschlafen. Sie hatte in den letzten Tagen sehr abgespannt und müde ausgesehen.

Als Herr Sonntag zum Mittagessen kam, klopfte er ebenfalls an die Tür von Katharinas Zimmer. »Wie ist das mit Ihnen, Fräulein Tochter?« Keine Antwort.

Nach dem Essen sagte er: »Kai, sieh mal nach, was mit ihr los ist!« Kai sah nach.

»Die ist überhaupt nicht in ihrem Zimmer!«

»Hast du sie fortgehen hören, Kai?«

»Nein, du, Chef?«

»Irgend jemand muß —! Gestern abend ist sie doch zurückgekommen?«

»Natürlich, noch vor uns.«

Frau Sonntag geht in Katharinas Zimmer. Das Bett war gemacht. Aber ihr Bett machte Katharina sowieso immer selbst, bevor sie wegging. Trotzdem: Irgend etwas stimmte nicht, irgend etwas war anders als sonst. Frau Sonntag blickt sich im Zimmer um. Sie ruft ihren Mann: »Karl Magnus!«

»Also, Mutter! Ich muß weg! Sie wird gegangen sein, als du noch geschlafen hast. Hat sie gefrühstückt?«

»Das tut sie doch meistens nicht! Irgend etwas — ich habe so ein merkwürdiges Gefühl.

»Das kann nur ein Muttergefühl sein!« stellt Kai fest.

»Wieso kommt sie an ihrem ersten Ferientag nicht zum Mittagessen?«

»Vielleicht will sie wieder abnehmen. Also, keine Panik, ich muß fort. Sollte etwas sein, ruft mich an!« Herr Sonntag verläßt die Wohnung.

»Kai, hast du nichts gehört?«

Kai schüttelt den Kopf. »Hätte ich wieder meiner Schwester Hüter sein sollen?«

»Kai, laß das jetzt sein! Überlege lieber, was Katharina gestern alles getan hat.« Frau Sonntag schlägt die Couchdecke hoch, greift nach diesem und jenem Gegenstand, Schulmappe, Koffer, Bücher. Sie öffnet die Schranktür: Die Lammfelljacke hängt nicht drin. Sie fächert die Kleider durch. Wo war die Reisetasche?

»Kai, sieh nach, wo die karierte Reisetasche steht! Vielleicht im Flur oder im Bad?«

Nach einigen Minuten steht für Frau Sonntag fest, daß Katharina die Lammfelljacke trägt, die karierte Hose, das Polohemd und die neuen Wildlederschuhe. Die karierte Reisetasche ist nicht mehr da, auch nicht die braune Umhängetasche. Frau Sonntag sieht in den Schubladen nach. Der Bikini fehlt, auch der gelbe Pullover.

Sie ruft in der Bank an. »Karl Magnus! Katharina ist fort! Mit Gepäck!«

»Warum denn um alles in der Welt? Du, als ihre Mutter —«

»Du, als ihr Vater! Ich weiß es nicht! Sie war doch ganz normal, oder erinnerst du dich —?«

»Ich habe Kundschaft. Ich kann jetzt nicht ausführlich darüber sprechen.«

»Es geht schließlich um deine Tochter!«

»Um unsere Tochter! Sie ist erwachsen.«

Frau Sonntag legt den Hörer auf.

Kai stöbert in Katharinas Zimmer herum. Das ungehindert tun zu dürfen, hat er sich schon immer gewünscht. Die Schreibtischschublade ist abgeschlossen. Im Papierkorb entdeckt er den zerrissenen Prospekt über den Skikurs in den Dolomiten und den Pappdeckel eines Zeichenblocks. Der Atlas liegt auf dem Fußboden, aufgeschlagen: die Karte des nördlichen Sternenhimmels. Das gibt keinen Hinweis.

»Soll ich mal bei der Großmutter anrufen?« fragt Kai.

»Nein! Sie würde sich unnötig aufregen. Sie hat ein schwaches Herz. Außerdem sagt sie dann wieder, es läge nur daran, daß ich im Schuldienst arbeite und euch nicht die nötige Fürsorge zukommen lasse.«

Frau Sonntag bricht in Tränen aus. Kai tröstet sie. »Also, wir sind die reinen Fürsorgezöglinge!«

Das Telefon klingelt. Frau Sonntag hofft schon, Katharina könnte es sein, aber es ist ihr Mann. »Hast du inzwischen irgendeine Spur gefunden?«

»Nein, nichts!«

»Ich sehe zu, daß ich mich hier vertreten lasse. Ich bin in wenigen Minuten zu Hause.«

Frau Sonntag versucht, Gabriele anzurufen, aber die ist bereits abgereist, sie ist von ihrer Mutter persönlich in den Zug gesetzt worden. Diese weiß zwar nichts über Katharinas Verbleib, aber sie hat eine Reihe guter Ratschläge bereit. »Bespricht Ihre Tochter denn nicht alles mit Ihnen?« erkundigt sie sich.

»Nein«, sagt Frau Sonntag wahrheitsgemäß, »das tut sie nicht. Vieles, aber nicht alles.« Sie bedankt sich und legt den Hörer auf.

Sie sitzt neben dem Telefon und versucht sich zu erinnern, was am Tag zuvor gewesen war. War Katharina anders als sonst gewesen? Frau Sonntag kann nichts dergleichen feststellen. Sie war mit ihrem Mann in dem Vortrag gewesen. Nach ihrer Rückkehr hatte Katharina gute Nacht gesagt und war in ihr Zimmer gegangen.

Es fällt ihr ein, daß Katharina sie gefragt hat, ob sie etwas mit ihr besprechen könne. Aber wann war das gewesen? Und was hatte sie selbst geantwortet? Wenn es dringend gewesen wäre, hätte Katharina doch ein zweites Mal versucht, mit ihr zu sprechen. Oder war sie gekränkt? Sie sprach so selten über sich, war verschlossen. Wie wenig sie im Grunde von ihrer Tochter wußte!

Dann fällt ihr Frank ein. Sie wählt die Nummer. Zunächst meldet sich der Betrieb des Vaters, das Gespräch wird auf die Privatwohnung umgestellt. Franks Mutter ist am Apparat. Frau Sonntag bittet, Frank sprechen zu dürfen.

Seine Mutter zögert. »Ist irgend etwas nicht in Ordnung? Sie sind so erregt, Frau Sonntag.« Frau Sonntag gibt es zu.

»Ist etwas mit Katharina? Hat es mit meinem Sohn zu tun?«

Frau Sonntag wiederholt: »Ich hätte gern selbst mit Ihrem Sohn gesprochen!«

Frank kommt an den Apparat: »Ist etwas mit Katharina?«

»Das wollte ich Sie fragen, Frank! Sie ist fort! Sie hat keinerlei Nachricht hinterlassen. In zwei Tagen beginnt der Skikurs!«

»Ich weiß! Wir fahren ja zusammen.«

»Wann haben Sie Katharina zuletzt gesehen?«

Frank überlegt. »Gestern — Nein! Vorgestern! In der Schule. Und dann am Sonntag, als wir in der Heide waren.«

»Ist unterwegs irgend etwas vorgefallen?« Frau Sonntag fragt eindringlich. »Frank, ich bitte Sie, erinnern Sie sich!«

»Ich habe keine Ahnung, was los sein könnte. Katharina war ausgelassen. Wir hatten viel Spaß. Bestimmt, Frau Sonntag, es ist nichts passiert! Wenn Sie das meinen.«

»Danke, Frank. Das meinte ich eigentlich nicht.« Sie legt auf.

Herr Sonntag kommt gerade zur Wohnungstür herein. »Irgend etwas Neues?« fragt er.

»Nichts! Gabriele ist bereits fort, Frank weiß nichts, es scheint ihn auch nicht sonderlich zu interessieren.«

»Hast du mal im Schreibtisch nachgesehen?«

»Der Schreibtisch ist abgeschlossen.«

»Dann werden wir ihn eben aufbrechen.«

»Karl Mgnus! Wir haben immer die Geheimnisse unserer Kinder respektiert!«

»Und dies ist der Erfolg! Kai, hol die Werkzeugtasche.«

»Darf ich das machen, Chef?«

»Es handelt sich nicht um eine Veranstaltung zu deiner Ferienunterhaltung, mein Sohn!« Herr Sonntag nimmt das Stemmeisen und bricht die Schublade auf. Die Eltern sehen gemeinsam den Inhalt durch. Briefe von Daniela, ein ganzer Stoß, aber der letzte ist bereits mehrere Monate alt. Ein paar Halsketten, alte Füllhalter. Vier Kladden: Katharinas Tagebücher. Auf jeder stehen genau die Daten. Die letzte Kladde ist noch leer.

Frau Sonntag nimmt ein Heft nach dem anderen zur Hand und legt es beiseite. »Inseltagebuch, Isola d'Elba«, liest sie vor. »Wirklich, Karl Magnus, ich tu' das gar nicht gern!«

»Dann tu es ungern!«

Sie blättert das Heft durch. Eine Vogelfeder fällt heraus, ein Ölbaumzweig. Sie legt beides sorgfältig wieder in das Heft. Nur wenige Seiten sind beschrieben, eine Seite ist herausgerissen. Sie liest ein paar Zeilen: »Der Friedhof in Capolivieri . . .«

Sie klappt das Heft zu. Das Tagebuch führt auch nicht weiter.

»Da hilft jetzt nur eine Meldung bei der Polizei«, sagt Herr Sonntag.

»Nein!« sagt seine Frau.

»Die Polizei, dein Freund und Helfer!« sagt Kai.

»Halt den Mund!« schreit ihn sein Vater an.

»Seid nur immer schön freundlich zu eurem einzigen Sohn, sonst verläßt euch der auch noch!« Kai grinst. Er findet es ziemlich blöde, sich um Katharina Sorgen zu machen, nur weil sie mal ein paar Stunden nicht da ist.

Nach drei Tagen findet auch Kai, daß man sich Sorgen machen müsse.

Inzwischen hat Herr Sonntag eine Vermißtenanzeige aufgegeben. Eine Fahndung kann nicht erfolgen, da Katharina älter ist als achtzehn Jahre. Er hat vor der Polizei zugeben müssen, daß er keinerlei Anhaltspunkte über ihren vermutlichen Verbleib habe. Eine Meldung an die Zeitung hat er vorläufig untersagt. Er hat noch einmal — von Mann zu Mann — mit Frank gesprochen, aber der hat ihm nichts anderes mitgeteilt als das, was er bereits am Tag zuvor zu Frau Sonntag gesagt hat: Katharina war während der Autofahrt ausgelassen und lustig gewesen, sie hat in der Heide auf einer Seitenstraße seinen neuen Wagen gefahren. Frank brachte das Gespräch auf seinen neuen Sportwagen.

Herr Sonntag ruft in der Schule an, nur die Sekretärin ist noch anwesend. Er fragt nach dem Direktor, doch auch der ist bereits in die Ferien gefahren. Schließlich erreicht er die Klassenleiterin in ihrer Privatwohnung. Sie ist gerade dabei, die deutschen Aufsätze zu korrigieren.

»Eine vorzügliche Arbeit, die Ihre Tochter geschrieben hat. Ich dürfte Ihnen das zwar nicht sagen, aber Katharina ist sehr sprachbegabt, sie hat durchaus eigene Gedanken.« Sie ist der Ansicht, Herr Sonntag rufe wegen des Abiturs an, bis sie hört, daß es um etwas anderes geht: daß Katharina verschwunden ist. Die Klassenleiterin erschrickt, drückt ihre Teilnahme aus. Aber wahrgenommen hat auch sie nichts, sagt sie.

»Katharina war sehr eifrig. Sie hat sich in den letzten Wochen mehr als früher am Unterricht beteiligt. Mehr weiß ich nicht. Gewisse Anzeichen von Nervosität, das ja. Aber das gehört leider bei unserem Prüfungssystem dazu . . .«

Herr Sonntag hört nicht weiter zu. Über notwendige Schulreformen unterrichtet ihn seine Frau hinreichend. Er bedankt sich für das Gespräch und verspricht, eine Nachricht zu geben, sobald er etwas von Katharina erfährt.

Frau Sonntag wurde von Stunde zu Stunde verzweifelter und nervöser. Trotz der Beruhigungsmittel, die sie abends einnahm, schlief sie kaum. Sie grübelte. Alles, was sie in den letzten Jahren Katharina gegenüber falsch gemacht haben könnte, stand ihr vor Augen. Warum hatte das Kind keine Nachricht hinterlassen? Warum schrieb sie nicht! Wo sie doch so gewissenhaft war. Irgend etwas mußte ihr zugestoßen sein. Entführung, Erpressung, Vergewaltigung — was alles konnte es sein!

Sobald das Telefon klingelte, erschrak sie und war kaum noch in der Lage, den Hörer abzunehmen.

Am zweiten Tag nach Katharinas Verschwinden hatte sich Kai vor dem Mittagessen an den Eßtisch gesetzt und in der Bibel gelesen. Herr Sonntag kam nach Hause und sah ihn sitzen.

»Was liest du denn da?«

»Das Gleichnis vom verlorenen Sohn! Nur daß es sich bei uns um eine Tochter handelt und kein Kalb geschlachtet wird, weder für den Sohn, der zu Hause geblieben ist —«

Er erhielt die kräftigste Ohrfeige seit Jahren. Auch Herr Sonntag war nervös. Er hatte sich vorgenommen, die ruhigen Stunden des Karfreitags und Ostersamstags zur Erledigung liegengebliebener Arbeiten zu benutzen. Statt dessen saß er untätig und unruhig vor seinem Schreibtisch in dem menschenleeren Bankhaus.

Der dritte Tag verging. In Abständen von zwei Stunden hatte Herr Sonntag bisher zu Hause angerufen, das tat er jetzt nicht mehr. Es schien ihm zwecklos, die Nervosität seiner Frau zu erhöhen. Die Großmutter war inzwischen verständigt. Sie sagte zu ihrer Schwiegertochter: »Annemarie, ich habe dich von Anfang an gewarnt. Die Familie kommt zu kurz! Eine Frau, die Mann und Kinder hat —«

»— gehört ins 19. Jahrhundert!« Frau Sonntag reagierte ärgerlich. »Meinst du wirklich, daß Katharina jetzt hier säße, wenn ich immer zu Hause gewesen wäre? Außerdem war ich zu Hause, als sie wegging. Zufällig waren gerade Ferien!«

Kai unterzog das Zimmer seiner Schwester zum siebten Male mit der Genauigkeit eines Detektivs einer Untersuchung. Er blätterte die Bücher durch, er leerte die Mantel- und Jackentaschen. Er kippte Schubladen um, leerte den Papierkorb aus. Eintrittskarten und Programm des Beatkonzerts in Göttingen. Wahrhaftig, sie hatte an das Autogramm gedacht! Aber warum hatte sie es ihm nicht gegeben? Er hatte sie am Montag doch danach gefragt! Es fiel ihm ein, daß Katharina am Montag einen Brief erhalten hatte. Er fand den Umschlag im Papierkorb, er war in Kassel abgestempelt, trug aber keinen Absender. Die Adresse war mit verstellter Schrift geschrieben. Er zeigte den Umschlag seinem Vater. »Chef! Wenn man sie nun entführt hat? Du bist an einer Bank beschäftigt! Im Telefonbuch steht ›Bankkaufmann‹.« Kais Stimme überschlug sich vor Eifer. »Die Gangster melden sich bestimmt bei dir und verlangen Lösegeld! Wieviel die wohl für Katharina haben wollen? Wieviel würdet ihr wohl für sie anlegen?«

Der Vater unterbrach den Redeschwall des Sohnes. »Sieh lieber nach, ob du auch den Brief findest, der Umschlag allein hilft uns nicht weiter!«

Auch ihm schien die Adresse mit verstellter Schrift geschrieben zu sein. Kais Phantasie steckte ihn bereits an. Aber schließlich besaß er keine eigene Bank, sondern war nur ein Angestellter mit mittlerem Einkommen. Er blickte auf die Uhr.

Einen Brief mit der gleichen Schrift fand Kai nicht, aber etwas anderes. Er hielt zwei zusammengeknäulte Bogen Kohlepapier in der Hand. Jetzt erst fiel ihm ein, daß Katharina auf der Schreibmaschine getippt hatte. Er teilte es dem Vater mit: »Chef, an ihrem letzten Abend hat Katharina —

»Sag das doch nicht! An ihrem letzten Abend!« warf die Mutter ein.

»Ich meine ja, als sie zum letztenmal zu Hause war! Wo ist dein Spiegel, Anna? Ich will mal versuchen, ob ich das entziffern kann. Man kann da etwas lesen.«

Die Mutter holte einen Spiegel, und Kai buchstabierte langsam: »Liebe Nella! Wenn du diesen Brief bekommst, bin ich schon . . . Anna! Chef!« rief Kai laut. »Hier steht alles!«

Zu dritt beugten sie sich über das zerknitterte Kohlepapier. Frau Sonntag hielt den Spiegel, Kai las vor. Und Herr Sonntag schrieb auf, was Kai vorlas.

Es war mühsam, aber nach einer halben Stunde hatten sie den langen Brief neu geschrieben.

»... um nur gut handeln nicht zu dürfen.«

»Liebe Nella!

Wenn Du diesen Brief bekommst, bin ich schon jenseits der Alpen. Ich gehe von zu Hause fort. Bitte gib in drei Tagen meinen Eltern Nachricht, dann habe ich einen Vorsprung. Teile ihnen mit, daß ich nach Elba gefahren bin. Sie wissen dann, wo ich mich aufhalte. Warum ich dorthin fahre, würden sie nicht verstehen. Es hat keinen Zweck, es ihnen zu erklären. Sie würden mir verbieten, daß ich zu Michele fahre. So tue ich es zwar ohne ihr Wissen, aber nicht gegen ihren Willen.

Ich habe Dir im vorigen Sommer aus Elba einen Brief geschrieben. Erinnerst Du Dich an Michele? Im Januar ist er als Gastarbeiter nach Kassel gekommen, nur um in meiner Nähe zu sein. Ich habe mich ihm gegenüber unmöglich benommen! Er gefiel mir nicht mehr, seine Kleidung, sein Benehmen. Ich schämte mich, mit ihm gesehen zu werden. Ich kann es dir gar nicht erklären! Du kennst meine politische Einstellung! Im letzten Herbst hatte ich einen Aufsatz über die Gastarbeiter in Deutschland geschrieben, in dem ich mich für eine völlige Integration aussprach. Zum Schluß hatte ich geschrieben: ›Der Gastarbeiter, der bisher ein Bürger zweiter Ordnung ist, muß ein Bürger erster Ordnung werden, damit man überall in Europa nicht mehr Gast ist, sondern zu Hause.‹

Ich habe in den letzten Jahren gegen den Krieg in Vietnam und Biafra protestiert. Ich habe Transparente durch die Straßen getragen und Flugblätter verteilt. Aber das war alles weit weg und ging mich persönlich nichts an. In dem Augenblick, wo ich selbst gemeint war, wo es meine eigene bürgerliche Bequemlichkeit anging, habe ich nichts begriffen, habe ich völlig versagt. Auch bei mir war alles nur Theorie!

Jetzt ist Michele fort! Ohne Abschied! Ich bin schuld daran. Er muß auf seine Insel zurückgekehrt sein. Aus Enttäuschung über mich und über Deutschland. Ich fahre ihm nach. Ich fühle, daß ich das tun muß. Ich muß ihm beweisen, daß ich zu ihm halte. Zuerst habe ich gedacht, meine Mutter hätte wirklich recht. Sie sagte immer, ich sei in den Süden verliebt, in die Insel, in das Meer, in die Pinien. Ohne die Insel als Hintergrund war Michele ein ganz anderer Mensch. Ohne Glanz. Zu ihm gehört das alles: die Gitarre, die Sonne, die Zikaden. Auch seine Familie. Hier war er verlassen und arm. Und ich habe ihm nicht geholfen! Als wir auf Elba waren, hat er sich um uns gekümmert, nicht nur um mich! Ich war sogar eifersüchtig, weil er meiner Mutter in ihrem Garten half, mit meinem Bruder zum Schwimmen ging und für meinen Vater die Wasserleitung reparierte. Wir waren oft im Haus seiner Eltern zu Gast. Bei uns war er ein einziges Mal zum Kaffeetrinken. Meine Eltern haben ihn von oben herab behandelt, so wie man früher den Bräutigam der Köchin behandelt hat. Ich schämte mich für Michele und schämte mich für meine Eltern. Aber ich habe es selber ja nicht besser gemacht! Ich wollte nicht, daß man mich mit ihm in der Stadt sah. Ich bin ihm aus dem Weg gegangen. Ich war fast immer mit Frank zusammen. Eine Zeitlang dachte ich sogar, ich wäre in Frank verliebt.

Verstehst Du, daß ich das wieder in Ordnung bringen muß? Ich habe meine Tasche schon gepackt. Sobald mein Vater morgen früh in die Bank gegangen ist, schleiche ich mich aus der Wohnung. Ich muß trampen, wegen des teuren Fahrgeldes, aber auch, um meine Spuren zu verwischen. Keiner wird auf den Gedanken kommen, daß ich nach Elba fahre.

In der vorigen Woche haben wir die schriftlichen Arbeiten für das Abitur geschrieben. In Deutsch habe ich das Thema aus dem ›Nathan‹ genommen (Generationsproblem. Das Verhältnis Nathans des Weisen zu seiner Tochter Recha.)

›Begreifst du aber,
wieviel andächtig schwärmen leichter als
gut handeln ist? Wie gern der schlaffste Mensch
andächtig schwärmt, um nur — ist er zu Zeiten
sich schon der Absicht deutlich nicht bewußt —,
um nur gut handeln nicht zu dürfen —‹

Erinnerst Du Dich, das sagt Nathan zu seiner Tochter Recha. Ich bin genau wie diese Recha! Ich rede und rede! ›Andächtig schwärmen!‹ Alles ist bei mir Theorie, genau wie bei meinem Vater. Er singt in Italien ›ubi bene, ibi patria‹, wo ich mich wohlfühle, da bin ich zu Hause. Aber er ist nirgends zu Hause! Nur in seiner Bank.

Alle reden und schreiben von Europa. Dabei denken alle nur an ihre eigenen Vorteile. Keiner verwirklicht den Gedanken an Europa! Wir Jungen müssen den Anfang machen! Wir sind Europa! Michele und ich und seine Eltern und meine Eltern, wenn sie es nur verstehen würden, und mein Bruder Kai und Du! Michele hat es begriffen. Er denkt wie ich. Der Mensch muß sich ändern, jeder einzelne. Die Welt kann er nicht ändern. Er muß zuerst einmal sich selbst ändern. Endlich habe ich das begriffen! Und darum fahre ich zu ihm. Was werden soll? Ich weiß es nicht. Vielleicht weiß er es. Oder sein Vater. Er hat einen wunderbaren Vater! Dieser Cesare Noce kennt die Welt, obwohl er seine Werkstatt kaum verläßt. Er ist ein einfacher Dorfschuster.

Ich will nicht leben wie meine Eltern, eingesperrt in eine Vierzimmerwohnung, Vierpersonenhaushalt, vier Wochen Urlaub. Alles ist festgelegt und blockiert. Micheles Mutter hat mit vierzig Jahren noch einmal ein Kind gekriegt. Meine Eltern finden so etwas unzweckmäßig. Manchmal tun sie mir richtig leid. Sie ersticken in Pflichten und Verantwortung. Sie haben so wenig Freude. Ich habe ihnen auch wenig Freude gemacht, und wenn ich morgen früh heimlich weggehe, mache ich ihnen wieder Sorge und Kummer. Sicher haben sie einmal die gleichen Wünsche gehabt wie ich und haben sie dann begraben. Wenn ich heute abend mit ihnen reden würde, dann würden sie sagen: ›Werde du nur erst erwachsen! Deine Ideen sind nicht realisierbar.‹ Meine Eltern sind so vernünftig! Aber ich will nicht vernünftig sein! Vernunft ist das schlimmste. Vernunft ist nur ein aderes Wort für klein beigeben und Bequemlichkeit.

Ich spüre immer mehr, ich muß schreiben. Texte. Gedichte. Michele ist der einzige, der das versteht. ›con cuore‹, mit dem Herzen versteht er das. Er hat mich oft ›poetessa‹ genannt. Aber es genügt nicht, daß wir uns mit dem Herzen verstehen. Wir müssen uns auch mit dem Kopf verstehen! Immer habe ich verlangt, daß er Deutsch lernen soll. Warum lerne ich nicht Italienisch? Unsere Mißverständnisse rührten daher, daß wir nicht miteinander reden konnten. Wie soll man sich verstehen, wenn man sich nicht verständigen kann?

Ich bin der Ansicht, daß eine europäische Integration nur biologisch möglich ist. Heiraten über alle Grenzen hinweg! Wenn Michele mich heiraten will — ich würde ihn heiraten! Es wird so viel von einer künftigen klassenlosen Gesellschaft geredet, aber jeder bleibt in der Schicht, in die er hineingeboren wurde. Die Tochter eines Akademikers heiratet wieder einen Akademiker, der Arbeitersohn heiratet die Arbeitertochter. Der

Deutsche heiratet eine Deutsche.

Wenn kein Unterschied besteht, warum machen wir dann Unterschiede? Es ist nicht mein Verdienst, daß mein Vater Bankkaufmann ist und mich in ein Gymnasium schicken konnte, und es ist nicht Micheles Schuld, daß er so wenig gelernt hat. Michele hat Phantasie! Er kann fröhlich sein, und er kann traurig sein. Er kann spielen und ist trotzdem verantwortungsbewußt. Er ist nie langweilig! Er braucht viel Freiheit. Ich glaube, das ist das einzige, was er wirklich braucht.

Nella! Ich kann ihn Dir nicht beschreiben. Ich wollte, Du könntest ihn sehen! Wenn er auf seiner Vespa über die Insel fährt, dann gehört ihm die Welt.

Ich muß Schluß machen. Am liebsten würde ich die ganze Nacht lang schreiben, aber ich muß mich unauffällig benehmen. Meine Eltern sind in einem Vortrag. Sie müssen gleich nach Hause kommen. Das Klappern der Schreibmaschine könnte ihren Verdacht erwecken.

Wenn Du doch im vergangenen Winter hier gewesen wärst! Wenn ich jemanden gehabt hätte, mit dem ich in Ruhe hätte sprechen können!

Ich habe einen Durchschlag dieses Briefes mitgenommen. Falls mir unterwegs etwas passieren sollte . . .

Schreib mir nach Elba! Die Anschrift steht auf dem Umschlag.

Deine Cata (so nennt mich Michele)«

Zwei Stunden, nachdem die Sonntags den Brief entziffert hatten, rief Daniela bei ihnen an, um ihnen mitzuteilen, daß Katharina auf Elba wäre. Herr Sonntag sagte: »Danke, Daniela, wir wissen bereits Bescheid.«

Anschließend rief er bei der Polizei an und zog die Vermißtenanzeige zurück.

Abiturientin nach Elba

Katharina hatte mehrere große Schilder vorbereitet. Auf dem ersten stand ABITURIENTIN NACH FRANKFURT, auf dem nächsten ABITURIENTIN NACH BASEL, auf dem dritten ABITURIENTIN NACH MILANO. Auf den letzten Schildern stand nur noch das jeweilige Ziel: GENOVA. LIVORNO.

PIOMBINO. In Italien würde es ihr nichts mehr nutzen, wenn sie ›Abiturientin‹ dazuschrieb.

Nach zwei Stunden wartete sie immer noch an der Autobahnzufahrt Kassel-Mitte. Sie wagte kaum, ihr Pappschild hochzuhalten, weil sie fürchtete, Bekannte ihrer Eltern könnten sie erkennen. Als ein Streifenwagen der Polizei im Schritt an ihr vorüberfuhr und die Polizisten sie eingehend betrachteten, glaubte sie, daß man schon nach ihr fahnde. Aber dann lachte der eine der Polizisten und rief ihr »Viel Glück!« zu. Gleich darauf hatte sie Glück, ein Ehepaar aus Hamburg nahm sie bis Frankfurt mit.

Bis Basel ging alles gut. Dreimal mußte sie das Auto wechseln. Jedesmal hatte sie sich an einer Tankstelle absetzen lassen; dort konnte sie sich die Fahrer aussuchen, und die Fahrer konnten sich ihrerseits das Mädchen ansehen, das nach Basel wollte.

Schweizerische Grenze. Paßkontrolle. Alles ging gut. Das Ehepaar aus Köln setzte sie gleich hinter dem Schlagbaum ab. Sie wollten nach Frankreich weiterfahren und wünschten Katharina viel Glück. Das Glück erschien umgehend in Gestalt eines älteren Herrn, der seinen Wagen neben ihr anhielt und Katharina von oben bis unten kritisch musterte.

»Wohin willst du denn?« Er duzte sie. Er hielt sie für fünfzehn Jahre alt, wie sich später herausstellte.

Katharina antwortete: »Richtung Milano!« Sie hatte ihre Schilder noch nicht ausgewechselt.

»Steig ein!« befahl er. Er fuhr sehr langsam. Bei dieser Geschwindigkeit würde sie erst in zwei Tagen in Mailand eintreffen! Sie bereute es, sich einem einzelnen Herrn anvertraut zu haben. Ehepaare schienen ihr geeigneter zu sein. Sie schielte besorgt zur Seite. Er beobachtete sie ebenfalls.

»Also, wohin willst du nun wirklich?«

»Ich bin achtzehn!« sagte Katharina.

Der Herr blieb trotzdem beim Du. Er sprach schweizerischen Dialekt. »Wissen deine Eltern, daß du nach Italien unterwegs bist?«

»Natürlich!« log Katharina.

Daraufhin hielt er ihr eingehend die Gefahren vor Augen, denen sich ein junges Mädchen aussetze, wenn es allein in den Süden trampt.

Er fuhr noch langsamer, Richtung Innenstadt.

Wo wollte er eigentlich mit ihr hin? Sie mußte doch die Ausfahrtstraße nach Zürich erreichen, wollte an diesem Abend bis Zürich kommen, um dort im Wartesaal zu übernachten. Vielleicht gab es auch eine Bahnhofsmission. Und jetzt saß sie hier in Basel fest!

Katharina sagte höflich: »Lassen Sie mich ruhig wieder aussteigen, ich finde schon jemanden, der mich mitnimmt.«

»Es wird in einer Stunde dunkel!« sagte der Herr und setzte die Fahrt fort.

Auf einem Parkplatz hielt er an. Er befahl: »Steig aus! Nimm deine Tasche!«

»Was soll ich denn hier?« Katharina war ängstlich, aber auch ärgerlich.

»Das wirst du gleich sehen!«

Wenn er jetzt nur nicht die Schweizer Polizei verständigt, dachte Katharina. »Hören Sie, ich habe eine Schwester im Tessin, zu der will ich!« sagte sie.

»Wo wohnt sie?«

»Am Lago Maggiore! In Ronco. Sie hat dort ein Ferienhaus!«

»Komm mit!«

Katharina sah keine andere Möglichkeit, als mitzukommen. Sie durfte kein Aufsehen erregen, vielleicht war es in der Schweiz sogar verboten zu trampen.

Jetzt erst merkte sie, daß sie bereits eine Bahnhofshalle durchquerten. Der Herr ging zum Fahrkartenschalter.

Katharina sagte: »Ich habe aber kein Geld für eine Fahrkarte!« Wenn er ihr jetzt nur keine Fahrkarte nach Kassel kaufte und sie nach Deutschland abschob! Dann konnte sie erst in Freiburg wieder aussteigen! Aber er kaufte ihr eine Fahrkarte nach Bellinzona! Er händigte ihr sogar das Wechselgeld aus und gab ihr eine Reihe Ermahnungen mit.

Katharina stotterte: »Aber ich kann Ihnen das Geld höchstens . . .«

Er unterbrach sie. »Fini! Ein Mädchen wie du gehört nicht auf die Straße. Es ist unverantwortlich von deinen Eltern. Du solltest selbst so viel Verstand haben . . .«

Er fing mit seinen Ermahnungen wieder von vorne an. Dann befahl er: »Komm mit!« Er brachte sie auf den Bahnsteig und kaufte ihr an einem Verkaufsstand eine Tüte mit Basler Lekkerli. »Damit du wenigstens etwas von Basel kennenlernst.«

Er wartete, bis der Zug abfuhr, und winkte sogar.

Katharina setzte sich erleichtert auf einen Fensterplatz. Bellinzona! Sie wußte zwar nicht, wo dieser Ort lag, aber der Name klang italienisch, er mußte schon jenseits der Alpen liegen.

In Bellinzona saß sie bis zum frühen Morgen fest. Sie kaute an den trockenen Basler Leckerli und trank alle zwei Stunden eine Tasse Kaffee. Sie versuchte, mit Einheimischen ein paar Sätze italienisch zu sprechen. Es gelang ihr besser, als sie befürchtet hatte. Sie verstand sogar, was man ihr antwortete. Eine Weile lag sie, die Reisetasche unterm Kopf, auf einer Bank in einem Warteraum, bis die Bahnpolizei kam und nach ihrem Ausweis verlangte. Wieder gab sie an, daß ihre Tante aus Ronco sie morgen früh hier abholen würde. Allmählich glaubte sie selbst daran, eine Tante in Ronco zu besitzen. Wenn sie nur erst aus der Schweiz heraus wäre! In Italien würde sich sicher keiner mehr um sie kümmern. Im Bahnhofsraum hing eine Karte mit dem Eisenbahnnetz der Schweiz, die Autobahnen waren nicht eingezeichnet. Katharina konnte sich nicht vorstellen, wie sie von Bellinzona auf die ›Strada del Sole‹ gelangen sollte. Sie erkundigte sich am Fahrkartenschalter, wieviel eine Fahrkarte nach Chiasso kostete, kaufte eine und fuhr mit dem nächsten Zug bis Chiasso. Jetzt war sie wenigstens in Italien.

Im Bahnhofsgebäude von Chiasso nahm sie ihr Schild MILANO aus der Tasche. Nach der schlaflosen Nacht fühlte sie sich müde und mutlos. Es regnete ein wenig. In den Gärten blühten die Obstbäume. Sie stellte sich unter das Vordach des Bahnhofs und lehnte das Schild gegen ihre Reisetasche. Ein paarmal wurde sie angesprochen. Einige lachten ihr zu, einige pfiffen, wieder rief man ›Bella‹ und ›Bionda‹.

Am Mittag stand sie immer noch am Bahnhof.

Es wurde ihr klar: Sie mußte vom Bahnhof wegkommen, mußte schauen, daß sie auf eine Autostraße kam!

Sie machte sich auf den Weg. Nach ein paar hundert Metern lief ihr das Regenwasser den Hals hinunter. Ihre Felljacke wurde schwer vom Wasser und roch nach nassen Schafen. Ihre Reisetasche erwies sich als zu schwer zum Tragen. Die Schrift auf ihrem Schild lief aus und wurde unlesbar.

An einer Straßenecke standen ein Junge und ein Mädchen mit Rucksäcken. Das Mädchen rief Katharina zu: »Italia?« Katharina nickte. Sie radebrechten auf italienisch, daß das Wetter schlecht wäre und daß man heute überhaupt nicht weiterkäme, bis sie feststellten, daß sie alle Deutsche waren. Sie lachten und beschlossen, beieinander zu bleiben und gemeinsam zu trampen. Vielleicht fände man einen Lastwagen. Sie suchten nach einem Restaurant, vor dem Lastzüge parkten. Es war Mittagszeit. Eine Stunde später saßen alle drei in einem Lastkraftwagen .aus Piacenza, der leere Weinfässer geladen hatte. In Mailand trennte sich Katharina von ihren deutschen Begleitern, da diese nach Venedig weiterfahren wollten.

Der Fahrer und der Beifahrer erklärten sich bereit, Katharina bis Piacenza mitzunehmen. Der Ort lag auf ihrer Route. Sie hatte den Männern erzählt, daß sie einen Freund auf Elba habe. Sie teilten ihr Brot mit ihr und sorgten dafür, daß sie in Piacenza an einer Tankstelle wieder jemanden fand, der sie bis Genua mitnahm.

Katharinas Berechnungen erwiesen sich als richtig. Am dritten Tag ihrer Reise kam sie nachmittags in Piombino an. Eine deutsche Familie aus München, die in Procchio auf Elba ein Ferienhaus gemietet hatte, nahm sie von Livorno aus bis an den Hafen mit.

Am Hafen mußte Katharina eine Stunde lang auf das nächste Fährschiff warten. Schon konnte sie in der Ferne die Umrisse der Insel erkennen. Von Minute zu Minute steigerte sich ihre Erregung. Sie verabschiedete sich von der Familie aus München. Auf dem letzten Stück der Reise wollte sie allein sein.

Von dem Augenblick an, in dem sie in Genua das Meer wiedergesehen hat, ist die Beklommenheit verschwunden. Sie strahlt Freude aus. Die Leute drehen sich nach ihr um, pfeifen, lachen ihr zu, und sie lacht zurück. Sie ist eingehüllt in Freude, nichts kann ihr mehr geschehen. Sie braucht keine Angst zu haben, das spürt sie.

Während der ganzen Überfahrt steht sie am Bug des Schiffes und sieht ihrem Ziel entgegen. Wieder weht ihr Haar im Fahrtwind, aber diesmal schließt sie nicht die Augen wie im vorigen Sommer. Sie feiert Wiedersehen. Der Monte Capane! Der Monte Serra! Dort liegt schon Cavo. Auf jenem Felsen hatte Michele gestanden und ihr zum Abschied mit seinem roten Hemd gewinkt. Der andere Michele!

Das Schiff ist überfüllt. Überall hört Katharina das Wort ›Pasqua‹. Sie weiß nicht, was es heißt.

Der Himmel ist tiefblau, die Sonne wärmt, aber der Wind ist

noch kühl, und das Meer ist bewegt.

Ein Italiener spricht sie an. Er trägt einen großen Henkelkorb. Er lüftet das Tuch, das er darübergebreitet hat, und läßt sie hineinsehen: kleine buntgefärbte Küken, höchstens zwei bis drei Tage alt. Sie plustern ihre bunten Federn auf, recken hungrig die Hälse hoch und sperren die Schnäbel auf. Der Mann fordert Katharina auf, sich ein Küken aus dem Korb zu nehmen. Katharina folgte der Aufforderung, nimmt sich eines und haucht ihren Atem gegen das kleine Köpfchen. Noch nie in ihrem Leben hatte sie ein lebendiges Küken in der Hand gehabt, geschweige ein gefärbtes. Sie sieht den Händler ratlos an. »Perchè?« fragt sie ihn, warum sind die Küken bunt? »Pasqua!« sagt er. Pasqua! Schon wieder dieses Wort! Sie versteht von dem, was er weiterhin sagt, nur noch Dekoration und Tisch. Endlich begreift sie: Morgen war Ostern! Deshalb war das Schiff so überfüllt, deshalb fuhren so viele Menschen auf die Insel, deshalb waren alle so fröhlich, deshalb die Musik und deshalb die bunten Küken! Es mußte sich um eine Ostersitte handeln, ähnlich den buntgefärbten Eiern in Deutschland.

Sie setzt das Küken behutsam in den Korb zurück und gibt zu verstehen, daß sie kein Geld besitze. Der Händler erklärt ihr, daß er ihr das Küken schenken möchte. Weil Ostern ist! Weil sie Ferien hat! Weil sie jung ist, blond und schön. Katharina errötet. Was sollte sie nur tun? Sie wollte den Mann nicht kränken. Schließlich sucht sie sich ein gelbes Küken aus, eines, das nicht gefärbt ist. Der Mann macht ihr klar, daß er die anderen Küken mühsam gefärbt habe. Aber: »Macht nix!« sagt er. Auch er kann ein paar Wörter Deutsch sprechen. Er schenkt ihr ein Küken ›naturale‹.

Das Schiff legt an. Katharina lehnt ihr Pappschild, auf dem ISOLA D'ELBA steht, gegen den Schiffsschornstein. Sie benötigt es nicht mehr. In der einen Hand trägt sie ihre Reisetasche, in der anderen trägt sie behutsam das Küken.

Sie drängt sich durch die Menge, hält ihr Küken an die Backe gepreßt, man lacht ihr zu, und sie lacht zurück. Sie geht an Land. Wieder wimmelt es am Hafen von Menschen. Sie sucht einen Bus, der nach Marina di Campo fährt. Neben ihr hält ein Personenwagen. Es sind die Leute aus München. Ob sie mitkommen wolle, sie wisse doch den Weg nach Procchio . . .

Katharina steigt ein, gibt dem Fahrer Anweisungen, wie er zu fahren habe. Lastwagen, Eselkarren, Fußgänger, Vespas. Die Frau wünscht einzukaufen, der Sohn möchte ein Eis haben, der Mann will zuerst für das Auto sorgen ... Alles wiederholt sich, alles ist genauso wie bei den Sonntags, als diese das erstemal nach Elba kamen.

»Am besten tanke ich erst einmal«, sagt der Herr aus München. Katharina zeigt ihm, wo am Stadtrand von Portoferraio eine Tankstelle liegt. Mehrere Autos warten bereits darauf, abgefertigt zu werden. Der Münchner ist unschlüssig, ob er doch besser erst nach Procchio fahren solle, um sich den Hausschlüssel zu besorgen.

Katharina blickt aus dem Fenster. Dann öffnet sie die Tür, nimmt ihre Tasche und sagt: »Ich bin am Ziel.«

Ostern auf Elba

Am ersten Ostertag besuchte die ganze Familie Noce die Ostermesse. Niemand fragte Katharina, ob sie mitkommen möchte. Sie wurde wie die anderen geweckt, als der Morgen graute. Jener erste Morgen auf der Insel fiel ihr wieder ein, den sie auf der Dachterrasse von ›Concordia‹ verbracht hatte. Der Morgen ›blaute‹ wie damals. Der Nocellino, der inzwischen laufen konnte, aber noch genauso rund war wie eine Nuß, mußte getragen werden, weil er im Stehen wieder einschlief.

Die festliche Ostermesse zog sich über Stunden hin. Die Nacht wurde zum Morgen. Die Sonnenstrahlen brachen durch die Fenster in die Küche. Die Glocken, die in der neunten Stunde des Karfreitags verstummt waren, läuteten zum erstenmal wieder. Sie waren nach Rom geflogen, heißt es, und jetzt waren sie zurückgekehrt. Das Ewige Licht wurde aufs neue entzündet, das Weihwasser aufs neue geweiht. Rosen und gelbe Margeriten schmückten den Altar. Das Kreuz ragte aus einem Blütenmeer empor.

Christ ist erstanden! Ein Schauer überlief Katharina. ›Die Erde bebt‹ in der Osternacht, zum erstenmal erfuhr sie es am eigenen Leib. Vor Jahren hatte ihre Mutter ihr an einem Ostermorgen jene Ostererzählung von Tolstoi vorgelesen. Jetzt erst verstand sie deren Bedeutung.

Die Orgel setzte ein. Alle sangen, so laut und fröhlich, daß das Dach der Kirche sich zu heben schien. »Buon' Pasqua! Buon' Pasqua!« Alle umarmten und küßten einander. Auch Katharina wurde umarmt. Man erkannte sie wieder: das deutsche Mädchen, das im vorigen Sommer am Sterbebett der alten Serafina Noce gesessen hatte.

An einem Seitenaltar zündeten Cesare, Filomena, Michele, Angela und Sergio Kerzen für die verstorbene Nonna an. Michele reichte auch Katharina eine Kerze. Sie entzündete sie an einer der schon brennenden Kerzen, wie es die anderen getan hatten, und steckte sie auf den Ständer.

Cesare hob den Nocellino hoch, auch er durfte eine Kerze entzünden, dann sagte er etwas, das wie ›pace‹ klang, Frieden. Alle schlugen das Kreuz. Die Noces verließen als letzte die Kirche.

Zu Hause tranken sie im Stehen rasch einen Espresso, dann verließen Angela, Michele und Sergio das Haus. Michele und Sergio fuhren mit dem Bus nach Portoferraio zur Tankstelle. Als Michele vor einer Woche zurückgekehrt war, hatte sein ehemaliger Padrone sich sofort bereit erklärt, ihn wieder einzustellen. Er zahlte ihm sogar mehr Lohn als früher; die Arbeitskräfte waren in diesem Jahr knapp, außerdem sprach Michele jetzt viel besser Deutsch, was wichtig war, da von Jahr zu Jahr mehr deutsche Touristen auf die Insel kamen. Sergio verrichtete Handlangerdienste. ›Il povero!‹, ›Der Arme!‹ ›Poor boy!‹ sagten die Kunden. Kinderarbeit! Sie waren entrüstet, er erregte ihr Mitleid. Erst recht, weil er so ungeschickt war. Sie gaben ihm mehr Trinkgeld als den flinken Jungen, die genauso alt waren wie er und in den Restaurants aushalfen oder in den Läden bedienten.

Als Katharina Sergio an der Tankstelle entdeckt hatte, erschrak sie: Wie schlecht mußte es den Noces gehen, wenn der zwölfjährige Junge arbeiten mußte! Er war noch jünger als Kai! Als sie gleich nach ihrer Ankunft im Haus der Noces zu Micheles Vater etwas von dem ›armen Sergio‹ sagte, hatte er sie erstaunt angesehen. ›Povero‹? Sein Sohn? Warum arm? Arbeit ist wie Spiel für ihn! Spiel ist wie Arbeit für ein Kind! Alles muß ein wenig so und ein wenig so sein! Ob sie das versteht? Sergio fühlt sich wichtig, er hilft mit, er wächst ins Leben hinein. Für ein Kind, das nur spielt und nur in die Schule geht, ist es viel schwerer, später den Übergang zu finden.

Cesare gestikulierte dabei, sprach italienisch und deutsch

durcheinander. Katharina hatte genickt. Dieser Schuster hatte recht. So müßte es sein. Arbeit durfte nicht nur Pflicht allein sein, sie mußte auch Freude sein, ein wenig Spiel.

Katharina erfuhr auch, daß Angela nicht mehr im Hotel Barrakuda arbeitete! Sie hatte ihre Stelle verloren. Sie würde keine Ausbildung als Lehrerin erhalten, nie würde sie eine professoressa werden können. Katharina erschrak, als sie es hörte. Auch daran fühlte sie sich schuldig! Aber Cesare Noce hatte sich auf die Brust geschlagen, er hatte recht behalten, man mußte immer erst abwarten. Che sarà, sarà! Es war gekommen, wie es kommen mußte. Angela hat einen Verlobten, erzählte er. Paolo heißt er. Sein Vater hat ein kleines Restaurant in Porto Azzurro. Auf der Insel Elba. Ein schöner Platz, eine schöne Aussicht aufs Meer. ›Bella Vista‹ heißt es. Es ist klein, ein paar Tische nur, aber Angela ist fleißig, und Paolo ist fleißig, sie sind beide ein wenig zu ernst, sie müßten fröhlicher sein, das mögen die Gäste gern. Aber Angela kocht gut, fast so gut wie er selbst, ihr Vater. Sie kocht mit der Zunge und mit der Nase, erklärte er. Sie braucht kein Rezept. Was braucht man Bücher? Man hat einen Kopf zum Denken, man hat Augen zu sehen, Ohren zu hören. Heute hilft Angela im Restaurant ›Bella Vista‹, sie brät dort das Osterlamm, und er wird hier jetzt eines braten, eigenhändig.

Er verschwand in der Küche.

Im Höfchen spielte der Nocellino. Die Weinstöcke, deren Laub im Sommer Schatten und Kühle gaben, trugen jetzt im Frühling nur kleine Blättchen. Die Pergola war noch kahl, die Drähte warfen Schatten auf den Steinboden. An der Hauswand blühten die ersten Rosen. Der Nocellino krähte vor Vergnügen, er spielte mit dem Küken. Katharina hatte es ihm geschenkt, und er hatte es mit beiden Händen umschlossen: Es gehörte ihm! Jetzt hatte er sich das Küken auf seine kleine dicke Hand gesetzt, es schlug mit den winzigen Flügeln, versuchte zu fliegen. Es war nur zwei oder drei Tage jünger als die Küken der Glucke, die mit ihrem Völkchen an der warmen Hausmauer saß. Über Nacht hatte die Glucke den kleinen Fremdling mit unter ihre Fittiche genommen.

Die Werkstatt und der Laden blieben am Osterfest geschlossen. Die Touristen mußten essen und trinken, mußten schlafen, brauchten Benzin, aber Schuhe mußte am Osterfest niemand kaufen. Das Schild ELEGANTER SANDALER stand noch immer im Schaufenster. Katharina hatte sich gleich nach ihrer Ankunft angeboten, ein neues Schild in richtigem Deutsch zu schreiben. Nichts da! hatte Cesare Noce gesagt. Das Schild mußte bleiben, wie es war. Gerade wegen der Fehler blieben die deutschen Touristen vor seinem Schaufenster stehen und amüsierten sich über das falsche Deutsch. Manche kamen sogar in den Laden, um ihm zu sagen, daß es ›Elegante Sandalen‹ heißen müsse! Sie boten sich an, das Schild neu zu beschriften. Man sprach dann ein wenig miteinander, er erzählte, daß er im Krieg in Deutschland gewesen war, in Kassel, man sagte dies, man sagte das, die Leute sahen sich dabei die Sandalen an, das gute Leder, die Werkstatt, eine Werkstatt wie im Mittelalter, und schließlich kauften sie. Oh! Er war ein Geschäftsmann! Cesare Noce lachte, und sein Bauch wippte. Er erkannte die grünen Sandalen wieder, die Katharina trug. »Gut?« fragte er. »Gute Schuhe? Er wird viele Schuhe in diesem Sommer arbeiten . . .

Katharina hatte am Abend nach ihrer Ankunft keine Gelegenheit gefunden zu erklären, warum sie gekommen war. Sie wurde sofort ins Bett geschickt, sie mußte sich schlafen legen, die Reise war sicher anstrengend gewesen, hieß es, morgen konnte man sprechen, morgen war Ostern!

Cesare Noce hantiert in der Küche. Der Nocellino spielt im Höfchen mit seinem Küken. Micheles Mutter geht Katharina aus dem Weg, sie läßt sich nicht blicken, sie hat noch kein Wort mit ihr gesprochen, sie hat sie nach der Ostermesse auch nicht umarmt. Katharina weiß nicht, was sie tun soll, sie kommt sich überflüssig vor, sie bringt Unruhe ins Haus, sie spürt es, obwohl keiner es sagt. Sie fühlt sich verloren und fremd, wie ein Eindringling. Ohne Vater, Mutter und Bruder hat sie auf der Insel keinen Rückhalt. Keiner spricht ihre Sprache. Genauso wie es ihr jetzt erging, mußte es Michele in Deutschland ergangen sein! Aber dort war Winter. Er mußte in einer Fabrik arbeiten, in einer Baracke wohnen. Und sie hatte Ferien, man hatte sie freundlich, ohne viel Worte zu verlieren, aufgenommen.

Katharina gibt sich einen Ruck. Es half nichts, sie mußte jetzt mit Micheles Vater sprechen, mit seiner Mutter konnte sie sich nicht verständigen, und mit Michele war sie noch keinen Augenblick allein gewesen, an der Tankstelle nicht, im Omnibus nicht und auch nicht im Haus der Noces. Die Gelegenheit war günstig. Während der Reise hatte sie sich sorgfältig überlegt, was sie sagen wollte. Sie hatte sich Wörter aus dem Wörterbuch zusammengesucht. Aber keiner der Sätze, die sie gelernt hat, fällt ihr jetzt ein!

Sie geht in die Küche und sagt leise: »Signore Noce! Prego!« Sie sieht ihn bittend an. Er prüft gerade seine Tunke, nichts sonst interessiert ihn in diesem Augenblick, er reicht ihr den Löffel, damit sie ebenfalls probieren kann. Sie schluckt und lobt. »Gut!« sagt sie. »Sehr gut!« Cesare Noce zerkrümelt einen dürren Zweig Rosmarin über dem Lammbraten, gießt ein wenig Wein nach, legt Holz aufs Feuer. Katharina steht immer noch neben dem Herd. Er sagt: »Es ist Ostern. Pasqua ist ein schönes Fest. Es ist Frühling, der Winter ist vorbei. Die Fremden kommen wieder, es kommt Geld.« Er ist guter Laune und darum freundlich zu ihr. Aber Katharina will nicht über Ostern und den Frühling mit ihm sprechen! Sie muß ihm jetzt endlich erklären, warum sie in seiner Küche steht. Sie ist doch keine Touristin!

Sie sagt stockend, daß sie alles falsch gemacht habe. In Kassel. Mit Michele.

Micheles Vater winkt ab. Basta! Das ist vorbei. Das Leben ist nun einmal so. Einmal gut, einmal schlecht. Liebe ist schwierig, überall, nicht nur in Deutschland. Sie soll lieber den Salat anrichten. Guter, frischer Salat. Der erste aus dem Garten.

Katharina hält ihm ihr Postsparbuch hin. Er blickt es gar nicht an.

Sie hat Geld gespart, sagt sie, davon soll Michele sich wieder eine Vespa kaufen. Es genügt dafür. Sie hat sich erkundigt. Sie selber braucht das Geld nicht. Es ist ihr Taschengeld. Sie wird auf dem Rückweg nach Deutschland wieder trampen. Sie hebt den Daumen, dreht ihn nach Norden.

Sie sieht Cesare Noce ängstlich an, fragt sich, ob er sie auch verstehe. Sie ist dem Weinen nahe. Aber Cesare lacht. Dieses blonde Mädchen gefällt ihm. Sie hat Mut. Sie will wiedergutmachen, was sie falsch gemacht hat. Sein Sohn Michele hat Geschmack. Aber diese Cata muß besser Italienisch lernen, so kann man sich nicht verständigen.

Kaum hat er das gedacht, sagt sie auch schon: »Signore Noce! Ich will Italienisch lernen! Ich habe schon damit angefangen.«

»Va bene, das ist gut!« Er unterbricht sie. Man muß miteinander reden können. Sie ist ein kluges Mädchen, das weiß er.

»Später werde ich —«

»Später, später!« sagt Cesare Noce. Che sarà, sarà! Warum denn Pläne machen? Sie ist jung. Michele ist jung. Alles wird kommen, wie es kommen muß. Man braucht Geduld!

Katharina zerreißt die Salatblätter. Sie zupft und zupft, stellt grünes Konfetti her. Er nimmt ihr die Schüssel weg. Sie mache das falsch, sagt er. Sie muß kochen lernen, auch eine kluge Frau muß kochen können. Man muß viel können. Schade um den guten Salat!

Katharina setzt noch einmal an. Sie erzählt ihm, daß sie im Juni ihr mündliches Abitur machen wird. Daß sie etwas Richtiges lernen muß, auch Michele müsse etwas lernen.

Cesare Noce sieht das alles ein, aber nun ist es genug, sagt er, es ist Pasqua, man wird das Osterlamm zusammen essen, man wird feiern, man wird fröhlich sein, dann kann man weiterreden. Plötzlich blickt er sie an. Keine Grüße von Domenica? Keine Grüße von der Mamma? Und von dem Bruder? Er sieht sie forschend an. Katharina spürt, wie ihr das Blut ins Gesicht schießt. Lügen will sie nicht, sie schüttelt den Kopf. Ob ihre Eltern nicht wüßten, daß sie hier sei, fragt er. Doch, sagt Katharina wahrheitsgemäß, doch, jetzt wissen sie es. Gestern abend mußte Nella ihnen Bescheid gesagt haben.

Cesare Noce braucht Salz. Er streckt den Arm aus, aber Katharina steht da und träumt. Sie hört nicht, was er sagt, sie sieht nicht, daß er geht und sich das Salz selber holt. Sie vergißt, wo sie sich befindet, sie denkt an zu Hause. Zum erstenmal seit drei Tagen denkt sie an ihre Eltern. Sie hatte ihnen das Osterfest verdorben! Wieder hatte sie nur an sich selber gedacht. Der Vater geriet so schnell in Zorn, und die Mutter regte sich so leicht auf; sie war blaß und angestrengt gewesen in den letzten Wochen: Konferenzen und Korrekturen, Vorbereitungen für den Unterricht, die Hausarbeit. Weder der Vater noch sie, Katharina, hatten ihr dabei geholfen. Was sie jetzt wohl taten?

Sie blickt auf ihre Armbanduhr. Zehn Uhr. Ob Mutter Eier gefärbt hatte? Vielleicht saßen sie noch beim Frühstück? Am Ostersamstag schmückte die Mutter immer die Wohnung, stellte Kätzchenzweige in die Vasen, hängte ausgeblasene und bemalte Eier an die Birkenzweige, die noch kahl waren.

Sie sieht das Wohnzimmer vor sich, sieht die Mutter vor der Balkontür stehen.

»Ich muß ein Telegramm aufgeben!« sagt sie plötzlich. »Ich muß telegrafieren, daß ich gut angekommen bin!« Sie wartet keine Antwort ab, sie läuft aus dem Haus und zur Bushaltestelle. Aber man sagt ihr, daß kein Bus nach Portoferraio fährt um diese Zeit. Sie stellt sich auf die Straße und hebt den Daumen. Eine halbe Stunde später gibt sie auf dem Postamt in Portoferraio ein Telegramm auf. ›Frohe Ostern, Cata‹, telegrafiert sie, sonst nichts. Manchmal verstand die Mutter alles, auch ohne Worte.

Während Katharina in der Küche des Schusters Noce stand, während sie nach Portoferraio fuhr, um das Telegramm aufzugeben, und während sie zurück nach Campo fuhr, während dieser ganzen Zeit saß ihre Mutter im Wohnzimmer am Schreibtisch und schrieb einen Brief an ihre Tochter. Sie brauchte lange dazu, sie mußte viel nachdenken und zurückdenken an jene Zeit, als Katharina ein kleines Mädchen gewesen war, als sie in die Schule kam, als sie anfing, selbständig zu werden. Bis zu jenem Tag, an dem sie heimlich das Haus verlassen hatte.

»Liebe Katharina! Am 1. Ostertag, 10 Uhr

Du hast Dein Elternhaus verlassen. Ich habe mir früher oft vorgestellt, wie das sein würde: Katharina ist nicht mehr bei uns. Katharina ist erwachsen.

Und nun ist alles ganz anders. Du hast mich wieder einmal belehrt. Du warst noch nicht geboren, als Du mit meiner Erziehung angefangen hast, weißt Du das? Du warst es, die damals bestimmte, was mir und was Dir zuträglich war und was nicht. Du bestimmtest, was ich essen durfte, ja, damit fing es an, mit Essen und Trinken! Ich wurde zur Milchtrinkerin und hatte doch gerade erst entdeckt, wie gut mir Wein schmeckte! Ich wurde zur Obstesserin, zum Frühsportler und Spaziergänger. Das lag nicht in meiner Natur! Bis dahin hatte ich so viel geraucht wie Du, sogar noch mehr! Ich hatte während meines Studiums Mahlzeiten ausgelassen, viel zuviel Kaffee getrunken.

Mit dem Tag Deiner Geburt hast Du angefangen, mich zur Pünktlichkeit zu erziehen. Du mußtest alle vier Stunden eine Mahlzeit bekommen. Du mußtest pünktlich gebadet werden. Du mußtest täglich drei Stunden an die Luft. Wenn ich mich nicht an Deinen Gesundheitsfahrplan hielt, beschwertest Du Dich mit

Geschrei. Später mußte ich dafür sorgen, daß Du pünktlich in den Kindergarten und pünktlich in die Schule gingst.

Du warst hartnäckig, fragtest so lange, bis Du eine Antwort bekamst, mit der Du zufrieden warst. Warum denn, Mami? Warum denn? Wenn die Erde eine Kugel ist, wo ist denn da ›bis ans Ende der Welt‹? Solche Fragen! Ich konnte Dir nur erklären, daß die Welt eine Kugel sei, über das ›Ende der Welt‹ hatte ich noch nie nachgedacht. ›Steht das nicht in einem Buch?‹ hast Du gefragt. ›Doch‹, habe ich geantwortet und am Abend in der Bibel gelesen.

Wie ein Seismograph zeichnetest Du jede unserer Verstimmungen auf. Du wurdest krank, wenn wir Streit miteinander hatten. Und wir hatten oft Streit. Wir brachten Dich dann zu Bett, waren beschämt und bald darauf wieder versöhnt. Alles, was wir taten, spiegelte sich in Deinen Reaktionen. Du hast uns kontrolliert, korrigiert und zeitweise auch tyrannisiert.

Du hast ein starkes Gerechtigkeitsgefühl. Wie Dein Vater. Manchmal kamst Du blaß und verstört aus der Schule. Es dauerte lange, bis ich aus Dir herausbekommen hatte, was geschehen war. Immer war es eine Ungerechtigkeit. Meist betraf sie gar nicht Dich. Du brauchst Harmonie. Du brauchst Zuverlässigkeit. Du bist selbst zuverlässig. Wenn Du sagtest: ›Um zehn Uhr bin ich zu Hause‹, konnten wir uns darauf verlassen. Wir vier bilden vermutlich eine ganz normale Familie. Für Dich war das zu wenig. Ich spürte in den letzten Jahren Deine Unzufriedenheit, die sich nicht nur gegen Vater und mich richtete, sondern gegen Deine Umwelt, gegen ›das System‹, wie Du es nennst. In der Obersekunda ...

Hier mußte ich abbrechen. Wir haben inzwischen zu Mittag gegessen. Kalbsnierenbraten, wie immer zu Ostern. Und jetzt sind Vater und Kai auf den Dörnberg gefahren, sie wollen sehen, ob schon Segelflugbetrieb ist.

Es ist jetzt gleich drei Uhr.

Als Du in der Obersekunda warst, hast Du einmal einen Hausaufsatz geschrieben. Das Thema lautete: ›Die Frau imponiert mir!‹ Deine Mitschülerinnen schrieben über Golda Meïr, Indira Gandhi oder Hildegard Hamm-Brücher. Du schriebst über mich. Ich war seit kurzem wieder eine berufstätige Frau geworden. Aber Du hast gar nicht über mich geschrieben, sondern über eine Frau, die Du gerne zur Mutter gehabt hättest! Du gabst mir den Aufsatz zu lesen, Du meintest wohl, ich müßte stolz darauf sein, daß Du mich als Vorbild ansahest. ›Ich habe ein wenig retuschieren müssen‹, sagtest Du. Ich war nicht froh, ich war unglücklich über diesen Aufsatz.

Als Vater und ich einmal Streit hatten, der sich über Tage hinzog, Tage, an denen wir nicht miteinander sprachen, hast Du gefragt: ›Warum bleibt ihr überhaupt zusammen?‹ Wir hatten nie an Scheidung gedacht. Wir tun das auch heute nicht. ›Eine Wohngemeinschaft aus Gründen der Zweckmäßigkeit‹, so hast Du damals unsere Familie genannt.

Im vorigen Sommer, auf Elba, warst Du ganz verändert. Natürlich haben wir das bemerkt! Du warst heiter und zärtlich. Du warst wie verzaubert. Kaum waren wir wieder in Kassel, zerbrach der Zauber.

Ich erinnere mich gut an den Aufsatz, den Du im letzten Winter über das Gastarbeiterproblem geschrieben hast. Du hast wohl selbst nicht geahnt, daß es einmal Dein Problem werden könnte, und ich habe nicht geahnt, daß es so bald unser Problem werden würde. Gestern abend habe ich noch lange mit Vater gesprochen. Wir kennen den Brief, den Du an Nella geschrieben hast. Wir sind uns klar darüber geworden, was wir falsch gemacht haben. Wir hatten uns vorgenommen, unseren Kindern möglichst viel Wissen zu vermitteln und ihren Verstand zu entwikkeln. Der Erfolg davon ist, daß Du nicht dem Verstand gefolgt bist, sondern dem Herzen . . .

Ich habe mir inzwischen eine Tasse Kaffee gekocht, auf der Straße ist es jetzt still. Und nun schreibe ich Dir weiter.

Es scheint ein Urwunsch aller Eltern zu sein, daß ihre Kinder einmal ein gesichertes und ruhiges Leben führen können. Aber Ruhe und Sicherheit sind wohl nicht so erstrebenswert. Du wolltest es nie hören, wenn ich einmal sagte: ›Als ich so alt war wie Du . . .‹ Du hast Dich immer für Geschichte interessiert. Hast Du auch einmal daran gedacht, daß die jüngste Geschichte die Lebensgeschichte Deiner Eltern gewesen ist? Drittes Reich? Zweiter Weltkrieg? Nachkriegszeit? Wir hatten es schwer, und darum wünschten wir, daß Ihr es leichter haben solltet. Wir mußten immer vernünftig sein, immer das Zweckmäßige tun. Vielleicht haben wir darüber Phantasie und Unbekümmertheit verloren? Ich sitze jetzt in Deinem Zimmer, an Deinem Schreibtisch. Ich habe das Gefühl, daß es zum Teil Deine Gedanken sind, die mir jetzt durch den Kopf ziehen.

Seitdem wir wissen, wo Du bist, sind wir ruhiger. Meine Gedanken gehen immer wieder nach Marina di Campo. Ich sehe den Schuster Noce vor mir, den kleinen Nocellino, der sicher schon laufen kann, die schöne stille Filomena Noce. Und Michele? Arbeitet er wieder bei seinem Padrone? Wie schön muß die Insel im Frühling sein! Hier ist es trübe. In kurzen Abständen gehen Regenschauer nieder.

Ich schreibe nicht: ›Komm sofort zurück!‹ Ich will Dir auch nicht raten, das Vernünftige zu tun, deshalb halte ich Dir nicht die Vorzüge Franks vor Augen, aber zu einem rate ich Dir: Mach das Abitur zu Ende, gib jetzt nicht auf! Du solltest unter allen Umständen einen Beruf erlernen! Du hast Talent zum Schreiben! Du solltest Sprachen lernen. Du könntest Korrespondentin werden. ›Korrespondenz‹, das heißt ›Übereinstimmung‹. Du könntest zur Verständigung und Übereinstimmung zweier Länder beitragen. Oder ist das auch schon wieder zu ›vernünftig‹ gedacht?

Je länger ich schreibe, je intensiver sich meine Gedanken auf der Insel einnisten, desto größere Sehnsucht bekomme ich. Auch ich war im vorigen Sommer glücklich auf Elba. Das Haus, der Garten, den wir immer ›paradiso‹ nannten. Geh einmal hin! . . .

Vor wenigen Minuten wurde Dein Telegramm durchgegeben! Katharina! Ich weiß, warum Du nur ›Frohe Ostern‹ schreiben konntest! Grüß alle von mir! Vor allem Michele, den wir im vorigen Sommer alle so gern hatten.

Wenn Vater zurückkommt, werde ich ihm den Brief hinlegen, damit er weiß, was ich Dir geschrieben habe. Du hast uns wieder eine Lektion erteilte! Eine in Ungehorsam! Manchmal muß man ungehorsam sein. Du hast Deine Eltern achtzehn Jahre lang erzogen. Weißt Du das überhaupt?

Katharina, mein Kätzchen! Ich habe Dir vieles zu danken!
Deine Mutter.

Zehn Uhr abends:
Gelesen, bedacht und unterzeichnet von Deinem Vater.«

Nach zwei Stunden trat Katharina wieder in die Küche. Cesare stand noch am Herd, aber das Osterlamm war fertiggebraten, der Salat war angerichtet, die Süßspeise garniert: eine Spezialität der Insel, eine Creme aus geschlagenem Eiweiß, Mandeln und kandierten Früchten.

»Hol Wein, Cata!« sagt Cesare Noce, als wäre sie nicht fortgewesen.

Er zeigt auf den Krug. Wein vom vorigen Herbst! Guter Wein! Ein gutes Jahr! Viel Freude: Kleiner Sohn. Viel Traurigkeit: Die Nonna ist gestorben. Geburt und Tod. Aber alles ist gut geworden. Angela hat einen Mann gefunden, Michele ist zurückgekehrt. Man ist wieder zusammen. Eine Familie gehört zusammen. »Hol Wein, Cata, geh!«

Katharina nimmt den Krug und will in den Weinkeller gehen, aber Micheles Mutter steht unter der Tür und versperrt ihr den Weg. Sie nimmt Katharina den Krug aus der Hand. Sie selber wird den Wein holen, nicht diese Fremde! Sie sieht Katharina ablehnend, fast feindselig an.

»Nein!« befiehlt ihr Mann, dieses Mädchen soll den Wein holen. Sie ist zu Gast. Ein Gast muß sich in der Fremde wie zu Hause fühlen.

Filomena Noce sagt etwas, das Katharina nicht versteht, und verläßt die Küche. Katharina steht unschlüssig da, noch immer den Krug in der Hand.

»Hol Wein, Cata! Geh!« Er zeigt mit dem Kochlöffel hinter seiner Frau her. Sie ist eine gute Frau, gibt er ihr zu verstehen. Sie liebt ihren Sohn Michele über alles. Er ist der Älteste. Sie will nicht teilen. Sie ist eifersüchtig. Sie hat viel geweint in dem langen Winter, als Michele fort war. Heimlich ist er fortgegangen von zu Hause! Zweimal hat er Geld geschickt. Aber keinen Brief, kein Wort! Der Winter war schlimm. Aber jetzt ist Frühling. Jetzt ist Ostern. »Hol Wein, Cata, wir wollen feiern! Gleich werden Michele und Sergio kommen.«

Die Sonne verschwindet gerade hinter dem Monte Capane, als Michele und Catarina mit dem Boot aufs Meer hinausfahren. Zum erstenmal sind sie miteinander allein. Michele rudert im Stehen. Er hat noch kein Wort zu ihr gesagt.

Als sie weit draußen sind, setzt er sich neben sie auf die Bank und macht die Ruder fest. Er legt den Arm um sie. »Gut, daß kommen, Cata!« Er verbessert sich: »Gut, daß du gekommen bist, Cata! Richtig?«

Katharina nickt. Es ist gut, daß ich gekommen bin, denkt sie.

Alles ist gut. Alles ist jetzt ganz einfach. Sie erklärt ihm, daß sie seinen Brief zu spät bekommen habe, daß sie ihn überall gesucht hat. Während sie spricht, merkt sie, daß auch das jetzt nicht mehr wichtig ist. Sie sagt: »Ich war dumm, Michele, ich habe alles falsch gemacht!«

Er nickt. Ja, alles war falsch. Es war nicht gut in Deutschland. Alles war kalt und dunkel und traurig.

Plötzlich hellt sich sein Gesicht auf. »Aber einmal war schön, weißt du noch, Cata? Erinnern?«

Katharina sagt leise: »Brücke wird Boot, und Fluß wird Meer. Wir fahren, wir fahren.«